S0-ASE-154

BESTSELLER

DAVID UNGER

Para mí, eres divina

Traducción de
Juan Elías Tovar Cross

DEBOLS!LLO

Para mí, eres divina
Título original: *In my eyes, you are beautiful*

Primera edición: septiembre, 2011

D. R. © 2011, David Unger

D. R. © 2011, Juan Elías Tovar Cross por la traducción

D. R. © 2011, derechos de edición para América Latina
      en lengua castellana:
      Random House Mondadori, S. A. de C. V.
      Av. Homero núm. 544, col. Chapultepec Morales,
      Delegación Miguel Hidalgo, 11570, México, D. F.

www.rhmx.com.mx

Comentarios sobre la edición y el contenido de este libro a:
megustaleer@rhmx.com.mx

ISBN 978-607-310-626-9

Impreso en México / *Printed in Mexico*

A Anne, como siempre.
A Fortuna, Mia, Zoe y Lisa: buenas patojas todas.
Y a la verdadera "Olivia".

Índice

(1970)

Cerca del comedor comunitario, metida detrás de la caja de leña y el bote apestoso de basura podrida, Olivia encontró una copia de *Vanidades*. Al principio no quería agarrar la revista porque estaba cubierta de cáscaras de pepino y olía a cerveza Gallo rancia. Pero en la portada, rodeada por un halo de luces, había una sonriente mujer rubia vestida de vaquera con botas picudas de cuero. Estaba parada con los tacones muy juntos y con la mano izquierda agarraba el cinturón de cuero trenzado que le caía un par de centímetros arriba de la cadera. La hebilla del cinturón tenía lunas crecientes de plata y turquesa. Llevaba un Stetson azul con cuentas indias bien plantado en la cabeza. Aunque a sus seis años Olivia no podía saberlo, el titular decía: *Tú también puedes ser hermosa*. Esa mujer encarnaba la perfección, lo que Olivia deseaba llegar a ser.

Cuando abrió la revista, las páginas cayeron al suelo. Olivia se quedó con la portada en las manos.

Y entonces se percató de lo que tenía que haber sido obvio: debajo de la fotografía, separada de todas las palabras que no sabía leer, reconoció las seis letras de su nombre. O-L-I-V-I-A, murmuró una y otra vez. Se dio cuenta de que ella y la mujer rubia eran tocayas y estuvo segura de que esa otra Olivia y ella debían tener muchas más cosas en común.

Olivia se agachó a recoger las páginas caídas. No eran de *Vanidades* como pensaba, sino las fotos granulosas de una revista de mujeres desnudas. Al pasar las páginas, su mente estaba enfocada en la foto de la portada; trató de ignorar las actuaciones en blanco y negro sobre papel periódico de las mujeres acostadas en la cama, con los ojos cerrados o mirando recelosas. Estas mujeres tenían pechos amorfos, pezones diminutos o demasiado grandes, y abrían sus orificios con los dedos para el ojo de la cámara. Eran mujeres comunes y corrientes, con rostros marcados por el hambre y la desesperación que Olivia conocía tan bien. No había nada noble en ellas. De todas formas siguió volteando las páginas, en una especie de estupor, aún esperando encontrar más fotos de la vaquerita sonriente.

Olivia volvió a mirar la portada. No importaba que esa mujer tuviera ojos azules y rizos rubios en cascada a los lados de la cabeza ni que la propia Olivia fuera regordeta con facciones morenas sin gracia. La mujer parecía mirarla directamente, como si conociera su alma, y las estrellas que centelleaban sobre su cabeza confirmaban que Olivia Newton-John era la imagen de la belleza perfecta: María, la esposa del carpintero, madre de Jesús, el hijo de Dios.

Olivia oyó pasos que se acercaban al comedor. Rápidamente, volvió a meter la revista donde la había encontrado, asustada de que la fueran a ver y le fueran a decir a su mamá. Al apresurarse de regreso a su choza, grabó en su mente la imagen de la vaquera. Sus pies apenas tocaban el suelo, iba casi volando.

Más tarde, Olivia se acurrucó en su petate para dormir; olía los asientos de café de la jarra de hojalata y los pedacitos de tortilla en el comal junto al fogón. Su hermano Guayito, de tres meses, estaba envuelto cerca de su madre del otro lado del cuarto. Olivia estaba acostumbrada a dormir en el suelo, sin puerta ni vidrio que mantuvieran fuera el frío de la madrugada. Pero hoy estaba segura de que pronto sería arrebatada de ese mundo de lodo, fatiga y trabajo embrutecedor.

La imagen de la joven estrella en su mente era real —con detalles verificables, forma y peso—, y algún día Olivia habría de reclamarla como propia. Como la princesa Ixkik', la diosa maya del *Popol Vuh*, Olivia tenía un secreto. Y así como la princesa había sido puesta a prueba, Olivia sabía que tendría que enfrentar retos antes de que su destino heroico se revelara. Tendría que cruzar campos y ríos, que ser más astuta que embusteros y villanos.

Algún día llegaría.

Paciencia. Tenía que tener paciencia.

Cuando despertó, horas después, oyó los pasos apagados de su mamá. Un cabo de vela daba apenas algo de luz.

—¿Mamá?

—¿Qué quieres?

—Me duele la cabeza —dijo Olivia.

—Vuélvete a dormir —ladró su mamá.

La madre de Olivia trabajaba en el campo con Guayito a la espalda o en el pecho; no tenía marido que compartiera sus dolores ni sus quejas. Lo único que la sostenía era el pálido recuerdo de su vida en San Pedro La Laguna.

¿Pero por qué estaba molesta su mamá? ¿Qué había hecho mal Olivia?

Su madre volteó y se arrodilló junto a ella. Sin mirarla a los ojos, le pasó el dorso de la mano por la frente.

—Tú estás bien.

Acomodó la delgada cobija de Olivia para taparle los pies. Señaló la vela y el altar a sus espaldas.

—Rézale a San Antonio del Monte. No quiero que te me enfermes. Mañana te necesito en la cosecha.

Olivia asintió. Su madre a menudo insistía en rezar. Antes de poderse detener, a Olivia se le salió:

—¿Mamá, soy hermosa?

—Qué pregunta tan tonta —cuando Olivia nació, su mamá había descartado los nombres esperanzados porque había salido con la piel muy morena y el pelo grueso. En vez de florecer como una bebita perfecta, parecía irse poniendo más y más prieta, más aletargada.

—¡En serio, mamá! ¿Como las muchachas en las portadas de las revistas?

Su mamá no podía entender de dónde sacaba Olivia esas ideas. Le apartó el pelo de la cara y miró los ojos ansiosos de su hija. Con un tono más suave, murmuró las únicas palabras que se le ocurrieron:

—Para mí, eres divina.

Ésa no era la respuesta que Olivia quería, pero le gustó. La cadencia de las palabras de su madre era música pura. Su madre la amaba, veía su belleza, aun cuando sacarle esas palabras de la boca requiriera de un gran esfuerzo.

Olivia ya se podía dormir. Vio a su madre caminar de ida y vuelta frente a ella, como un rehilete, con el bebé Guayito aún dormido en su espalda. Debajo de las enaguas de su mamá, Olivia podía ver sus pies aplanados. Tenía las uñas cubiertas de lodo etorcidas hacia arriba como diminutos cuernos de borrego.

Dios era cruel y caprichoso, le deleitaba el sufrimiento de su gente. Sin embargo, Olivia creía con todo su corazón que Él, a pesar de ser tan impredecible, algún día habría de redimirla. Dios era como Aníbal Cofinio, el patrón de los cafetales, que era despiadado con sus peones pero que podía, en un gesto dadivoso, darles un lechón asado en Nochebuena o un pescado seco en Semana Santa. Cofinio era un mago capaz de alquilar un viejo autobús Bluebird para que sus peones pudieran admirar la alfombra de aserrín pintado y flores que los indios de La Antigua ponían en la Quinta Avenida para conmemorar Semana Santa.

Olivia se limpió la nariz con el dorso de la mano y dejó que su mente flotara hacia el reposo. Quería regresar al sueño en el que volaba por el aire en una carreta de bueyes de energía solar hacia la bóveda celestial. Se acercaría al trono de Dios con humildad, y sus harapos serían transformados en ropajes de seda.

En la mañana, después de desayunar a las seis, llevó los residuos del café y los restos del desayuno al tambo de basura junto al comedor comunitario. Desde luego que la revista había desaparecido, como sospechaba. Miró enojada a los zopilotes, que le sonreían tétricamente, posados en el techo. Tenían pescuezos largos y pelones, y un babero tupido de plumas en el pecho. Estaba segura de que ellos sabían quién se había llevado la revista, aunque le devolvieran la mirada mudos e indiferentes.

¿El mismo Dios que hizo a la Olivia rubia había hecho a los zopilotes? ¿Era tan listo para hacer criaturas tan repugnantes con la misma maestría con que creaba la belleza?

Olivia se inclinó junto al tambo, agarrando su medalla de la Virgen María y el Niño Jesús. El cielo estaba clareando; tenía que apurarse. En sus plegarias, reconocía su propia indignidad y la fuerza superior de Él, que la había creado. Sabía que la vanidad era pecado; ¿acaso el Hermano Pedro de Betancur no había predicado la necesidad de abnegación y sacrificio ante la gloria y majestad de Dios? Las plegarias eran para obtener la salvación: para que los enfermos se curaran; para que los perdidos encontraran el camino; para la redención de los humildes.

Olivia había ido con su mamá a visitar los restos del Hermano Pedro, sellados en el costado este de la Iglesia de San Francisco, en Antigua. En el muro que contenía los huesos, había nichos llenos de milagritos con muletas, dibujos, fotos y hasta pequeños cuadros de lámina que retrataban los percances que habían sufrido sus fieles. Los mensajes colgados con tachuelas le agradecían al Hermano Pedro los milagros que los habían salvado a ellos o a familiares heridos. También había peticiones de herramientas, de una carreta o animales de granja para aliviar la carga de vivir. Con tanta gente que pedía formas de reducir el dolor, ¿cómo iba a pedirle Olivia que la hiciera hermosa?

Pero si alguien podía concederle su deseo, era el monje barbudo de hábito café, con los brazos abajo y las manos bien abiertas como si no tuviera nada que esconder. Él vería su necesidad más allá de la vanidad. Olivia había nacido en condición de desventaja: pobre en un lugar donde el dinero importaba e ingenua donde la maña le hubiera servido más. Una buena educación podría rescatarla de una situación desesperada. Y con todo lo poco agraciada que Olivia sabía que era, no había nacido lisiada ni deforme. Sólo necesitaba las intervenciones más ligeras. De veras le sería fácil ayudarla. Por ejemplo, un día ella podría ir caminando a orillas del río Pensativo y ver una piedra de colores en medio del río. El Hermano Pedro podría cerciorarse de que cuando saliera del agua con la piedra en la mano, fuera transformada en una mujer de belleza extraordinaria.

Sería registrado como el más simple de los milagros.

(1972)

Olivia sacó la cabeza de la banda de tela y se sentó en una roca plana entre los cafetos. El cuello le dolía horrores. No sólo era el peso de la banda que colgaba diagonalmente de su hombro izquierdo a su cadera derecha, sino que además se le había irritado la piel debajo de la banda, de un lado del cuello. Ya tenía la banda casi llena y pronto tendría que ir a vaciarla. Todavía le faltaba acabar su fila y luego volver a bajar por la de enfrente, antes de llegar a la tolva para vaciar y pesar su carga. Se tocó el cuello y sintió las cicatrices con costras. Por lo menos no estaban sangrando.

Ella y su madre Lucía llevaban casi tres horas cosechando café en la finca a las afueras de Ciudad Vieja. A Olivia, las cerezas rojas que crecían en racimos bajo esas hojas verdes, brillantes, le habían dejado de parecer hermosas. De hecho, había llegado a odiarlas. Ellas tenían la culpa de que tuviera el cuello tieso y de los rabillos que salían de la tierra y se le enterraban en la piel entre los dedos de los pies. Qué fuente de miseria.

Lucía estaba trabajando más adelante, casi al final de una fila. Sus dedos rechonchos arrancaban los racimos rápidamente, de golpe, y luego arrancaban los granos individuales, arrojando los rabillos a un lado del camino. Cosechaba tres o cuatro veces más granos que Olivia, echándolos limpios a la canasta que llevaba como un embarazo en la cintura.

Olivia tenía apenas ocho años y podía seguir cultivando los granos en la banda hasta que cumpliera diez. Todos los días le suplicaba a su mamá que guardara los rabillos en vez de echarlos al camino, para que no le sangraran los pies.

Para cuando acabaran de trabajar a las cuatro —estaban en la cosecha desde las seis y media de la mañana; les daban treinta minutos para comer y hacer sus necesidades en el monte—, Lucía habría cumplido su cuota. El contenido de su canasta se pesaba y luego se vaciaba en una gran tolva donde los granos se lavaban y separaban, al día siguiente se ponían a secar.

Olivia podía oír la respiración agitada de su mamá por encima del silbido de los *mot-mots*. Ya casi acababan por hoy.

El primer año había sido el más difícil. Los campos despedían una humedad que se asentaba semanas enteras sobre los cafetales. Parecía no desaparecer nunca, ni siquiera en tiempo de secas. Cuando se sentaban alrededor del fogón, de noche en sus chozas, la humedad nada más retrocedía como el humo hacia el fondo de los campos. Ya al amanecer, otra vez los rodeaba. Lucía a menudo le recordaba a Olivia lo fuerte que salía el sol sobre las montañas del pueblo donde había nacido, en el lago de Atitlán: la claridad con que su luz dibujaba todo en San Pedro La Laguna.

—Desde el momento que clareaba, ya se podían ver las copas de los árboles y también las lanchas amarradas en el muelle de madera. Los gallos cantaban con gusto porque estaban agradecidos. Cada día era un regalo —le decía a Olivia con nostalgia.

Olivia asentía con la cabeza aunque no había manera de que se acordara de eso.

De lo que Olivia sí se acordaba era de lo difícil que había sido trabajar en los cafetales ese primer año. Su mamá le dio muchas cachetadas porque reventaba los granos en vez de cortarlos con delicadeza. Les habían advertido que si maltrataban los arbustos, no podrían cosechar al año siguiente y les descontarían parte de su compensación; los arbustos de café nunca se secaban solos, sólo por maltrato de los recolectores.

En ese entonces, Olivia tenía seis años. Había veces que no le importaba si los arbustos nunca volvían a florecer, si entraba una tormenta del mar y los arrasaba a todos. Se hubiera puesto a gritar de gusto al ver los granos de café salir volando como pájaros moteados. ¿Cómo podía algo tan hermoso causar tanto dolor?

Los cafetos eran una maldición.

Después de la primera cosecha, a Olivia y su madre les dijeron que descansaran un mes, para dejar que sanaran sus manos y pies agrietados. Desde luego que no les pagaban el descanso. Algunos peones fueron elegidos para cuidar los retoños de café que crecían en latas, mientras que a otros les dieron un par de caites de suela de hule y la oportunidad de ir a Escuintla y Mazatenango a la cosecha del plátano. Por lo menos esto agradecería Olivia: Lucía se aseguraba de que nunca las mandaran para allá. Otros peones les habían advertido que las fincas plataneras eran un infierno en la tierra: una jungla dominada por un calor insoportable, fiebre y lombrices, un lugar donde los jornaleros se morían con los caites aún puestos.

Lucía dijo que pasara lo que pasara se quedarían allí, aunque se murieran de hambre. Por suerte las escogieron para podar los retoños y cuidar que estuvieran sanos y fuertes para plantarlos en filas nuevas el próximo mayo.

Lucía le dijo a Olivia que habían venido a la finca cafetalera por su padre. Melchor estaba orgulloso de ser ladino –no indio– y, gracias a él, Lucía iba a cosechar granos en los cafetales de Ciudad Vieja sólo una temporada y luego la ascenderían a secadora. El trabajo se volvería más fácil; eso le había prometido.

–Lucía, me lo vas a agradecer –le había dicho, embriagado de satisfacción, con un brillo en los ojos.

Le pidió que se imaginara: todas las mañanas iba a pasar un enorme rastrillo de madera por una pendiente de concreto sobre el nivel de la niebla, asegurándose de que los granos quedaran bien extendidos. Unas cuantas horas después, tendría que darles la vuelta con el mismo rastrillo, pero la mayor parte del tiempo se la pasaría sentada en una silla a la sombra de una ceiba viendo los granos secarse bajo el cielo despejado de octubre. Y cuando el sol fuera a ponerse, tendría que barrer los granos bajo un techo de lona para protegerlos de alguna lluvia inesperada en la noche. Eso le había prometido.

–Melchor era un tramposo y un mentiroso. Y fui una tonta al creerle.

Pasó ese primer año, Melchor desapareció y a Lucía no la ascendieron. El segundo año se embarazó de un caporal que entraba a su choza y gruñía. Eso bastó para que Olivia y ella no tuvieran que ir a la cosecha de plátano.

–Tu papá nunca va a regresar por nosotras. Y si regresa, no va a querer saber nada de mí porque tuve el hijo de otro hombre –decía amargamente, refiriéndose a Guayito.

Esos primeros dos años de cosecha por poco las matan. Fue Olivia quien le dijo a su madre que tuviera un tercer hijo. Si lo planeaba bien, estaría embarazada durante la cosecha y no tendría que trabajar. Acostarse con los caporales era el único truco que tenían las jornaleras para zafarse del trabajo. ¿Y qué mejor que tener a todas las mujeres peleándose por ellos? Los caporales con gusto les hacían el favor.

El año próximo, Olivia sería considerada una adulta y tendría que llenar un saco de setenta kilos ella sola. Y en pocos años más, cuando Guayito cumpliera cinco, empezaría a cosechar granos con una banda. Y si Lucía tenía otro bebé, también sería jornalero. Era una simple cuestión de matemáticas.

Aunque Lucía había llegado a la finca sin marido, ese primer año no había querido acabar excluida por tratar de robarse alguno. En la pequeña aldea de los peones, eso podía traer problemas. Por supuesto que a nadie le importaba. Si los peones se peleaban entre ellos, era menos probable que se unieran para protestar por sus condiciones de vida y de trabajo. Al patrón le gustaba que se pelearan. Para él, eran como chivos.

De hecho, eran chivos.

Los días de fiesta, cuando se sentaban en el comedor comunitario a beber atol de elote y comer tamalitos o chuchitos, las ancianas cakchiquel que aún vestían sus *trajes*, reunían a todos los peones. Les contaban historias de hace mucho... *cuando los hombres trabajaban su propia parcela y las mujeres se quedaban en la casa tejiendo en telar de cintura, bordando telas coloridas y cuidando la casa y a los niños. Los domingos, los hombres se ponían su camisa y pantalones blancos, caites en los pies, y un sombrero de jipijapa para ir a la iglesia. Sus esposas se ponían sus huipiles más elegantes.*

Montones de copal ardían en los escalones de la iglesia y en platitos sobre las agujas de pino en el suelo. El cura se quejaba con Dios a nombre de su pueblo y los espíritus regresaban desde el inframundo para estar con sus familias. Ésta era su oportunidad de decirles a sus parientes si estaban a gusto en el cielo y si tenían suficiente de comer.

Cuando las mujeres cakchiquel contaban esta parte, Olivia se imaginaba esqueletos flotando por la iglesia. No lograba entender cómo hablaban los muertos si ya eran puro hueso y la lengua se les había caído hacía años.

Y después de la misa, todas las mujeres se quedaban a platicar. Los niños corrían por el atrio, jugando roña o molestando a los perros callejeros, y los hombres se iban a la cantina y se emborrachaban. El domingo era el día en que las mujeres quedaban embarazadas, decían las ancianas, y les daba risa y se tapaban la boca con un pedazo de tela. A veces

–por el alcohol–, sus maridos les pegaban. Pero de todas formas decían que era un modo de vida feliz.

Pero esos tiempos se acabaron. Los hombres perdieron sus parcelas ancestrales y empezaron a trabajar en los cafetales, al lado de las mujeres. Para probarse a sí mismos que seguían siendo hombres, a menudo iban con las mujeres que les traían en un camión de redilas los viernes en la noche. Eso, los hombres que aún quedaban en los cafetales.

A veces aparecían soldados con rifles y reunían a los hombres. Muchos simplemente desaparecían. Sus esposas sospechaban que eran obligados a servir en el ejército. El patrón decía que él iba a averiguar qué había pasado con sus maridos, pero que lo más probable era que se hubieran ido de voluntarios a pelear contra los guerrilleros en las montañas de Zacapa. Pero el patrón nunca les informaba nada; le daba gusto que los hombres no estuvieran, así las mujeres trabajaban más duro y sin distracciones.

Ninguna lo decía, pero las mujeres pensaban: "¿Qué saben los indios de rifles y uniformes, de balas y guerrillas?". Nunca regresaban.

Olivia oyó a su mamá, que venía hacia ella por la siguiente fila, y contuvo la respiración. Tenía derecho a sentarse y descansar. Además, su banda estaba casi llena.

Olivia no se acordaba de la cara de su papá. Lucía le había dicho que era un camionero de Sololá que llevaba refrescos a San Pedro La Laguna y los otros pueblos alrededor del lago de Atitlán. Le regalaba unas Fantas y se ponía a coquetearle —ella entonces era una muchacha india muy bonita, con una sonrisa que siempre le invadía la cara—. Después de que se enredaron, empezaron las mentiras. Le dijo tantas mentiras que Lucía le cambió el nombre de Melchor a Mentiroso.

—Ese nombre le quedaba perfecto, porque las mentiras nomás le salían de la boca —decía burlona—. Para mí, es una cruz blanca en la carretera que va por la montaña de Los Encuentros a Chichicastenango.

—¿Pero cómo era su cara, mamá? —preguntaba Olivia.

—No quiero ni hablar de él, Olivia —había dicho su madre—. Mentiroso está muerto.

—Quiero ver a mi papá.

—Todo lo que necesitas saber es que por su culpa tuve que dejar a mi familia en San Pedro La Laguna. Tenía ojos seductores y una lengua como la seda.

Ella se embarazó, deshonró a su familia en el pueblo y se tuvo que ir a vivir a Sololá. Allí tuvo a Olivia y vivieron tres años, mientras él manejaba un camión de Puerto Barrios a la capital. Nunca pasaba más de una noche en casa.

—Y todo ese tiempo, estaba a menos de veinte kilómetros de mis papás —le contó a Olivia—. Ni Dios Padre podía hacer que me perdonaran.

✳

Al final de la jornada, el café de las canastas y bandas se pesaba en básculas oxidadas antes de vaciar los granos en la tolva. Los caporales anotaban algunos números en su bitácora. Por alguna razón, el peso final siempre se quedaba corto. Lucía sabía que tenía derecho a tres quetzales de crédito: dos por su cosecha y uno por lo que había cosechado Olivia, medio costal de setenta kilos.

Como sus curas les dicen que deben confiar en sus patrones, los peones nunca disputan el cálculo de los caporales. *Ustedes son los corderos de Dios y deben creer que se les está tratando justamente.* Pero las ancianas cakchiquel, que ya no pueden trabajar en el campo pero están llenas de historias –que cuentan cómo los Gemelos Asombrosos usaron su inteligencia para vencer a los malvados Señores del Inframundo–, les dicen a los peones que les están haciendo trampa desde hace años, décadas, siglos enteros, desde que inició la vida. Los caporales se quejan de que los peones cortan demasiados granos que flotan en el agua en vez de hundirse. Estos granos muertos hay que tirarlos. Le abonan a Lucía 2 ¾ de quetzal al día, que porque tienen que tirar muchos de sus granos, aunque todo mundo sabe que no es cierto. Si se llegara a quejar, la acusarían de incitar a los peones a la rebeldía.

Los peones han aprendido a morderse la lengua. *Hablar es acusar y acusar es ser castigado.* El padre Perussina les dice que es con plegarias, no con protestas, que se abrirá el Reino de los Cielos. *Si confías en Él, todos tus enemigos serán rechazados. Después de todo, vendrá la hora de la verdad, el Juicio Final, cuando los buenos y los puros serán liberados por siempre.*

—*Más fácil es pasar un camello por el ojo de una aguja, que entrar un rico en el reino de Dios* —les dice, agarrando la enorme cruz de oro frente a su hábito café.

Pero Olivia prefiere recordar la letra de una canción que una vez le cantó la hermana Carina:

> *Ay, si tuviera las alas de una paloma*
> *me iría volando a donde está mi amor.*

Olivia tiene ocho años. Quiere irse volando.

El padre Perussina insiste en que la congregación no debe especular sobre lo que les va a pasar hoy, mañana o pasado. A Olivia le gusta soñar, pero el cura le dijo una vez que los sueños alejan a la gente del verdadero mensaje de Dios; sólo la plegaria, la obediencia y la caridad pueden mejorar sus vidas.

Olivia reza mucho, pero no ve ningún cambio. Cree que es porque reza pidiendo cosas equivocadas. El padre Perussina dijo que *Deben consagrarse a Dios, pues Él sabe mejor que nadie qué será de nosotros. Y no debemos pedirle tonterías, porque malgastamos su tiempo.*

Olivia sospecha que todas sus oraciones han sido para pedir puras tonterías.

Tanto los curas como las cofradías –los líderes indígenas– están de acuerdo en que lo que será, ya fue escrito por Dios. Los peones deben aprender a aceptar: deben aprender a ver su destino como una simple parte del plan maestro de Dios. *El último capítulo se escribirá en el cielo, cuando te mueras.*

Pero Olivia no puede esperarse a la muerte, a ser un esqueleto con la lengua marchita.

—Conocimiento es poder –murmura la hermana Carina a los niños pequeños durante el catecismo, mirando alrededor, casi con miedo de que alguien pudiera oír sus palabras. Es maestra en una escuela de La Antigua, pero pasa los domingos en la mañana visitando las iglesias de las comunidades aledañas.

Más que sólo contarles historias de la Biblia, les está enseñando a los niños pobres a leer. Es su única escapatoria de los campos.

Olivia se puso de pie, al darse cuenta de que llevaba casi un cuarto de hora sentada. Su madre ya debía estar pesando su canasta. Tenía que apurarse.

Al girar hacia la última fila, recordó el sueño de la carreta de bueyes que la llevaba al cielo. La carreta tendría ruedas de oro, la carrocería pintada, muchas flores y cojines muy suaves. Se imaginó sentada en medio como una princesa.

Ese sueño no se había hecho realidad.

Recuerda la vez que encontró una revista con una mujer llamada Olivia en la portada. Ella le tenía un mensaje especial, o eso había pensado en aquel momento. Se lo veía en los ojos. Porque Olivia aún confía en ella, sabe que algún día se la llevarán lejos de este cafetal. No puede decirle ni una palabra de esto al padre Perussina, ni siquiera a la hermana Carina. Desde luego, tampoco a su madre.

Olivia no cree que su padre haya muerto. Volverá para salvarla. Ningún hombre abandonaría a su esposa e hija a una suerte tan miserable. Y también salvará a Guayito, aunque no sea su hijo. *Con la plegaria llega el perdón.* Él perdonará a su madre.

Una de las mujeres indígenas le contó que el papá de Guayito era un caporal. Le contó que Lucía se le lanzó aunque sabía que tenía a su esposa en Chimaltenango. La habladora anciana le contó a Olivia que un día el papá de Guayito también desapareció. *A lo mejor traicionó a otro caporal o le robó al patrón. Así que no esperes que regrese por ti para llevarte a otro lado.*

A Olivia le han de estar sangrando los pies, siente que le queman. Va caminando por la última fila, arrancando manojos de granos de café igual que su mamá. En un instante, ha aprendido a cosechar los granos y echar los rabillos al lodo. Al avanzar de prisa se da cuenta de que sin duda será salvada, que este trabajo insoportable no es su destino.

¿Pero cuándo?

Un día se irá volando de la finca, agarrada de la cola de un papalote o del hilo de un globo. No puede decir a ciencia cierta cuándo será eso. A lo mejor si se llena los pulmones con suficiente aire, podrá flotar y alejarse volando sobre las montañas a un lugar donde no haya cafetales ni tiraderos de basura.

Con la plegaria llega la salvación.

Pero el sol había desaparecido tras las montañas y las sombras de los árboles de chalum que resguardaban los arbustos de café en el valle se habían hecho largas. Los jejenes, afectos a la frescura de la tarde, pronto saldrían a tratar de picarle los pies.

Olivia respira profundo y se apresura, torciendo los granos. Tiene las muñecas adoloridas. Si no es una cosa, es otra.

De pronto le da miedo que su mamá le vaya a pegar si no llega pronto a la estación de pesado con su banda llena.

Olivia no va a decepcionar a su madre.

(1973)

Cuando acababa de trabajar en el campo, antes de tener que ayudarle a su mamá en la casa, a Olivia le gustaba tomar el caminito que bajaba hasta el arroyo al fondo de la barranca. El caminito empezaba detrás del comedor comunitario y pasaba por un pequeño claro donde habían construido una choza con techo de lámina. Era una choza sencilla de tablón de pino, la manija de la puerta era de alambre trenzado y tenía una ventana de marco pequeño. Un viernes en la tarde, Olivia vio a una muchacha de ojos pequeños y labios anchos asomada por la ventana. Se miraron un breve segundo antes de que la muchacha volviera a meter la cabeza a la oscuridad de la choza.

Olivia había oído historias de que los fines de semana llevaban muchachas, apenas más que niñas, a estar con los hombres, puesto que el prostíbulo más cercano estaba a treinta kilómetros en Chimaltenango. Había oído a su propia madre decir que los caporales se aseguraban de traer una muchacha diferente cada semana.

–Trabajamos igual de duro que los hombres, pero nadie piensa en que nosotras nos divirtamos. A ellos sí los dejan beber como bolos y pasarla bien.

En un principio, estas muchachas eran para los trabajadores solteros o los que habían dejado a sus familias en comunidades indígenas a cientos de kilómetros. Pero ahora, todos los hombres que cosechaban en los cafetales las visitaban. Eran los mismos hombres que nunca tenían dinero para comprar pollo ni queso, pero siempre tenían cincuenta centavos para un aguardiente o para visitar la choza.

Ese viernes, cuando Olivia pasó rápidamente por la cabaña aguantándose la respiración, había una hilera de hombres sentados en un tronco caído, botella en mano, esperando su turno. No la vieron a los ojos. Ella se sentía incómoda, extrañamente cómplice, testigo de su engaño.

Cuando pasó el claro, respiró profundo, como si el aire fresco pudiera limpiarla delicadamente.

Olivia encontró su lugar favorito junto al arroyo y se sentó a escuchar el agua correr suavemente sobre las rocas. En su morral traía los dos libros de dibujos de Walt Disney que la hermana Carina le había dado semanas atrás.

Aunque Olivia nunca había ido a la escuela, la hermana Carina les enseñaba el alfabeto a ella y a los demás niños, en el catecismo, en Ciudad Vieja. Las veintinueve letras del español. Para practicar, Olivia se pasaba horas repitiendo las letras y visualizándolas en su mente. Lo hacía hasta cuando cortaba los granos de café, barría el piso de su choza o lavaba platos en la pila. Al repetir las letras para sí y ver los libros de Disney, Olivia estaba empezando a leer ella sola. La hermana Carina se sorprendería.

Igual que la revista *Vanidades*, Olivia mantenía su lectura en secreto, sobre todo de su madre, cuya reacción, calculaba, sería de crítica.

Ahora que estaba sola, Olivia sacó uno de los libros de su morral y empezó a leer en voz alta *El Pato Donald y su trenecito*, pronunciando cada sílaba aunque no tenía la menor idea de qué propósito podía tener un tren.

La hermana Carina se abría camino por el bosque hacia la pequeña iglesia en la finca cerca de San Antonio Aguas Calientes. Odiaba tomar el caminito que pasaba junto a esos hombres que creían que el paraíso los esperaba dentro de la choza. Pero era el camino más directo y su uso frecuente lo volvía más seguro. La hermana venía mascullando su última plegaria por las almas de esos hombres y por las pobres muchachas que se veían obligadas a atenderlos cuando oyó un sonido monótono más adelante.

La hermana Carina se sorprendió de ver a Olivia sentada en un tocón de caoba con las piernas cruzadas y leyendo en voz alta:

—*El Pato Donald tenía en el patio de su casa un trenecito nuevo. Un día, Donald se ocupaba en poner nuevos tramos de rieles, cuando de pronto se encontró con un árbol muy grande.*

No podía creer lo que oía.

—¡Olivia, sabes leer!

Sorprendida, Olivia volteó a ver a la monja y sus ojos oscuros se llenaron de lágrimas.

—Ay, hermana Carina, por favor no se lo diga a mi mamá —suplicó.

—¿Por qué no? —la hermana Carina tenía sesenta y tantos años, canas y anteojos, pero tenía en la voz el trino agudo de una mujer mucho más joven. Tal vez los años de enseñar primaria le habían congelado la voz en ese tono aniñado. A diferencia de las otras monjas, quienes consideraban que ocuparse de las necesidades de los pobres era una carga que las distraía de sus plegarias de penitencia y devoción, la hermana Carina de veras disfrutaba del contacto humano—. Me extrañas, m'hija.

Olivia se veía indefensa.

—Estoy leyendo uno de los libros que me dio.

—Niña, eso veo. ¿Pero quién te enseñó? ¿Cómo fue? No entiendo —se sentó en el tocón, extendiendo su hábito negro, y jaló a Olivia a su regazo.

Olivia empezó a llorar. Las lágrimas le corrían por la cara, y la hermana Carina la abrazó. Olivia estaba en los puros huesos, excepto por la panza hinchada, que le salía como un balón de futbol. Seguro que tenía una lombriz ahí enroscada.

—No estoy enojada contigo, Olivia. Nada más sorprendida.

Olivia tiró el libro y se talló los ojos con las dos manos.

—Yo sólo repetí las letras que usted escribió en el pizarrón. Después de un rato, empecé a ver cómo se conectaban para formar palabras.

—Dame un ejemplo —le pidió amablemente la hermana Carina.

—Como *casa*. Agarré la letra que suena como la "k" y la junté con la "a" y luego la "s" y luego la "a". No quería hacer nada malo.

La hermana Carina meció a Olivia en sus brazos; sabía que esta niña estaba acostumbrada a los regaños constantes de su madre.

—Tú deberías estar en la escuela, m'hija. Estás perdiendo el tiempo en el campo… voy a hablar de esto con Lucía.

—Por favor, no —suplicó Olivia.

La hermana Carina le dio un beso en la cabeza.

—El domingo voy a hablar con ella después de misa. Deberías estar en la escuela. Te vas a acabar, trabajando en los campos —la hermana Carina la ayudó a levantarse y le guardó los libros en el morral. Tomó a Olivia de la mano y empezaron a caminar de regreso hacia la finca. Olivia no podía dejar de gimotear, segura de que su madre se pondría furiosa ante la propuesta de que su hija ya no trabajara a su lado. Guayito tenía apenas tres años y caminaba despacio. ¿Cómo iba a sobrevivir su madre sin la cuota de granos de Olivia?

Cuando pasaron la choza con techo de lámina, la hermana Carina cargó a Olivia y le volteó el rostro hacia su pecho. Pasó de prisa junto a los hombres que se ponían de pie y volteaban la cara, avergonzados.

Cuando llegaron al comedor comunitario, la hermana Carina le dio un beso a Olivia.

–Niña, no te preocupes. Esto es algo bueno. Yo sé cómo hablar con tu madre –la bajó y volvió a tomar el camino para regresar a la iglesia de la finca cerca de San Antonio Aguas Calientes.

Dos días después, acabando la misa del domingo, la hermana Carina se apresuró para alcanzar a Lucía cuando salía de la iglesia. Estaba casi sin aire cuando le contó su idea a la mamá de Olivia. Quería becar a su hija para que estudiara en el Colegio Parroquial de La Antigua. Olivia iría a clases y a misa todos los días; viviría en un dormitorio con las otras internas. Le darían ropa y todas las comidas. Vería a un doctor regularmente. Tendría un futuro.

A Lucía le desconcertó el repentino interés de la hermana Carina por su hija. Además, ¿con qué derecho se entrometía en su vida?

—Sí, pues la iglesia tendrá sus intereses, pero yo tengo los míos. Olivia no tiene a qué ir a la escuela. Además, la necesito en la cosecha.

—Pero está perdiendo el tiempo —dijo tajante la hermana Carina—. Podría estar aprendiendo cosas que algún día, pronto, le den un futuro… y a ti te permitan dejar de cosechar café.

Lucía se rió.

—Debemos parecerle tan estúpidas. Los patrones nos mienten y la iglesia nos ofrece sueños tontos. Fui clara: necesito que mi hija se quede conmigo.

—Los sábados, después de sus clases de la mañana, va a venir a casa a estar contigo —explicó la hermana Carina—. Y no tiene que regresar a la escuela hasta el domingo en la tarde, a tiempo para misa de seis. La vas a ver mucho.

—¿Y quién me va a ayudar a cosechar?

—Lucía, piensa en todo el trabajo que te vas a ahorrar con una boca menos que alimentar.

—Yo veo a Olivia como dos manos más para trabajar. Además, la necesito en la casa. Cuida a Guayito cuando yo tengo que salir a ver la milpa o a lavar la ropa. No, de ninguna manera se va a ir.

—¿Entonces prefieres que hable de esto con el padre Perussina o con don Cofinio? —la hermana Carina no estaba por encima de usar todas las armas a su disposición para lidiar con la necedad. Al interior de la iglesia se había topado con individuos mucho más fuertes que sus congregantes.

El padre Perussina era un tonto, pero Lucía sabía que si la hermana Carina hablaba con don Cofinio, podía perder su trabajo y su casa. Todos los poderosos hablaban el mismo idioma y pertenecían a la misma fraternidad privada, fueran ricos terratenientes, líderes de la iglesia o simples religiosos católicos. En términos prácticos, Lucía y sus hijos eran esclavos de los campos. La fantasía de que Dios estaba en la tierra, el aire, el agua y el cielo, y que respondía a las plegarias era una mentira puesta en marcha por la gente que quería que los desposeídos se quedaran como estaban. Los pobres nacen pobres y lo que se espera de ellos es que se queden pobres. Ellos heredarán la tierra, pero la parcela que les toque va a ser seca y estéril, y no podrán cosechar nada más que espuelas.

¡Todo era parte de un gran engaño!

Lucía había dejado San Pedro La Laguna para irse a Sololá con la mente llena de los sueños de Melchor. No tenía idea de que su vida futura iba a estar maldita. Había sido víctima de múltiples seducciones y había acabado en una choza con piso de tierra, con dos hijos y sin un marido que la cuidara. Estaba amarrada por un contrato a una finca cafetalera que se le había ofrecido como la única forma de escapar de la vida y los sueños de desesperanza de unos padres sin ambiciones en el lago de Atitlán. Y todo se había podrido.

La suerte estaba echada desde hacía mucho y Lucía sabía que no tenía alternativa. Puso cara de rendición y la hermana Carina supo, con alivio, que no se vería obligada a acudir a sus superiores para salirse con la suya. Le disgustaba imponer sus ideas a las personas con menos recursos que ella, pero entendía los límites de repetir las sencillas súplicas y sermones mecánicos que su propia Iglesia promovía.

—Paso a recogerla el lunes en la mañana.

—Pero no tiene ropa —protestó Lucía.

—No necesita. En la escuela le van a dar uniformes azules, blusas blancas y zapatos negros de cuero.

—¿Y yo qué?

La hermana Carina la miró con ojos inexpresivos.

—Lucía, ya va a empezar el catecismo. Tengo que volver con los niños.

La hermana Carina se sacó del hábito un billete de veinte quetzales y se lo dio a la mamá de Olivia.

—Otra cosa, Lucía.

—¿Uy, y qué será? —gruñó Lucía, mientras se guardaba el billete en la blusa.

—No desquites tu enojo con la niña. El lunes la voy a examinar para ver que no tenga moretones. Y esto es una amenaza, no una advertencia —se dio la vuelta y se fue sin decir otra palabra.

Esa tarde, cuando Olivia regresó de la iglesia, su mamá no le hablaba. En cierto momento, Olivia trató de tocarle la mano, pero Lucía respingó como si la hubiera picado con un cuchillo.

Olivia supo que la hermana Carina había hablado con su madre, y no le gustó. Fue una dura lección para Olivia a su corta edad: *para avanzar, traicionas a quienes amas.*

Para Olivia ir a la escuela significaba silencio y traición.

(1973)

Ciento veinte niñas estudiaban en el Colegio Parroquial, un edificio de dos pisos a un lado de la Calle del Desengaño, cerca de la Iglesia de La Merced. Las Hermanas de la Misericordia abrieron la escuela a principios de 1950, durante el régimen de Arbenz, para mostrar su apoyo a la campaña del presidente de extender las oportunidades educativas a los pobres. Las monjas querían darle esperanza a gente que había experimentado sobre todo la servidumbre. Pero para 1960, seis años después de que derrocaran a Arbenz, el experimento había terminado. Conforme las estudiantes más pobres se iban graduando, eran reemplazadas por niñas ricas. La escuela se convirtió en un reformatorio benigno para chicas de clase media y alta de entre ocho y dieciocho años, que no podían, o no querían, asistir a las escuelas privadas o parroquiales y vivir en casa. El Colegio Parroquial estaba a escasos treinta y cinco kilómetros de la capital; ofrecía una educación tradicional y rigurosa, con fuertes bases morales y religiosas.

Antes de inscribir a Olivia en la escuela, la hermana Carina la llevó con el doctor Elías Madrid Porrúa, que tenía su consultorio en una casa colonial frente al Convento de Santa Clara. Era un doctor amable, educado en Boston, acostumbrado a atender a las familias ricas de la localidad y a las varias docenas de expatriados estadounidenses y alemanes que habían hecho su hogar en La Antigua. Sabía de neurastenia, insomnio, migrañas y diversas formas de artritis, y, en contadas ocasiones, había enyesado alguna fractura. Tenía el orgullo de que ningún paciente se le hubiera muerto: había conquistado la muerte y alcanzado una forma muda de inmortalidad al negarse a tratar aquellos padecimientos que consideraba más allá de sus dominios.

Aborrecía la idea de la cirugía.

Cuando se ofreció a atender a las niñas del Colegio Parroquial, daba por sentado que tendría que curar esguinces e infecciones menores –dolores de oído, de garganta– que afectaran a las niñas de familia por vivir en clima húmedo. El doctor Madrid era un experto con su lamparita de mano para asomarse a las orejas y revisar las gargantas buscando señales de infección. Si las niñas tenían algo más serio, las mandaban con el doctor Héctor Sánchez, un cirujano titulado.

Los harapos de Olivia asquearon al doctor Madrid. Quizá debió mandarla a bañar antes de examinarla, aunque eso hubiera significado dejarla usar la tina de su casa. Le repugnaba la imagen de una capa de mugre sobre la porcelana. Le pidió a la hermana Carina que lo esperara en su despacho y le indicó a Olivia que se desvistiera detrás de un biombo mientras él se ponía un par de guantes de hule.

–Y ponte la bata que está en la silla. Regresa cuando estés lista y acuéstate aquí –dijo, señalando la mesa de examen negra.

Olivia obedeció. Estaba nerviosa de estar a solas con un hombre. Consciente de su desnudez bajo la bata, se tapó el sexo con las manos.

–Boca arriba, por favor. Y las manos a los lados.

El doctor Madrid se acercó, le apretó los brazos y las piernas buscando fracturas.

–¿Te duele?

–No.

Luego le puso la palma de la mano en la boca del estómago y apretó.

Olivia pegó un aullido. Le salieron lágrimas de las comisuras de los ojos.

El doctor Madrid se quitó los guantes. Fue a su escritorio y escribió unas palabras en una libreta. Luego regresó con Olivia, que seguía postrada.

Movió las manos suavemente sobre su vientre inflamado.

–¿Cuando haces popó, sale blandito y apestoso?

Olivia no sabía qué contestarle. El popó siempre es apestoso, pensó. Y sale en chorros asquerosos. ¿Cómo podía decir esto sin que se le trabara la lengua? Lanzó una mirada a una fotografía que el doctor tenía de la lava fluyendo por los costados del volcán Pacaya.

–Bueno, casi siempre sale así.

El doctor Madrid sonrió.

–Muy bien explicado, pequeña –hizo una pausa–. Ya te puedes vestir, y vete a sentar a mi despacho con la hermana Carina.

El doctor abrió un enorme tomo negro que tenía en un atril y pasó varios minutos volteando páginas. La medicina, si se practicaba correctamente –cavilaba–, podía ser una profesión muy placentera. No creía en los análisis: si se tomaban en cuenta los síntomas, no era necesaria ninguna muestra de heces ni estudio de sangre.

Cerró el libro de golpe y caminó a su despacho.

–Como lo sospechaba, mi querida hermana –se pavoneó el doctor Madrid–, esta pequeña tiene escorbuto, lombrices y amibas. Las frutas y verduras frescas y un suplemento de vitamina C le van a curar el escorbuto. Aquí hay una receta para curarle las lombrices intestinales y las amibas. A la semana notará un cambio. En un mes estará perfectamente sana.

Olivia estaba apenada. Jamás había sido objeto de especulación. La gente le hablaba directo a ella o nada. No podía mirar a la cara a la hermana Carina ni al doctor. Quería regresarse corriendo al cafetal y reanudar su vida anterior. Hubiera sido feliz simplemente de caminar entre los cafetos y poner las cerezas rojas en su costal. Prefería la monotonía y el peso del costal jalando sus hombros al escrutinio.

Ella no había pedido esto.

Era mitad de año. A Olivia la pusieron en un dormitorio del segundo piso con once niñas más. Las camas tenían colchones y almohadas rellenos de paja, y encima una cobija de lana de San Francisco del Alto. Cada cabecera tenía clavada una cruz de estaño y había pequeños tapetes entre las camas, donde las niñas hacían una genuflexión y rezaban antes de dormir.

Olivia nunca había dormido en una cama. Estaba acostumbrada a su petate en el suelo, cubierto con una tela delgada de algodón. Su primer instinto fue acostarse en el tapete.

–En enero cuando hace mucho frío, no esperes que te den otra cobija –dijo Jimena Chang. La habían sacado de clase para que le diera la bienvenida a Olivia, a quien le habían asignado la cama de al lado para que pudieran hacerse amigas. Después Olivia supo que Jimena era la única chica de La Antigua en su salón.

Jimena tenía la piel apiñonada, como Olivia, y una dispersión de lunares oscuros en el cuello y la espalda. Algunos lunares eran bastante grandes, como granos de café aplastados en su piel.

Jimena se sentó en la cama de Olivia. Constantemente, empujaba con el dorso de la mano izquierda los anteojos de armazón negro que al hablar se le resbalaban una y otra vez hasta la punta de la nariz.

—Me he quejado tantas veces… ¿sabes quién es mi papá?

Olivia negó con la cabeza. Estaba en estado de pánico. Peor: el doctor Madrid le había dado dos pastillas para las amibas y sentía que el estómago se le revolvía y le daba vueltas.

—Arturo Chang. Todo el mundo le dice "Chino". Somos dueños del Almacén La Fe, en la plaza; es el que tiene el portón verde y las dos ventanas amarillas a los lados. La escuela le compra todas las sábanas y cobijas a la tienda de mi papá. También las toallas. De seguro la conoces.

Olivia asintió con la cabeza.

Jimena resopló.

—¿Y qué, siquiera hablas?

—He pasado muchas veces por la tienda —mintió Olivia.

—¡Mi mamá es Salvadora Bonilla Urrutia, hija de uno de los hombres más ricos de Los Aposentos!

A las maestras les caía bien Jimena, con sus ojos cafés que nadaban detrás de sus gruesos lentes, porque era callada y estudiosa en clase. No sabían que era el terror de las internas porque conocía bien La Antigua y era valiente, a pesar de su extraña apariencia.

—Te ves india. ¡De Chi Chi o Santa Cruz del Quiché!

—No, somos de…

—Ah, Mazatenango. Eres de Mazatenango —dijo Jimena saltando en la cama de Olivia. Parecía que el mundo entero era su trampolín privado.

Olivia conocía los límites de mentir.

—Vivimos en Ciudad Vieja, pero mis papás son originarios de San Pedro La Laguna.

Jimena se sentó en su cama.

—Ciudad Vieja es más fea que cualquier pueblo en la luna, ¿no crees? Todas las construcciones son de adobe color caca. ¿Por qué no las pintan? *¡Porque son demasiado tacaños para comprar cal!* ¿Oye, quieres ir conmigo a la tienda de mi papá?

—La hermana Carina me dijo que no podíamos salir de la escuela.

—Ahorita no, mensa. Al rato, cuando las monjas estén rezando o tomando la siesta. Además, tres de cada cuatro están prácticamente ciegas. ¿No viste lo gruesos que son sus anteojos? Si quieres saber la verdad, las internas controlamos la escuela —dijo Jimena desafiante.

—¿Dónde están las otras niñas? —preguntó Olivia; la voz se le quebraba de los puros nervios y los retortijones en el estómago. Estaba segura de que Jimena podía ver lo turbada que estaba.

—Siguen en clase. La hermana Carina me pidió que subiera a darte la bienvenida. La mayoría de las niñas aquí son un asco. Te voy a presentar a las buenas. Júntate conmigo y yo me encargo de que entres a Las Valentinas. Es nuestro club secreto —Jimena se acercó más y le murmuró al oído, aunque no había nadie más en el dormitorio—. Bebemos, fumamos… y robamos. Nomás no te juntes con Meme. Es la apestada del salón. A los nueve años la vendieron de prostituta, fue su propia madre. Ella y su mamá son putas.

Olivia sentía fuertes espasmos en el estómago. El doctor le había advertido de la necesidad repentina de evacuar. Esto podía durar una semana. Haría bien de no alejarse mucho de un baño. En aquel momento no había tenido la menor idea de qué le estaba diciendo el doctor… ¡pero ahora lo sabía!

—¡Tengo que hacer popó! —gritó finalmente.

Jimena agarró la mano de Olivia.

—Ven conmigo.

La condujo a los baños, que estaban ubicados entre un dormitorio y otro. Cada uno tenía tres excusados y dos regaderas privadas. Jimena señaló uno de los retretes.

Olivia no sabía qué hacer. Estaba segura de que la ignorancia se le notaba en la cara.

—¿Jimena, dónde hago? —preguntó, sudando.

Jimena sabía que Olivia era un paso más que indígena. Estaba segura de que ni siquiera había visto un excusado en su vida. Abrió la puerta de uno de los retretes.

—Te sientas en el asiento negro y haces. Cuando acabas, te limpias con este papel… ¡y usa todo el que quieras, también es de la tienda de mi papá! —arrancó como una docena de cuadritos del rollo y los echó al tazón—. Y cuando acabes, jalas este hilo así… —Jimena jaló la cadena junto al tazón y el agua bajó rápidamente por el tubo desde el tanque arriba de ellas. El papel desapareció.

Olivia oyó agua fresca llenar el tazón.

—Toma el tiempo que quieras. Te espero afuera —dijo Jimena, cerrando la puerta del baño al salir.

Cuando Olivia terminó, Jimena la condujo por la escalera negra de hierro colado que subía a un costado del edificio desde el suelo a la azotea y a la terraza donde había sábanas y uniformes tendidos. Olivia nunca había subido tan alto. Vio el sol destellar en los techos de lámina de las casas de La Antigua y, al sur, cerniéndose sobre el valle, el Volcán de Agua con un babero de nubes alrededor del borde.

Estaba a punto de decir que vivía en un cafetal no muy lejos del pie del volcán, pero se detuvo a tiempo.

—Qué bonito es aquí.

—Así es. Cuando apagan las luces, aquí nos subimos a fumar —dijo Jimena. Levantó el brazo derecho y señaló—. ¿Ves ese tinaco grande a la derecha de la plaza?

Los ojos de Olivia recorrieron el horizonte, pero como nunca había visto un panorama tan amplio de golpe, le costaba trabajo enfocar.

—La plaza es donde se ven todos esos árboles. Ahora mira a la derecha. ¿Ves esa cosa grande que parece una tetera?

—Veo algo rojo —dijo Olivia nerviosa.

—Rojo por China. Almacena suficiente agua para todas las tiendas y casas de la cuadra —presumió Jimena—. Está arriba de la tienda de mi papá. ¡Un tinaco rojo para el agua!

El Colegio Parroquial era un mundo complejo de alianzas, amistades y engaños. En su primera semana de escuela, Olivia se mantuvo cerca de Jimena, que estaba contenta de pasearla como si fuera un extraño animal de circo, otorgándole pequeños regalos: cigarros y canillas de leche.

Jimena era una verdadera líder. Encabezaba las escapadas nocturnas a la azotea, el robo de dinero y joyas a las niñas menores, la ratería de dulces y chucherías de las tienditas alrededor de la escuela. Olivia se dormía llorando, destrozada por el dolor de la medicina que mataba microbios en su panza y el miedo a que las niñas descubrieran que era una impostora: una niña sin papá, cuya madre era una indígena que andaba descalza; que era alguien que antes de venir a la escuela ni siquiera sabía lo que era un excusado. Vivía en constante pánico; los miércoles se ponía a hacer garabatos en la hora obligatoria de correspondencia y no tenía ninguna historia que contar los domingos en la noche cuando las niñas regresaban de pasar el fin de semana con sus padres.

Los fines de semana, dormía en el suelo de la choza de su madre y lavaba ropa en el arroyo –¿eso iba a contarles a sus compañeras en la media hora que había los lunes para compartir lo que habían hecho?

Mercedes –Meme– era la enemiga de Jimena. Tenía pelo castaño y ondulado, hasta los hombros, que cepillaba cuarenta veces cada mañana, y sensuales ojos verdes de gato. Su frente abovedada era tersa y suave. Sus caderas de diez años ya se habían ensanchado y sus pechos oprimían orgullosos el uniforme. Era bella y voluptuosa, todo lo que Jimena no era; con razón le tenía celos a Meme –el pecho y las nalgas de Jimena eran absolutamente planos–: comparada con ella, era una muñeca de palitos andante.

La cama de Meme estaba al otro extremo del cuarto, junto al clóset de blancos donde se guardaban las sábanas y toallas. La primera vez que se quedó a solas con Olivia le dijo:

—Ya sé que eres la mejor amiga de Jimena.

—No soy —le rebatió Olivia.

—Eh, eh, eh.

—Pero ella cree que sí.

Meme asintió y le brillaron los ojos.

—Conmigo puedes ser honesta. No te voy a lastimar. Te lo prometo.

Olivia no sabía qué decir.

—¿Quieres que te enseñe a besar?

Olivia recordó la choza en el bosque, donde los hombres se bajaban los pantalones para aparearse con mujeres desconocidas. Y recordó la vez que un hombre había compartido el petate de su madre y nueve meses después había nacido Guayito. Olivia había tratado de bloquear el ruido de roces y gruñidos —sobre todo al final, cuando su mamá gimoteaba suavemente.

Olivia a menudo había parado los labios y se había besado el dorso de la mano, como un experimento. En realidad, era bastante inocente.

Meme se inclinó hacia ella y la besó. Olivia sintió la fácil suavidad de sus labios y se tensó. Meme simplemente oprimió más la boca hasta que Olivia pudo probar su dulzura afrutada. Tras lo que pareció una eternidad —tres segundos cuando mucho—

de tener los labios trabados, Meme se apartó y apretó la mano de Olivia en la suya.

—¿Qué te pareció? —preguntó, frotándole suavemente la muñeca.

—Besas muy bien —dijo Olivia sedienta, no muy segura de qué acababa de suceder.

Meme empezó a saltar de alegría en su cama.

—Gracias, ay gracias —dijo radiante—. Creo que sí soy buena. La próxima te enseño a besar de lengua. Es una experiencia completamente diferente. Te hace sentir calientita por dentro.

A diferencia de Jimena, Meme era pura. A Olivia le encantaba su confianza en sí misma, su forma directa de hacer las cosas, no quería o no necesitaba un aplauso jamás. Que hubiera elegido a Olivia para compartir sus secretos más íntimos, aparte de las otras niñas, la hizo darse cuenta de lo suertuda que era de contar con la amistad de Meme.

—Nadie de aquí lo sabe, pero mi papá tiene cinco esposas. Bueno, en realidad no son cinco, porque nunca se casó con ninguna. Nació en Polonia, pero acabó en Zacapa. Lo vi una vez. Es chaparro y feo, y mastica con la boca abierta. Como un sapo. No sé qué le vio mi mamá. A lo mejor tenía dinero o simplemente eso le dijo. Tengo una hermana en Jutiapa y otra en Zacapa. La mayor es Rosita y vive en la Ciudad de Guatemala… ella me cuida.

—Qué familia tan grande tienes —dijo Olivia.

—Mi hermano Felipe está en San Francisco y Eduardo está en una escuela militar en Cobán. Nunca he visto a ninguno de los dos. En realidad no necesito a mi padre.

—¿En dónde está?

—Nadie sabe…

—Por favor dime.

—Oquéi. Está muerto. Murió en Zacapa. En la cama de otra mujer. Tenía cincuenta y tres años.

—¿Y si le cuento a Jimena? —a Olivia también le afectaba la maldad en la escuela.

—No lo harías. Confío en ti.

Olivia sintió que estaba en la cima de una montaña, rodeada por flores y ráfagas de aire. Para que no la volaran, tenía que quedarse sentada muy quieta, extremadamente quieta. Meme le había dicho que confiaba en ella.

—Para ser honesta, yo tampoco vi nunca a mi papá. También murió —confesó Olivia.

Meme la miró.

—Ay pobre, pobre de ti, pobrecita. Nos parecemos mucho, ¿sabes? Las dos somos hijas ilegítimas en una escuela de niñas ricas de buena familia.

Luego Meme se puso seria. De manera bastante inesperada, echó a reír y jaló a Olivia hacia ella.

—Somos ilegítimas unidas por un pacto de silencio. Si Jimena se llegara a enterar, seríamos sus esclavas. Yo no quiero ser esclava de nadie. ¿Tú?

Olivia negó con la cabeza. Tomó el brazo de Meme y lo apretó fuerte.

—Ilegítimas unidas por un pacto de silencio —repitió, no muy segura de lo que era una ilegítima, pero con el presentimiento de que era mejor que caer en manos de Jimena.

(1974)

El Colegio Parroquial le ofreció a Olivia una entrada a mundos que ni siquiera imaginaba que existían: ¡una cama en un dormitorio, excusados y regaderas con agua corriente (¡y además caliente!), sus propias sábanas y toallas! ¿Cómo iba a explicarle Olivia a su madre que tres veces al día podía caminar por una fila en la cafetería que mujeres vestidas de blanco le sirvieran comida en su plato, toda la que quisiera, cuando todo lo que su mamá conocía era el comedor comunitario con su suelo de tierra, aire húmedo y escasas raciones? La primera vez que caminó por los pasillos de la biblioteca de la escuela y vio los libreros de piso a techo, Olivia había querido exclamar lo parecido que se sentía a caminar por los cafetales, ¡sólo que aquí la rodeaban miles de libros en vez de miles de granos de café!

Jimena sólo se hubiera reído de ella.

A Olivia le encantaba pasar tiempo en la biblioteca, rodeada por libros sobre religión, historia y geografía, empastados en tela. Había estantes de clásicos españoles –*Don Quijote, La Celestina, El libro del buen amor*– que las niñas mayores le habían advertido que algún día iba a *tener que leer*. Y había traducciones de gruesas novelas de escritores franceses como Alejandro Dumas, Balzac y Stendhal y de escritoras inglesas como Brontë y Austen.

¿Qué otros mundos nuevos le esperaban en ellas? Había libros sobre viajes espaciales, vida microscópica, túneles que pasaban bajo ríos –cosas que ni siquiera sabía que existían–. Un libro estaba lleno de fotos de un cohete espacial que había llevado a tres hombres a la luna, su blanca luna, que colgaba inerte en el cielo como un adorno abandonado. Olivia no podía leer ninguno de estos libros, pero aun así sentía un placer reverente de estar sentada entre ellos, agradecida por su dura silla de madera y el aire mohoso que encerraba tanto silencio. Después de todo, un libro sobre el tren del Pato Donald era lo que la había llevado a su nueva vida en el Colegio Parroquial.

En el salón, Olivia aprendió a sumar, restar, multiplicar y dividir. ¡Estas habilidades la hubieran vuelto muy popular con sus colegas cafetaleros que eran estafados por los contadores y los caporales de tantas maneras! Con su experiencia recién adquirida, Olivia hubiera podido intervenir por ellos y poner fin a todos los embustes. Pero lo último que quería era volver a un lugar donde la pesadez y la monotonía determinaban cada día, donde la esperanza se definía por la felicidad rumorada de otros. Aquí podía medir lo que tenía simplemente con mirar a su alrededor. Se dio cuenta de que la copia de *Vanidades* con Olivia Newton-John le había despertado el sueño de entrar a un mundo de belleza e imaginación. El caminito al arroyo había sido otro paso y ahora el colegio era ese nuevo mundo.

Nunca volvería a los campos. Nunca. Jamás. Antes muerta.

Olivia hubiera podido ser la mejor estudiante de su año, pero no estaba dispuesta a destacar. Se sentía como una intrusa, alguien que había sido admitida en la escuela de manera ilegal, sólo por la intervención de la hermana Carina. Si se quedaba en medio del montón, quizá podría husmear por ahí sin llamar demasiado la atención: esta era la lección que había aprendido en sus años de cosechar café. Hicieron preguntas que hubiera podido responder; guardó silencio cuando le presentaron problemas de matemáticas que no eran un reto para ella. Su estrategia era ser una seguidora: eso garantizaría su seguridad en el salón y también en los dormitorios.

El Colegio era un lugar cómodo, pero confuso. En los cafetales, Olivia sabía que los caporales eran el enemigo y que tenías que ponerte alerta si se volvían en tu contra. Pero un mal paso en la escuela podía exponerla a una cuarentena social, a la burla incesante de las otras niñas. La personalidad las dividía, pero también había separaciones entre ricas y pobres, criollas y mestizas, las alumnas de día y las internas. Las monjas probaron de todo –sesiones de grupo, retiros de oración, excursiones, pláticas individuales– para tratar de engendrar unidad y camaradería entre las niñas. En cuanto un problema parecía resuelto –que no contestaran feo en clase, que no se burlaran de una respuesta incorrecta–, se presentaban episodios sádicos en los dormitorios: chorizos podridos en las mochilas, bichos muertos debajo de las almohadas, orina en el enjuague bucal.

Las monjas se negaban a ver estos episodios como simples travesuras infantiles, la inmadurez de niñas compitiendo por atención. En vez de simplemente aceptar las burlas y las bromas pesadas como una fase, veían su conducta como la prueba de que habían fallado en enseñarles a las niñas las lecciones más rudimentarias de moral y civismo. Insistían en discutir estos problemas abiertamente después de las oraciones, pero las monjas no eran rival para un grupo de niñas aburridas por la idea de descubrir la raíz de sus actos. Cualquier paliativo que consideraron resultó ineficaz, puesto que las niñas se negaban a cooperar siquiera.

Las monjas estaban predestinadas al fracaso. Los padres de las niñas habían metido a sus hijas al Colegio en el momento en que ellas más los necesitaban. A las niñas les faltaba amor mientras recibían orientación; se encontraban a sí mismas atrapadas en un oleaje de sentimientos contradictorios y las monjas sencillamente no tenían la menor idea de cómo sacarlas. Esas mujeres enfundadas no sabían prácticamente nada de permitir una fantasía o consentir un capricho; eran igual de afectuosas que las sábanas almidonadas de algodón en que dormían las niñas.

Para empeorar las cosas, las niñas del Colegio Parroquial estaban en los albores de su propio despertar sexual, abrumadas por sueños eróticos que las hacían desearse y odiarse unas a otras, todo al mismo tiempo. Y las monjas, con sus severos votos y privaciones, sobrevivían en la escuela y el convento siguiendo una rigurosa rutina y rezando sin cesar. Hubieran estado irremediablemente perdidas en el mundo carnal. La mayoría apenas si recordaba el fervor con que había rezado en la adolescencia y nunca admitiría que se había unido a su orden monástica por motivos ajenos a la fe: para rebatir sus impulsos sexuales. Temían a las tentaciones de Satanás.

La hermana Carina era la única monja que tenía una pista de lo que estaba pasando.

Su trabajo en las iglesias de las fincas cercanas le había abierto los ojos a los muchos obstáculos emocionales y físicos que enfrentaban sus congregantes. Se familiarizó con los problemas de supervivencia, vivienda y desnutrición que los abrumaban. Desde luego que la hermana Carina nunca enfrentaría a Aníbal Cofinio por estos problemas, pero ella reconocía el sufrimiento de sus feligreses, aun cuando les aconsejara paciencia o descartara sus quejas diciendo que todo era parte de un plan divino mayor.

Este entendimiento le permitió a la hermana Carina dar consejos sobre formas de suavizar los golpes en sus marginadas vidas. Animaba a las mujeres a reunirse para ventilar sus quejas. Al mismo tiempo, advertía a los capataces de las fincas que harían bien en responder a esas quejas antes de que escalara el descontento.

—Si no las escuchan ahora, lo van a lamentar después —les advertía.

Cuando las mujeres vieron resultados, la hermana Carina sintió la confianza de discutir temas de cuidado infantil con ellas para que el abuso que les infligían los caporales o sus maridos no fuera transferido a sus hijos en un arranque de frustración. Trató de hacerlas detenerse un momento antes de castigar, de que usaran palabras más que correctivos físicos. Les enseñó a contar hasta diez antes de reaccionar.

Como no había agua corriente ni muchas comodidades, la limpieza personal en los campos también era un reto. La hermana Carina les habló de higiene y menstruación, y retó a las mujeres a ser más abiertas sobre estos temas con sus hijas. Sabía que muchas de las mujeres habían sido abusadas primero por los caporales y luego por sus maridos, y las instaba a no quedarse calladas ni ser cómplices. Les habló de la casa en el bosque y de cómo lo que sucedía dentro de los tablones de pino era una ofensa que estaba destruyendo el tejido mismo de sus hogares.

—Deben encontrar la manera de hacer algo —las exhortó.

No le sorprendió enterarse de que un domingo la choza se incendió.

La situación en el colegio era muy diferente. La hermana Carina se sentía tan insegura como las otras monjas al hablar de sexo con las niñas, pero al menos lo intentaba. Sugirió que se pusieran dispensadores de toallas sanitarias y aspirinas en todos los baños, pero las otras monjas se sintieron inseguras y confundidas, pensando que cualquier reconocimiento de la menstruación alentaría la exploración.

Sí logró convencer a sus colegas de, por lo menos, abordar el tema del sexo como parte de las clases en el salón. Las monjas más jóvenes lo hicieron con bastante timidez en biología, discutiendo la reproducción animal muy a grandes rasgos, o insistiendo en la higiene personal en la clase semanal de salud. Cuando las niñas empezaron con las risotadas y las burlas, más que nada por vergüenza, las monjas gustosamente impusieron el silencio en clase, el cual, para ellas, era el verdadero camino hacia la meditación y la reflexión sobre Dios y todos sus prodigios. Las monjas se sentían aún más aliviadas de que la mayoría de las internas pasaran los fines de semana y las vacaciones en su casa. *¡Que sus padres lidien con ellas!*

Pero era un error de cálculo de su parte, pues los padres no tenían el menor deseo de embarcarse en la crianza de sus hijas cuando el fin de semana era su único descanso del trabajo de la semana. Los sábados y domingos eran para socializar con amigos e ir a fiestas. Las mujeres iban a comentar sus vestidos largos, a discutir sobre vinos y licores finos o a presumir a dónde las iban a llevar sus fieles maridos en las vacaciones de Semana Santa o Navidad. Ansiaban verse mencionadas y fotografiadas en las páginas de sociales del *Prensa Libre*, *El Imparcial* o *La Prensa Gráfica*. O si no, se retiraban a los exclusivos clubes de tenis y golf que habían abierto a orillas del cercano lago Amatitlán.

Sus hijas eran simplemente una molesta añadidura a las actividades del fin de semana, y se esperaba que participaran en los eventos sociales sin hacer escándalo ni exigir demasiada atención.

Y para las 6 p.m. del domingo, los choferes de las familias llevaban a las niñas de regreso a La Antigua y sus rutinas en el dormitorio, y sus madres se desplomaban en la cama, liberadas y estimuladas. Los padres de familia le estaban agradecidos al Colegio Parroquial por ayudarlos a criar a sus hijas en un ambiente seguro, enclaustrado, donde los muchachos –la fuente de la miseria sexual– no se veían por ningún lado. Las monjas se aseguraban de restringir el contacto entre las niñas y la comunidad donde vivían. Nunca se les permitía salir de la escuela solas, punto (no obstante las escapadas de Jimena).

Pero las madres ni siquiera sospecharon jamás que sus hijas habían desarrollado las habilidades para alimentar y nutrir su propia curiosidad.

Un mundo sexual oculto operaba arriba en el dormitorio: había alteros escondidos de la revista *Teen Screen*; pósters doblados de galanes norteamericanos sin camisa como Steve McQueen y Robert Redford; radios de transistores que tocaban canciones de Motown y música disco una y otra vez. Las niñas caían en arrebatos frenéticos, incontrolables, a la menor provocación. Con los pechos creciéndoles, sentían que el primer torrente de la adolescencia las rebasaba.

Sin muchachos, las niñas no tenían más opción que explorar su sexualidad entre ellas. Sus padres se hubieran horrorizado, pues imaginaban a sus hijas de once y doce años durmiendo solas y a salvo en sus frías sábanas almidonadas, bajo crucifijos de madera y peltre. Se hubieran escandalizado de saber que cuando se apagaban las luces, oleadas de niñas salían discretamente de su cama y subían a la azotea. Ocultas por la ropa tendida que ondeaba suavemente en la brisa cruzada, estas renegadas encontraban calor rebelándose juntas —diciendo groserías y fumando—, y después, hasta en la cama de una compañera.

Esto confundía a Olivia. Después de que Jimena y sus amigas regresaban a acostarse a las once, podía oír que otras niñas se salían de la cama, y ocasionalmente hasta gemidos y ronroneos amortiguados cuando regresaban de la azotea una hora después. Sabía que Jimena no participaba puesto que sus camas estaban una al lado de otra y la oía roncar desde el momento en que su cabeza tocaba la almohada. Olivia se preguntaba si Meme sería parte del segundo grupo de renegadas o tal vez su cabecilla; aún podía sentir los labios de Meme contra los suyos, y había mencionado la posibilidad de un beso de lengua.

Si Meme no la invitaba a la azotea, era porque no le parecía atractiva. Olivia no se hacía ilusiones en cuanto a su físico. Se sentía fea y más llenita cada día. Pocas chicas querrían estar en los brazos de una niña gorda y morena. Y mucho menos Meme: una niña con sedoso pelo castaño y ojos verdes.

Lo que Olivia no sabía era que lo que sucedía en la azotea no tenía nada que ver con amor e intimidad, sino más bien con control. Y Meme no quería que Olivia tomara parte de ninguna manera: la estaba protegiendo.

Olivia se vio obligada a navegar sola los vados de su propia sexualidad. Su madre le había hablado de la menstruación y le había dado unos cuantos trapos. Le dijo que los lavara todos los días y que masticara hojas de eucalipto para contener los calambres. Las compañeras de Olivia usaban las toallas sanitarias que sus padres les proporcionaban: ninguna de las niñas —nunca— había tenido que lavar trapos. Ella los lavaba en secreto antes de la comida o después de la cena, antes de la hora de estudio, y los colgaba con pinzas de los resortes debajo de su cama a que se secaran.

Una vez, Meme se quejó con Olivia diciendo que la menstruación era la prueba de que Dios no existe.

—Este es el sufrimiento que las mujeres debemos soportar a cambio del honor de propagar la raza —dijo, imitando la voz y las palabras de su maestra de biología, la hermana Alfreda—. Qué idiotez.

—Pero es cierto, Meme.

—Cuando cumpla catorce, mi hermana Rosita me va a dar la píldora.

—¿Una píldora para los calambres?

Meme se echó a reír.

–La píldora anticonceptiva, querida. La tomas y te deja de bajar. No más toallas. Y hasta puedes acostarte con quien quieras y no te embarazas. No me digas que te gusta que te baje.

Olivia se sonrojó y dijo:

–Hay veces que apenas puedo caminar.

–Exacto –respondió Meme. Le dio a Olivia unas pastillas amarillas, que sí redujeron el dolor y acortaron sus periodos. ¿Cómo podía Olivia regresar a vivir a los campos? ¡A mascar hojas de eucalipto! ¡Qué vergüenza!

Además de las pastillas amarillas, Meme le dio a Olivia unas aspirinas y algunas de sus toallas sanitarias.

–Yo tengo las mías –dijo Olivia.

Meme negó con la cabeza.

–Te he visto lavando tus trapos en el lavabo. Tienes que dejar de vivir en la prehistoria, Olivia. Y por favor no me mientas. No soporto las mentiras.

–Meme, yo…

–Ni una palabra más, ¿me oyes? –la calló su amiga–. Somos ilegítimas unidas por un pacto de silencio, ¿recuerdas?

Olivia no pudo más que asentir.

Siempre que Olivia estaba molesta, Meme simplemente decía:

–¡Otra vez has de estar en tus días!

–¿Cómo sabes? –le preguntaba Olivia, atónita.

–Me baja desde que tenía nueve años. Sé todo sobre eso. Nunca va a mejorar, pero te vas a acostumbrar –le decía.

Un domingo en la noche, mientras las demás niñas estaban estudiando en la biblioteca, Meme le hizo señas a Olivia de que la siguiera a la azotea. El cielo sobre ellas era inmenso, ilimitado, y parecía adornado con cientos de estrellas pulsantes. Al sur estaba la oscura silueta del Volcán de Agua, que se veía como un triángulo de oscuridad. Meme encendió un cigarro. Después de inhalar, se lo pasó a Olivia.

–No gracias.

Meme se encogió de hombros.

–A veces quisiera estar muerta, muerta y ya.

Olivia la miró.

–Qué cosas tan feas dices.

–Es que ya no sé ni qué es real.

Olivia sabía de lo que hablaba su amiga.

–Yo también me siento así. ¿Es real este mundo o el mundo de donde vengo? Si vieras mi casa, si conocieras a mi mamá y a mi hermano…

Meme agarró el cigarro entre el índice y el pulgar. Le dio una calada profunda y exhaló aros de humo perfectos. Cuando acabó, dijo:

–¿Por qué no me invitas a tu casa el próximo sábado?

—Nunca te dejaría hacer eso. Eres mi mejor amiga, pero me moriría de la vergüenza.

—No puede estar tan mal.

—¿Alguna vez has dormido en el suelo? ¿Sabes lo que es que el viento se te meta a la casa todo el tiempo porque no hay ventanas? ¿Irte a dormir con hambre y despertar sabiendo que lo que te espera es hora tras hora de caminar por una fila torciendo y cortando granos de café y echándolos a tu canasta? Hay niñas aquí en la escuela que nunca han visto un cafeto, que nunca han tenido que acuclillarse en el campo abierto.

Siguió un silencio. Meme le apartó el fleco de la frente a Olivia.

—Y yo que pensaba que a mí me iba mal. Entre más rápido olvides ese mundo, mejor. Ya no vives allí.

—Voy todos los fines de semana.

—Pues sí es cierto, cada vez que vas, regresas a la escuela sintiéndote miserable.

Olivia asintió.

Su casa era una miseria: Guayo y su madre la odiaban. El sábado en la tarde y el domingo todo el día eran como un regreso a la servidumbre. Trataba de hacer todo el quehacer que podía: lavaba la ropa, barría el piso de la choza, remendaba las prendas rotas. Olivia pensaba que si trabajaba sin parar las treinta horas que estaba en casa, su madre le estaría agradecida, reconocería lo mucho que Olivia quería agradarla. Lo que no podía entender era por qué nada de lo que hiciera lograba disipar el enojo de su madre.

–Te miro –decía su madre–, y me recuerdas a tu papá. Frunces el ceño igualito que él. Eres el fantasma de Melchor... nomás que más prieta.

–Mami –suplicaba Olivia–. Soy tu hija.

Lucía negaba con la cabeza.

–Te has vuelto buena para engañarme.

–Por favor no digas eso.

Lucía la fulminaba con ojos de puro odio.

–¿Ves cómo te haces la inocente? No sé qué errores hice para que hayas salido igualita que él.

Olivia cerraba los ojos y repetía una y otra vez: "Eso no es cierto, eso no es cierto". Abría los ojos y miraba a Guayito buscando apoyo.

Él estaba sentado en el petate de su mamá, jugando con su capirucho. Miraba a su hermana sin ninguna expresión. Su rostro de cuatro años tan helado como su corazón.

Meme sentía que Olivia y ella eran hermanas espirituales unidas por el destino. Quería proteger a Olivia –como su propia madre, con sus muchos maridos, nunca la protegió a ella–. Pobre Olivia. Sin papá y con una mamá indiferente y egoísta. Una huérfana atrapada entre el cafetal y una escuela nueva. Meme sabía exactamente lo que había experimentado y por esa razón tenía que cuidarla.

Meme no le podía confesar a Olivia que sí subía a la azotea de la escuela cuando las fumadoras se iban a acostar. Disfrutaba los besos, sobre todo con Zoilita, que nunca le decía que no. Meme podía ordenarle que moviera sus manos inseguras sobre sus pechos y pezones, y Zoilita obedecía. Al sentir su cuerpo despertar, le decía a Zoilita que bajara las manos hasta la curva entre sus piernas. Meme apretaba los muslos y se frotaba suavemente hasta que su cuerpo caía en espasmos profundos.

Nunca se le ocurrió incluir a Olivia en estas escapadas –ni siquiera tenía idea de si ella querría participar–. Además, Meme quería conservar a Olivia para ella sola, pura y separada. Al mismo tiempo, se daba cuenta de que todos sus toqueteos con Zoilita tenían una sensación burda y automática, como masturbarse.

Era cierto que a pocos días de la llegada de Olivia al Colegio Parroquial, Meme le había dado la bienvenida enseñándole a besar. A diferencia de los labios delgados y fríos de Zoilita, los de Olivia se habían sentido gruesos y acogedores, como algo absolutamente natural. Qué diferencia.

Pero de un día para otro, Meme decidió que ya no quería subir a la azotea. Era feliz de saber que su amiga dormía plácidamente al otro lado del cuarto.

También ella podía disfrutar de dormir sola en su cama.

(1976)

El primer sábado de febrero, tras años de darle largas, Olivia cedió y decidió traer a Meme a su casa. Su amiga ofreció hacer sándwiches para que Lucía no pudiera negarle pasar la noche diciendo que no alcanzaba la comida, pero Olivia dijo que su mamá de todas formas se sentiría insultada por ese gesto cortés.

Olivia estuvo de acuerdo en que Meme podía llevarle a Lucía un kilo de frijol negro de regalo. En cuanto a la cama, Meme llevó su propio *sleeping bag*, que le había dado su hermano Eduardo, él se lo había robado de su escuela militarizada en Cobán. El aire para respirar, el agua para beber, eran gratis: Lucía no podía fabricar una excusa para no dejar que se quedara Meme.

La mayoría de las niñas ya había sido recogida por sus choferes o había tomado un servicio de auto a sus casas en Ciudad de Guatemala cuando Meme y Olivia salieron del Colegio Parroquial después del almuerzo de mediodía. Caminaron hacia el sur por la Alameda de Santa Lucía, una calle empedrada que bordeaba el mercado y la terminal de buses.

Era un día despejado, fresco y sin nubes. El sol estaba en lo alto del horizonte y el aroma de los árboles de eucalipto y pino competía con el olor ligeramente fétido del cerdo cociéndose en cazuelas detrás de las paredes. Puesto que era día de mercado en La Antigua, había una explosión de movimiento conforme los comerciantes iban y venían de los autobuses que entraban y salían de la terminal. Un grupo de hombres cargaba cántaros de barro y otras piezas de cerámica en bolsas de red en sus espaldas, sujetadas por correas de cuero que les oprimían la frente. Muchas mujeres pasaban rápidamente, equilibrando en la cabeza canastas de frutas y verduras.

En los alrededores había gritos y voces, y la música ranchera mexicana sonaba estridente en muchos radios portátiles. Las calles también estaban atiborradas de indígenas cocinando maíz, tamales y taquitos en sus anafres, mientras sus niños jugaban, corrían y gritaban en las aceras.

Las dos niñas salieron caminando de La Antigua por la calle principal que atravesaba el Valle de Almolonga hacia Ciudad Vieja. Cuando salieron al sol, Meme se quitó su sudadera rosa y se la amarró en la cintura. En cierto punto, justo pasando la

Finca Brockmann, que recibía turistas que querían visitar los cafetales y comprar café cultivado y tostado en la localidad, Olivia se detuvo, volteó a ver a su amiga y cabeceó hacia la derecha. Empezaba a sentir la tensión en su cabeza.

Meme se detuvo, sin aliento, y repitió el gesto de su amiga.

—¿Lo cual significa qué, Olivia? —no estaba acostumbrada a caminar tanto.

Olivia negó con la cabeza, no podía disimular su asco. Agarró la mano de Meme y la jaló hacia una apertura entre dos cafetales cercados, casi invisible desde la carretera. Olivia sentía que esta visita de una noche iba a ser un desastre... soltó la mano de Meme y, apoyada en un poste, se quitó los zapatos y los echó a su morral.

—Deberías hacer lo mismo.

Meme se negó, meneando los dedos dentro de sus tenis. No pensaba exponerse a gusanos que transmitían toda clase de enfermedades: escorbuto, beriberi, lombrices enormes. Podía pasar la noche con su amiga, pero no enfermarse.

Sintió frío y se volvió a poner la sudadera. Además, caminarían por el bosque lleno de mosquitos y arañas blancas y negras con babas venenosas.

—Igual me los voy a dejar puestos.

—Como quieras.

—¿Olivia, estás molesta por algo? ¡No soporto que estés con este humor, así tan callada!

Sin detenerse, Olivia agitó la mano derecha en el aire y señaló un camino de tierra. Se abrieron paso lentamente por los cafetales, apartando los helechos gigantes y las orejas de elefante que crecían contra el alambre de púas. Meme estaba acostumbrada a sonidos urbanos –tráfico ruidoso, voces, música estridente– y el trino de las currucas y los cenzontles le resultaba ensordecedor.

Después de caminar diez minutos, las niñas llegaron a un claro donde púas de luz de sol iluminaban la ondulada tierra café como reflectores gigantes. En el centro, bajo uno de los rayos de sol, había un árbol de hule desplegando sus anchas ramas en el aire y sus gruesas raíces en el lodo. Detrás del claro, bajo una red de lianas y ramas caídas estaba la casa de adobe *nueva* de Lucía, que se veía más miserable que nunca. Los ladrillos se habían encalado apenas el año pasado, pero la mayoría de la pintura se había deslavado con la lluvia o había sido perforada por escarabajos y otros insectos. Parecía un pedazo de carne masticada y escupida. Y la puerta nueva apenas se sostenía en las bisagras.

Guayito, que ya tenía seis años, estaba jugando canicas a un lado de la puerta de enfrente, cerca de un bote de basura picado. Su cabeza pálida estaba rapada. Levantó la vista un momento para ver a su hermana y a Meme, pero sus ojos estaban vacíos. Bajó la mirada a la tierra y tiró con una gran canica azul hacia seis o siete esferas amarillas colocadas en un plano rodeado por gruesos surcos, como el interior del cráter de un volcán.

–Guayito, ¿qué le pasó a tu pelo?

–Piojos –dijo, sin ninguna inflexión. La canica grande no logró cruzar el surco y regresó rodando a su regazo. Nuevamente tronó el pulgar contra la canica, pero más fuerte; esta vez, la gran bola de vidrio libró los surcos, pero no le dio a ninguna de las canicas más pequeñas. Aterrizó al pie de un naranjo, que a pesar de su abundancia de hojas no había dado fruta en años. Guayito resopló.

–¿Otra vez piojos? –preguntó Olivia, saltando hacia su hermano y extendiendo una mano para tocar su cara.

Antes de que su hermana pudiera tocarlo, Guayo se dio la media vuelta apartándose de ella y se levantó.

–¿Quién es ella?

–Mi amiga Meme.

–Hola, Guayo –dijo Meme alegremente.

–Ya sabes que a mi mamá no le gustan las visitas.

–¿Dónde está? –Olivia tenía el cuello caliente. Se sentía como cuando la hermana Carina la sorprendió leyendo y le dijo que iba a hablar con Lucía sobre la posibilidad de mandarla a la escuela. Traer a su amiga de visita era un error; nunca debió haber cedido a la petición de Meme.

–El patrón llamó a una junta.

—¿El sábado en la tarde?

Guayito asintió.

—Hubo un problema. Se están yendo todos los hombres.

—¿Por qué?

Su hermano se encogió de hombros. Parecía un hongo en una piedra.

—Pregúntale a mamá. Mataron a alguien importante y todos están asustados.

—¿Y dónde es la junta?

—En el comedor comunal.

Olivia no podía decidir si sería mejor esperar a que regresara Lucía o llevar a Meme a la junta, donde era menos probable que su madre le hiciera una escena. Llevó a Meme adentro de la choza.

—Deja tu *sleeping*. Vamos a buscar a mi mamá.

Para cuando llegaron a la junta, ya había terminado. Lucía venía regresando con varias mujeres. Cuando vio a Olivia con Meme, les dijo algo a sus amigas y se separó del grupo. Las mujeres, Olivia conocía a algunas desde pequeña, se alejaron rápidamente por el camino hacia sus propias chozas sin saludar siquiera.

Cuando ya nadie las oía, Lucía preguntó entre dientes:

—¿Y ésta quién es?

—Meme. Es mi mejor amiga. Ya te conté de ella —respondió Olivia.

—Creí que era china.

—¿Jimena? La odio —dijo Olivia tajante. Se acercó a su madre y trató de abrazarla.

Lucía se volteó.

—Apenas si tenemos espacio para ti, Olivia. Desde luego que no hay espacio para tu amiga. ¡Es muy, muy mal momento!

—¿Mamá, qué pasó?

—El mundo se está viniendo abajo.

—¿Por qué, mamá?

—Mataron a un finquero importante del café en Ixil. Le decían el Tigre de Ixcán. Y ahora todos tenemos que pagar el pato.

—Pero eso queda a cientos y cientos de kilómetros. ¿Qué tiene que ver con nosotros ese asesinato?

—El patrón dice que lo mataron los del Ejército Guerrillero de los Pobres. Pero sospechamos que sus empleados lo mataron a palos… en su propia finca. Lo destazaron y lo quemaron, y era día de pago. Nuestros hombres se enteraron y se espantaron. Se volvieron conejos y changos y huyeron al bosque. No quieren que se los lleven ni que los maten. Ni que los obliguen a entrar al ejército para golpear a su propia gente.

—¿Les pasaría eso? —preguntó Meme. Todo lo que sabía de la vida tenía un sesgo de humor y absurdo. Lo que contaba Lucía parecía demasiado real. Casi vil.

Lucía arrugó su pequeño rostro moreno. Tenía arrugas en las arrugas de tanto fruncir el ceño. No podía relajar su cara de mandril ni siquiera cuando dormía.

—Mi jovencita. ¿Dónde vives?

Meme se jaló la sudadera.

—¡Mamá! Es mi amiga.

Su madre escupió al suelo.

—Ahora tengo a dos idiotas pasando el sábado en la noche conmigo —Lucía lanzó una mirada al cielo entre la red de hojas de los árboles—. ¿Qué clase de Dios eres? —le preguntó al cielo azul. Y se dio la vuelta para caminar pesadamente hacia la casa.

El humor de Lucía apenas se aligeró cuando Meme le entregó el kilo de frijoles. Vació la bolsa en un colador de hojalata y fue a la parte trasera de la choza donde el agua de lluvia que caía del techo de lámina corrugada se juntaba en un barril. Puesto que llevaba un mes sin llover, el agua estaba estancada, llena de hojas secas y varas. Traspasó dos cucharones de agua del barril al colador y empezó a quitar las piedras de los frijoles. Luego puso los frijoles en una palangana en el piso y los cubrió de agua.

—Va a ser una cena sencilla —advirtió Lucía.

Meme asintió.

El sol desaparecía rápidamente. Con la oscuridad que llegaba, la única luz en la choza provenía de una vela gorda que Lucía encendió y colocó en una repisa entre la imagen de San Antonio del Monte y un crucifijo de madera.

Lucía encendió un cerillo; la leña y el papel prendieron rápidamente. Puso una olla renegrida de frijoles viejos en la lumbre y luego hizo un refresco de agua y hojas de menta, midiendo los cristales de azúcar como si fueran limadura de oro. Luego Lucía sacó un ladrillo de arroz aguado envuelto en periódico, que recalentó cuando los frijoles ya estaban hirviendo. Finalmente echó unas cuantas tortillas viejas en el comal sólo un minuto.

Cuando la comida estuvo lista, se sentaron juntos en piedras planas alrededor del fuego y comieron en platos de hojalata, usando las tortillas para empujarse el arroz con frijoles a la boca. Sus cuerpos lanzaban sombras grandes y amorfas en las paredes cafés.

No hubo conversación en la cena, ¿cómo iba a haber? A Lucía no le importaba nada la semana de Olivia en el Colegio Parroquial. ¿Y qué interés podía tener en Meme, la amiga de su hija? ¿A quién le importaba dónde vivía esta niña de ojos verdes o qué hacían sus papás? Lucía estaba en su tercer año de castigar a su hija con silencio, el mismo silencio con que la recibía todos los fines de semana desde que se había ido de casa. Los intentos de Olivia de tocar a su madre o a Guayo eran rechazados como si tuviera alguna enfermedad terminal.

Para contrarrestar su "aversión", Olivia se sumergía en el quehacer de la casa: barría la choza, lavaba los platos y la ropa, zurcía y remendaba. Lo que fuera con tal de mantenerse ocupada, de protegerse de los ojos de alfiler de su madre, que la reducían a polvo, o del silencio que lentamente raía la poca confianza que tenía. *Olivia, la traidora*. Sabía que la actitud de su madre no iba a cambiar ni aunque decidiera dejar la escuela, y regresar a trabajar a los campos. No, nada la haría cambiar. Que Lucía hubiera revelado el asesinato del finquero en el comedor comunal era suficiente conversación. Su madre no tenía que explicar su silencio a un par de doceañeras.

Guayo también era igual de distante. Mientras que los ojos de Lucía desgastaban a Olivia, los suyos eran indiferentes, como estrellas muertas, cerillos gastados y vueltos polvo. Nada podía cambiar su expresión inescrutable. En cuanto había tenido edad, había sustituido a Olivia en los campos. Trabajaba en silencio, como un prisionero condenado a una vida de servidumbre, como un minero cavando hacia el centro de la tierra, alejado de la luz del sol y el aire fresco. Podía sobrevivir de polvo y ceniza, aunque casi todos los días lo rodeaban el canto de las aves y mares de verde.

Las visitas de Olivia cada fin de semana no le significaban nada.

Después de cenar, Meme abrió su saco de dormir y lo colocó en el suelo junto al petate de Olivia. Dormirían juntas espalda con espalda, mientras que su hermano compartiría el catre con su mamá. Segundos después de que se acostaron a dormir, Meme oyó a Olivia moquear; pequeñas lágrimas escurrían por el rostro de su amiga y formaron un charquito sobre su petate. En cuanto Lucía y Guayo se durmieron, Meme se dio la vuelta, abrió el cierre de su *sleeping* y se arrimó a la espalda de su amiga. Le dio jaloncitos en el hombro hasta que Olivia volteó. Meme pasó el dorso de su índice por la mejilla de su amiga en la media luz y la besó suavemente en los labios, como se habían besado años atrás. Olivia sollozó y Meme enterró la cabeza de su amiga entre sus pechos, jalándola fuerte hacia su saco de dormir. Olivia sintió que los pezones de Meme se ponían duros. Tenía miedo de moverse y se quedó absolutamente quieta.

Olivia se mantuvo despierta, su cabeza acunada suavemente por los pechos de Meme. Odiaba este mundo, no por su pobreza sino porque no podía entender la amargura de la gente como su madre. Pensó en su sencillo catre en el Colegio Parroquial, la delgada cobija, y el colchón de paja cuyas puntas a veces se le enterraban en la piel. ¡Qué placer! Deseó estar allá otra vez. Olivia sabía que había cometido un gran error al traer a Meme a ese mundo de miseria: su hogar.

Olivia ya sabía que nunca volvería a vivir aquí. Había salido del vientre de su madre, había bebido leche de su seno, ella la había limpiado, la había arropado y le había hecho cosquillas, pero ahora Olivia era el foco de la miseria de su madre. A lo mejor todo había empezado cuando nació, cuando nació fea, con capas de pelo en la cara, y su padre dejó a su madre…

Olivia sabía que Melchor seguía vivo, en alguna parte. No era cierto lo que decía su madre. *Lucía la había abandonado, no su papá.*

Vio a Melchor sentado en la cabina de su camión, con un crucifijo en el tablero y varias banderas blanquiazules de Guatemala pegadas al parabrisas. Tenía dientes de oro, la boca torcida, llevaba días sin rasurarse, pero estaba sonriente, oyendo rancheras, pensando en su única hija. Era un hombre bueno y alegre, que sabía exprimirle el placer a la vida.

Con esa imagen, Olivia se quedó dormida.

A media noche, después de que el fuego se había apagado y los búhos cornudos habían dejado de ulular, la tierra empezó a temblar. Empezó como un ligero estruendo, como un suave redoble de tambor, pero conforme el movimiento se intensificó, los objetos empezaron a bailar en las repisas –el pequeño altar, las tazas para beber, los pocos platos de cerámica, el grueso cabo de vela– antes de caer al suelo de tierra de la choza. Todo bailaba como gotas de agua en un comal caliente. Guayo, apenas en el borde de la cama de su madre, cayó al suelo gritando:

—Alguien está meneando la casa.

Olivia se despertó, también Meme. Los ruidos del bosque cesaron y la noche quedó en silencio absoluto.

Lucía, que también despertó, se jaló la cobija hasta la barbilla.

Otra vez empezó la turbulencia, y los *mot-mots*, carpinteros y currucas, pájaros que normalmente dormían, empezaron a trinar. Se oían caer piedritas, la arena moverse; pedacitos de adobe empezaron a escurrir de las paredes. Era un sonido suave, como de manos frotando ligeramente un papel o sal vertida. Luego las hojas de lámina corrugada del techo empezaron a sonar como si las sacudieran una contra otra.

—Dios de mi alma, nos vamos a morir —dijo Lucía, saltando de la cama en su camisón de lino—. La casa se está derrumbando.

En la choza no había nada de valor que salvar: ni el radio que ya no servía, ni la ropa llena de hoyos, ni mucho menos la plancha que esperaba en un rincón, como centinela, hambrienta por un trocito de carbón. Corrió a la puerta y empezó a jalar la cuerda trenzada que servía de manija.

Los ladrillos de la choza se habían movido tan rápidamente que la puerta, que normalmente colgaba apenas de sus bisagras, no se podía abrir. Al contrario, parecía alojada en los ladrillos como la puerta soldada de una bóveda de banco.

Lucía jalaba y jalaba, pero no lograba abrirla. Fue adonde Guayo estaba sentado en el suelo, apretando su cobija, y lo abrazó fuerte.

—El Señor nos está castigando por nuestros pecados —empezó a llorar.

—Es un terremoto. Tenemos que salir antes de que las paredes se nos vengan encima —dijo Meme. Sin pensarlo dos veces, agarró una banca de madera y tiró al suelo la variedad de ollas renegridas, apenas aplanadas, que había encima. Puso la banca debajo de la única ventana de la choza y arrancó la cortina de tela. Una luz azul entró al cuarto; empezaba a clarear. Tomó a Guayo en sus brazos, se subió a la banca y lo sacó por la apertura.

—Córrele al claro, córrele al claro —le ordenó.

—¡Lucía, Olivia, vengan acá!

Para entonces, Olivia ya se había levantado. Se acercó a ayudar a Meme a levantar a Lucía, cuyo cuerpo estaba totalmente laxo, como si hubiera decidido que no la movieran.

—Es el fin, es el fin —repetía una y otra vez.

Cuando Meme y Olivia la estaban levantando, una pared se derrumbó sobre la cama de Lucía, levantando nubes de polvo anaranjado. El suelo tembló otro poco y el techo se desplomó sobre los ladrillos de adobe en la cama, cerrando el muro.

Quedaba poco tiempo antes de que toda la choza fuera arrasada.

Las niñas empujaron a Lucía por la ventana con los pies por delante, aunque ella seguía tratando de volverse a meter. Meme le dio a su cuerpo un violento empujón. Cuando los pies de Lucía tocaron tierra, Meme gritó:

—Ahí va Olivia. Ayúdela a bajar.

Pero Lucía nomás se quedó tendida en el suelo, inerte.

Meme ayudó a Olivia a salir por la ventana y la siguió. Cuando estaban fuera, la choza se derrumbó hacia dentro. Olivia y Meme arrastraron a Lucía hasta el claro que, con los árboles caídos, parecía más un corral. Guayo estaba sentado en el centro, en silencio, con los ojos muy abiertos por el susto.

Para cuando llegaron con él, la choza de Lucía era un altero de ladrillos rotos y polvo flotante.

La tierra tembló cincuenta y tres segundos, pero le siguieron numerosas réplicas. Meme, que sólo traía puesto su camisón, dijo que se iba a regresar caminando a la escuela para llamar a su familia en Ciudad de Guatemala. Cuando Olivia se ofreció a acompañarla, Meme le dijo que debía quedarse con su madre.

—Aunque no lo admita —dijo Meme—, Lucía te necesita.

Olivia abrazó a su amiga. Sabía que, de no haber sido por Meme, ninguno de ellos hubiera sobrevivido.

Veintisiete mil guatemaltecos murieron. Los muertos, en su mayoría indígenas, vivían hacinados en casas de adobe en la cercana ciudad de Chimaltenango y en docenas de aldeas de adobe que no eran más que afloramientos en las pastosas montañas verdes de Guatemala central. Cuerpos de bebés, ancianos y enfermos fueron encontrados semanas después entre los escombros. Se recabaron millones de dólares en donativos. Antes de que los primeros reportes de la destrucción se transmitieran por radio, el gobierno del general Kjell Laugerud ya había inventado complicados ardides para robarse el dinero de las agencias de ayuda que llegaron a socorrerlos. Muchos guatemaltecos se hicieron millonarios de la noche a la mañana, robando los donativos destinados a ayudar a los damnificados del terremoto. Hasta las cajas de alimentos enlatados y bebidas que llegaron en aviones de carga al Aeropuerto Aurora, de algún modo fueron a parar a las casas de oficiales y soldados que las revendieron a las tiendas a precios inflados.

El Colegio Parroquial sufrió poco: la fuente octagonal rosa que adornaba el centro del patio de la planta baja se partió en dos y la estatua de Artemisa desnuda que echaba agua por los pezones se cayó, cuarteando los bordes, de manera que el agua y los peces dorados se salieron. En la capilla se cayeron estatuas y floreros, pero el edificio, con sus muros de un metro de espesor, sobrevivió intacto. Las camas se habían deslizado por el piso, y las biblias en las mesas de noche y los misales en las capillas habían caído al suelo en cascada.

La Antigua también sufrió poco. Muchas de las iglesias que ya estaban en ruinas se arruinaron un poco más, pero no se reportaron muertos. Muros se cuartearon, árboles cayeron, calles empedradas se torcieron y se tambalearon. Y hubo un influjo repentino, casi una plaga, de zopilotes, como si todos los buitres de Guatemala hubieran decidido vacacionar o migrar a la región en ese momento específico. Las familias indígenas tenían pavor de dejar solos a sus hijos pequeños por miedo a que los levantaran vivos, pero los zopilotes mantuvieron su distancia de los sobrevivientes: tenían despojos más que suficientes con los animales de granja aplastados por ladrillos, árboles y escombros.

En las semanas siguientes, el cielo se ennegreció por los zopilotes girando y circulando en el aire.

✳

Lucía quedó muy afectada por el terremoto. Era como si hubiera visto un fantasma, el fantasma del Esqueleto Andante, había perdido toda voluntad de luchar.

—Yo ya me voy —dijo, cuando todos los peones en ropa de dormir se reunieron en el comedor comunitario más tarde esa mañana. El comedor había sobrevivido porque el patrón lo había construido de bloques de concreto. De hecho, el campo de secado estaba intacto y también todo el equipo necesario para la producción de café. No sólo aquí, sino también en la Finca Brockmann y la Finca Cofinio, y todas las demás fincas importantes en el Valle de Almolonga. Todo sobrevivió, excepto una docena de peones o algo así y muchas de sus chozas de adobe. El patrón les dijo que no se preocuparan, que pronto reconstruiría sus casas, esta vez con electricidad y pozos —y prometió que estarían listas antes de las lluvias de mayo—. Mientras tanto, vivirían en tiendas de campaña del ejército en dondequiera que hubiera un claro.

—Yo ya me voy —repetía Lucía una y otra vez, para sí—. Me voy a regresar a San Pedro La Laguna.

Guayito, que sólo traía puesta una camisa delgada, estaba llorando. Olivia se acercó a abrazar a su hermano, que por esta vez la dejó abrazarlo.

—¿Y yo qué? —preguntó.

—A ti también te va a llevar. No te preocupes —lo tranquilizó Olivia. No creía que su madre se fuera a ir así nomás, dejando a Guayito solo—. Y si no, me salgo de la escuela para venir a cuidarte.

Esa tarde, Olivia regresó caminando a la escuela, descalza y en camisón. El Colegio Parroquial le proporcionaría uniformes nuevos y otro altero de ropa usada que le quedaba mal. Cuando caminaba por las calles silenciosas de La Antigua, sin luces ni radios, veía que la gente esperaba en grupos en las calles y platicaba en murmullos. No había pasado gran cosa, pero todos tenían miedo de las réplicas.

Pasaron semanas, y las cosas volvieron a la normalidad. Lucía nunca cumplió su amenaza de irse. Aceptó la caridad del patrón y vivió semanas en una tienda de campaña. Luego él cumplió su promesa de reconstruir las casas, pero no de concreto como había prometido. Cuando empezaron las lluvias, Guayo y Lucía se mudaron a una casa nueva de tablones grises —el patrón compró la madera muy barata en una maderería de Huehuetenango porque estaba llena de nudos.

Pero todos tenían casa.

(1978)

Bonifacia, la bondadosa hermana superiora que aderezaba sus pláticas con citas de *Romanos*, no podía entender cómo estas chicas que vivían en una escuela que requería oraciones en la capilla antes de clases, rezos nocturnos antes de dormir, y misa los miércoles y domingos en la tarde, podían hablarse con tanta malicia. Las chicas debían hablarse con la suave deferencia y voces gentiles con que eran instruidas.

Después de una misa vespertina de miércoles, les pidió a las muchachas de primero de preparatoria que permanecieran en la capilla. Con Juana Quiroga a su lado, anunció que al día siguiente en la tarde caminarían hasta la cima del Volcán de Agua. Dormirían dentro del cono del volcán inactivo, meditando acerca de cómo la naturaleza es una manifestación de la perfección de Dios y cómo la plegaria puede disipar los pensamientos mezquinos.

—*No seas vencido de lo malo, mas vence con el bien el mal* —voceaba. A la mañana siguiente bajarían del volcán.

—Olivia no va a poder subir —dijo Angelina, dándole un codazo a Jimena, sentada a su lado—. ¡Las monjas van a tener que contratar unos indios para que la carguen hasta arriba!

—¿Y tú qué, Angelina? —replicó Olivia, casi llorando—. ¿Cómo vas a dormir en el suelo del volcán sin tu adorada cobija? —Angelina siempre se quejaba de los catres angostos y lo disparejo de los colchones de paja, aunque el papá de su amiga Jimena hubiera surtido ambos a la escuela.

Olivia, acostumbrada al piso de tierra, pensaba que su cama era regia.

Angelina fulminó a Olivia con la mirada mientras Jimena le preguntó a la hermana Bonifacia:

—¿Pero dónde vamos a dormir? ¿Qué vamos a comer?

—¡Pues dile a tu cocinera que te espere arriba con tu chop suey! —respondió Meme.

La hermana Bonifacia estaba muy sorda para oír el coro de risas, siseos y gritos que siguió. Juana Quiroga se acercó al púlpito y murmuró algo al oído de la anciana.

La hermana Bonifacia asintió y levantó su bastón para hablar.

—Por eso es necesario el retiro. Muchachas, se han desviado del camino de la rectitud. *Amaos los unos a los otros con amor fraternal.*

Los gritos se volvieron aullidos y algunas de las muchachas empezaron a zapatear en el piso de la capilla.

—Amor fraternal, amor fraternal —coreaban.

Juana Quiroga estiró el cuello para ver quién estaba armando el alboroto. Como era bajita y las sillas tenían el respaldo alto, no vio nada. Entonces se puso a caminar de ida y vuelta por el pasillo, con una expresión helada en la cara, mientras la hermana Bonifacia golpeteaba el púlpito con su bastón de madera una y otra vez.

Las niñas por fin se calmaron.

—*La suave respuesta aparta el furor, mas la palabra hiriente hace subir la ira* —dijo, casi susurrando—. Quiero que sean más amables en la forma como se hablan.

Un coro de niñas respondió tieso:

—Verdaderamente he pecado e imploro su perdón.

A la hermana Bonifacia se le iluminó la cara, con los ojos húmedos.

—Niñas, yo sé que su corazón es puro. Una noche en la naturaleza enfocará su atención en el bien que pueden hacer…

—Pero hermana, el volcán queda a kilómetros de aquí. Nos vamos a morir antes de llegar… —Jimena fingió que lloraba.

—Niñas, mis dulces niñas. Tomaremos una camioneta al pueblo de Santa María de Jesús y de ahí es la subida…

–¿Usted va a subir con nosotras, hermana Bonifacia? –preguntó Zoilita, no tan inocentemente.

Todas las niñas se rieron. La hermana Bonifacia tenía setenta años, por lo menos. Su bastón retorcido era su tercera pierna; sin él no podía caminar por los corredores de la escuela. Tenía la espalda encorvada como un gancho de ropa.

–Salvajes –interrumpió Juana Quiroga–. Claro que la hermana Bonifacia no va a venir con nosotras. Llevaremos sacos de dormir, accesorios y ropa. Las hermanas Carolina y Tabita me van a ayudar…

–¿Y por qué la escuela no renta unas mulas o caballos para que suban nuestras cosas? –preguntó la espigada Loreta, que apenas mordisqueaba algo en las comidas. Como había estudiado en el Colegio Inglés los primeros seis años de su educación, hablaba español con un acento británico exagerado, soplando las palabras como si fueran burbujas. Por lo general, sus ojos estaban enfocados en sus uñas, que limaba constantemente.

–No te preocupes por las mulas, querida –contestó Jimena–. ¡Mejor te mandamos en helicóptero hasta la cima!

–O que te tiren desde arriba. Con lo flaca que estás, el vestido te va a servir de paracaídas… –agregó Angelina, rodando su cuerpo contra Jimena.

La hermana Bonifacia sólo oía voces retadoras, no lo que decían las niñas. Su rostro era un plano de frustración y decepción.

–Jimena y Angelina, yo solamente les quiero aconsejar: *Amad a vuestros enemigos, bendecid a los que os maldicen* –abrió mucho los ojos y trató de mirar amablemente a Loreta–. Vamos a este retiro a meditar sobre la idea de *Bondad en el pensamiento, gentileza en el gesto.* Y ahora quiero que todas se comprometan conmigo a dejar de ver el mundo, como nos advierte el apóstol San Pablo, *por un espejo, oscuramente.* Sé que lo pueden hacer.

Nuevamente, la mayoría de las niñas respondieron en un coro de falso arrepentimiento:

–Verdadera, verdaderamente he pecado e imploro su perdón.

Frustrada por esta falsa contrición, la hermana superiora simplemente cerró los ojos.

En la preparación para la subida, Meme y Olivia se pasaron la tarde corriendo para arriba y para abajo por las escaleras, desde el piso de su dormitorio hasta la azotea, con las mochilas llenas de libros en la espalda. Hicieron esto diez veces; esperaban poder subir trotando, como cabras, hasta la cima del volcán. Se imaginaban que llegaban y se dejaban caer en una superficie acolchonada, en un estado de euforia total.

Pero el jueves en la mañana las dos despertaron de mal humor. Todo el ejercicio simplemente las había dejado tiesas y adoloridas. Olivia, en especial, sentía que no iba a poder escalar y fue a ver a la hermana Tabita antes del desayuno. Pero la monja no quiso saber nada de dejarla:

—Si quieres tómate la mañana y descansa. Pero todas tienen que ir, Olivia. Hasta tú.

La camioneta recogió a las niñas enfrente de la escuela después de la comida. Las nubes estaban bajas en el horizonte, como belfos de *bulldog*, y ya había empezado a lloviznar. Aun así, las muchachas estaban contentas de salir a una aventura: por lo menos podían usar jeans y suéter en vez del uniforme blanquiazul almidonado, que las marcaba como colegialas.

Olivia, por supuesto, usaba ropa de segunda mano. Como becaria, cada prenda suya había sido donada. Éste era el caso de su uniforme, idéntico para que nadie supiera, en teoría, quiénes eran las niñas pobres. Pero todos los lunes a mediodía, una caja de donativos lavados y planchados era entregada en la escuela y las alumnas becadas eran invitadas a revisarla a la hora de la comida. Inicialmente, Olivia estaba agradecida por los donativos porque no tenía mayor cosa que ponerse los fines de semana y días festivos. Pero le molestaba pedir que la excusaran del comedor.

En el camino a Santa María de Jesús, las muchachas combatieron el aburrimiento del viaje en camioneta y la náusea de la docena de curvas muy cerradas en los caminos lodosos, cantando:

Panameña, Panameña, Panameña hija mía
yo quiero que tú me lleves al tambor de la alegría
al tambor, al tambor, al tambor de la alegría
yo quiero que tú me lleves al tambor de la alegría.

Olivia estaba segura de que se estaba agripando. Le dolían las piernas y, por mucho que se las sobara y las estirara, no mejoraban. Las botas le quedaban chicas, le apretaban los dedos, y su poncho unitalla color verde la hacía parecer una enorme criatura anfibia.

Meme venía apoyada en ella, dormitando, encajándole la cabeza en el hombro derecho. Olivia se molestó con ella, por eso y también porque Meme no entendía por qué se alteraba tanto cuando la molestaban las otras niñas.

—¿Qué te importa lo que digan? ¿Crees que alguna de ellas es mejor? ¡Son una bola de güegüechas feas! —le había dicho Meme, llamando bociosas a sus compañeras.

Qué fácil para Meme, pensaba Olivia. A pesar de los trastornos en su hogar y sus hermanos desperdigados, Meme tenía la misma confianza que las otras chicas del Colegio. No le interesaba ser aceptada ni ser popular, pero su actitud desafiante estaba arraigada en la creencia de que era privilegiada y que tenía un *destino* único. Meme había visto cómo vivían Olivia y su familia y nunca había dicho una sola palabra. Eso era lo que empeoraba la pobreza de Olivia: para su amiga, era casi invisible.

Güegüechas o no, Olivia estaba en desventaja, siempre a punto de ser descubierta. Todas sabían que su familia era de la zona de La Antigua, pero quiénes eran sus padres y dónde vivían seguía siendo un misterio. Jimena la molestaba diciendo que seguro que su mamá tejía huipiles en San Antonio Aguas Calientes y su papá cosechaba maíz.

–¿Adónde vas los sábados en la tarde? –la interrogaba. Y luego, antes de que Olivia pudiera responder, Jimena decía que cualquiera podía identificar a sus propios padres con sólo ir al Almacén La Fe–. A mis papás los puedes ver ahí todos los días de la semana. Apuesto a que el papá de Olivia es un milpero descalzo.

Y todo esto porque después de su primera semana en el Colegio Parroquial, Olivia había elegido ser amiga de Meme y no de ella.

La camioneta atravesó Santa María de Jesús y se detuvo en un claro lodoso justo pasando el pueblo.

–Tengo que ir al baño –dijo Angelina, saliendo de la camioneta. Miró a su alrededor. El claro estaba lleno de surcos encharcados y todo lo que veía era una pequeña choza con un letrero de Coca Cola de lámina clavado al frente, bajo un enorme árbol de amate.

—Espérenme junto al bus —dijo Juana Quiroga y entró a la choza. Unos segundos después salió con varios rollos de papel higiénico—. Niñas, van a tener que hacer en el bosque.

—Hermana Juana (ella no era monja, pero las muchachas igual le decían hermana), yo no puedo hacer pipí acá afuera —dijo Angelina, casi llorando—. ¿Qué tal si hay víboras?

—Yo me preocuparía más por los zompopos. Cuando esas hormigas rojas vean tu trasero flaquito y blanco, se van a dar un festín —dijo Jimena.

Las niñas se pusieron a lloriquear, al borde de un motín. Olivia se unió a su protesta, pero no había alternativa. Las hermanas Carolina y Tabita les dieron bolas de papel y las mandaron de dos en dos a la maleza. Olivia se alegró internamente, había visto por primera vez un excusado en el consultorio del doctor Madrid y ese mismo día, más tarde, en los dormitorios del Colegio Parroquial: ahora sus compañeras iban a experimentar algo que ella ya conocía.

Dos indígenas ajados, con camisa blanca enlodada, pantalones a la rodilla y caites, aparecieron como de la nada. Ambos traían bastón. Como automóviles viejos, parecían confiables siempre y cuando no ocurriera nada fuera de lo común. Uno fue a quitarle el candado a una reja cuyo camino los llevaría a la cima del volcán, mientras el otro hablaba con Juana Quiroga y sus dos asistentes.

Cuando se reunieron todas las muchachas, el guía principal dijo en su poco español:

–Hay que apurar, antes que nos gane el sol. ¿Listas?

Juana Quiroga abrazó a las niñas que tenía más cerca.

–¡Listas!

Cruzaron la reja y tomaron el camino. En total, eran quince excursionistas, contando a los guías. Cada niña tenía que cargar su propia comida, una muda de ropa, un plástico y su saco de dormir. Juana Quiroga iba al frente para acompañar al guía principal; la hermana Tabita se quedó en medio; y la hermana Carolina iba a la retaguardia con el segundo guía.

El camino estaba resbaloso por la lluvia. Peor aún, cuando la tierra se convirtió en roca sólida las niñas se vieron obligadas a agarrarse de las lianas cercanas para seguir escalando. Sin el apoyo de esas anclas, jamás hubieran llegado a la primera meseta, que estaba al final de una excursión corta pero empinada.

Les tomó media hora de escalada constante llegar a esa primera meseta. Allí se detuvieron a beber agua de sus termos. Desde ese claro elevado, miraron el panorama hacia el poniente. Varios fuegos ardían en las milpas a las afueras de Santa María de Jesús y el humo gris de las chimeneas del pueblo subía hasta las nubes en cordones rizados. Desde allí, la vegetación se aferraba a las laderas cercanas como bolas de lana. Después de los campos y el pueblo, todo estaba envuelto por una capa gris y no se distinguía nada.

Y en el mirador desprotegido, empezó a caer una neblina fría.

Las niñas apenas recuperaban el aliento cuando el guía principal echó a caminar otra vez. A los cinco minutos se elevaron sobre la altura de los árboles y la niebla se apoderó del camino. Las niñas apenas podían ver o ser vistas. Cada varios segundos, el viento se arremolinaba cambiando de dirección, y en los diferentes claros aparecían arbustos chaparros con duras moras azules: la única vegetación que quedaba.

Las niñas estaban asustadas, pero antes de que ninguna pudiera decir nada, Juana Quiroga las apuró.

—De prisa, que se hace tarde —ella también estaba nerviosa y mucho hubiera preferido estar de regreso en la escuela sirviendo de mano dura de la hermana Bonifacia.

No sólo le daba miedo la oscuridad inminente, sino también los bandidos que, se rumoraba, sorprendían a los escaladores y les robaban todo su dinero y joyas. Se preguntaba si la hermana

Bonifacia había sido prudente en solicitar este retiro. Ya la cuestionaría al respecto... si sobrevivían.

El guía principal caminaba animosamente, apenas si volteaba hacia atrás o a los lados. Como si fuera el barquero mudo que llevaba a las muchachas de la playa a una isla remota. No lo habían contratado para hablar, ayudar, explicar ni aminorar de modo alguno la severidad del trayecto.

El camino a la entrada del cono rodeaba por el lado sur del volcán. Aquí era donde las nubes de lluvia del sur chocaban con un muro de montaña y soltaban su humedad.

Olivia y Meme caminaban juntas, a veces en fila india o tomadas de la mano cuando el camino lo permitía. Olivia no podía hacer que los dientes le dejaran de castañetear, mientras la lluvia helada caía en franjas anchas y la escasa vegetación ofrecía poco abrigo. A diferencia de las otras chicas, ella pensaba que debía saber soportar los elementos –¿acaso no era ella la campesina?–, pero este clima era demasiado severo. Cuando llegaron a la segunda meseta, se unió a las demás chicas que le rogaban a Juana Quiroga que dieran marcha atrás, mientras aún había luz.

La hermana Quiroga cuestionó al guía, que sólo negó con la cabeza. Insistió en que debían continuar. En una mezcla de cakchiquel y español le indicó que ya habían pasado la peor parte y que pronto el trayecto se enderezaría y ofrecería una pendiente moderada.

—Como los escalones de la iglesia —dijo sonriendo, mostrando unos cuantos dientes de oro y muchos huecos. El anciano conocía el camino por instinto, lo había tomado cientos de veces. Aun así, era obvio que no había previsto que el cercano Volcán de Fuego les echaría ceniza mojada en la cara, oscureciendo el tramo final de la subida.

—Ya casi llegamos —farfulló. Levantó su bastón y señaló un punto en la niebla donde no se veía nada—. Tenemos que llegar al otro lado del volcán. Diez, veinte minutos —gruñó.

Juana Quiroga se percató de que el anciano no tenía reloj; seguro que nunca había tenido y ni siquiera sabía leer la hora. ¡Veinte minutos! ¿Acaso la hermana Bonifacia había pensado: "enfrentarse a la muerte construye el carácter"?

Peor aún que la ceniza mojada eran el viento estremecedor y la neblina que les volaban directo a la cara y les atravesaban la ropa. Olivia y Meme venían tomadas de la mano —igual que todas las muchachas—, por miedo a que el viento las arrojara del camino y se perdieran para siempre. Si alcanzaban a ver medio metro, era mucho.

El Volcán de Fuego depositaba cenizas en su camino. Las chicas se vieron obligadas a soltarse las manos y gatear pesadamente para poder avanzar. Juana Quiroga también iba gateando, temerosa de que el viento la volara del volcán sin más. Podía oír a muchas de las chicas llorando abiertamente y a la hermana Tabita gritándoles desde en medio que tenían que parar.

¿Cómo saber si el viento no había volado del volcán a la hermana Carolina en la retaguardia?

—No es seguro seguir —proclamó Juana Quiroga. Sentía que no iban a lograr nada si seguían adelante. Había sido una subida difícil; las chicas habían aprendido una lección. Fin.

Pero el guía no cedía.

—Ya no podemos regresar. Con tanta lluvia, el camino para abajo va a ser un río de lodo y nos podemos ahogar. Si nos quedamos aquí, nos morimos. ¿Ve? —dijo, picando el suelo con su bastón—. Ya pronto llegamos al otro lado del volcán, donde no hay ceniza. En cinco minutos estamos en la entrada del cono.

Y reinició su pesada marcha, a punto de volver a desaparecer en la niebla.

—No puedo con esto —lloró Angelina y se sentó, con la boca llena de ceniza negra.

Jimena la abrazó y ella cerró los ojos. Cuando volvió a abrirlos parpadeó varias veces:

—¡Veo un monstruo, allá!

El guía regresó a donde se habían detenido las niñas.

La neblina bajó de pronto y las muchachas miraron hacia arriba: un tramo pelón bañado de luz de sol. En una cumbre lejana, a unos seis metros, vieron un caballo gris de pelo corto. Parecía estarlas observando. Sus ojos abiertos no parpadeaban y parecía tener media sonrisa en la cara.

—Ésa es la puerta del cielo —rió el guía—. Ya casi llegamos.

Dio un chiflido agudo para tratar de espantar al caballo, pero se quedó plantado y siguió observándolos con ojos cafés, impasibles. Luego sopló otra ola de neblina y ceniza, tapándoles la vista. Oyeron un golpe, un relincho, y cuando el aire se volvió a despejar el caballo había desaparecido.

—Acá hay caballos salvajes —masculló el guía—. Y a veces se ve un quetzal —agregó, refiriéndose a la casi extinta ave nacional que era símbolo de libertad.

—Ya nos falta poco —dijo, ahora en voz suave.

Juana Quiroga negó con la cabeza. Volteó hacia atrás a ver a las muchachas y les hizo una seña con la cabeza de que tenían que seguir.

Las chicas se levantaron gateando de las cenizas y se pusieron de pie. Empezaron a caminar otra vez, en pares, abrazadas. A los pocos minutos, el camino torció hacia abajo y la neblina se apartó de ellas. La vegetación parecía volverse más espesa y la hierba y el liquen reemplazaron la ceniza. Caminaron otros doscientos metros y de pronto se encontraron en un claro, revestido de una fina capa de niebla que resplandecía a la luz del sol.

Tal como predijo el guía, habían rodeado por la orilla norte del Volcán de Agua y ahora se encontraban en la tercera planicie. Bajo ellos se abría un extenso valle y más allá, bañado de la luz amarilla del poniente, el apacible pueblo de La Antigua. Los techos de teja se veían de un anaranjado brillante a la luz del sol y por aquí y por allá, sobre el dosel de árboles y construcciones, se veía el primer resplandor de los faroles. La noche estaba entrando al Valle de Almolonga y el lucero de la tarde se empezaba a abrillantar.

Aunque las niñas no alcanzaban a ver el Colegio Parroquial, la fuente de la plaza central del pueblo se veía claramente, rodeada por una corona de árboles y ocho faroles.

Las excursionistas estaban paradas en un punto plano al filo del cono fracturado. Era como si hubieran salido de un planeta gris de ceniza y ahora vieran la luz celestial de la creación. Los guías se reunieron y se sentaron en una piedra plana que sobresalía al precipicio. Tranquilamente se pusieron a forjarse un cigarro, como si lo que acababan de experimentar fuera un día de trabajo cualquiera. El guardia de atrás encendió los cigarros y los hombres los disfrutaron fumada tras fumada, sin percatarse de que había más gente en torno.

–Niñas, niñas –murmuró la hermana Tabita–. Vengan a sentarse alrededor.

Juana Quiroga y la hermana Carolina ayudaron a las niñas a quitarse las mochilas y sacos de dormir.

La hermana Tabita desenrolló un trozo grande de plástico café y señaló el centro.

–Quiero que todas se sienten aquí en semicírculo tomadas de la mano –dijo–. Angelina y Olivia, Olivia y Jimena, Jimena y Meme, Meme y Leticia, todas, vengan a sentarse aquí alrededor.

Las chicas, exhausta su resistencia, se sentaron como les dijeron. Entornando los ojos, miraron sobre los campos inclinados hacia el pueblo que era su hogar, la cruz enorme en el Cerro de la Cruz. El sol bañaba la cruz de filigrana dorada. Arriba de todo, contra la oscuridad que subía por el cielo azul, vieron a Venus resplandeciendo como una lágrima de perla.

–*Dios es luz, y en Él no hay tiniebla alguna... mas si andamos en la luz, como Él está en la luz, tenemos comunión los unos con los otros.* Niñas, es tan importante que ustedes recuerden este momento y se den cuenta de lo que acaban de atravesar juntas. Aquí hay una lección. Espero que ahora puedan reconocer que juntas son mucho más poderosas, infinitamente más poderosas, que cada una sola... Oremos, en el nombre del Padre, del Hijo y del Espíritu Santo.

Las muchachas se quedaron sentadas en silencio con ojos entrecerrados –nunca jamás se habían asustado tanto–. Nunca se habían dado cuenta de lo cerca que podía estar la muerte. Ninguna de ellas, incluyendo a Olivia, había experimentado jamás un verdadero sentimiento religioso ni había sentido su propia insignificancia en el contexto mayor de las cosas. Pero aquí estaban, rezando en silencio, en un sosiego que nadie hubiera creído posible.

Dentro del cono había dos pequeñas chozas de adobe y una casa grande, estilo rancho. No era tanto un cono como un pequeño bosque tropical protegido: una meseta con una pared semicircular de árboles muy frondosos. Cinco linternas encendidas daban luz adentro. Dos soldados dormían en una de las chozas, mientras que la otra fungía como oficina y almacén de suministros.

La casa grande estaba hecha de caoba y tenía un gran porche y techo de pizarra. El coronel Ydigoras Fuentes, presidente de Guatemala, la había construido hacía diez años cuando quería demostrarles a sus compatriotas que Guatemala estaba a salvo de guerrillas, bandidos y ladrones. Con gran fanfarria, mandó construir el rancho con excusado interior y hasta una tinaja en la azotea para recolectar el agua de lluvia. No tenía electricidad. Una tarde de octubre en tiempo de secas, él y un equipo de diez soldados bien armados subieron a caballo hasta el cono. Los seguía un helicóptero grande de suministros del ejército acondicionado con generadores de gas y suficientes provisiones como para que el presidente se quedara una semana en el cono, si quería. Cuatro reporteros y fotógrafos fueron invitados para celebrar el acontecimiento. El presidente pasó una sola noche en el cono y a la mañana siguiente tomó el helicóptero militar de regreso al Campo Marte, a pocas cuadras de su residencia oficial.

Uno de los soldados llevó a Juana Quiroga, las hermanas Tabita y Carolina y las colegialas al rancho, donde pasarían la noche.

Aunque apenas acababa de ponerse el sol, las muchachas estaban agotadas. Se comieron sus sándwiches y bebieron agua bajo las lámparas de gas. Para las ocho, ya habían acomodado sus sacos de dormir en el piso de madera como los rayos de una rueda de carreta, y se preparaban para dormir.

Esa noche nadie se pondría a molestar, a hablar de arañas, hormigas ni alacranes. Nadie rebajaría a nadie; ni entraría en quién odiaba a quién ni quién le tenía miedo a qué...

Olivia también estaba cansada hasta los huesos. Agradeció que sus compañeras hubieran sentido semejante terror porque las salvó a ella y a otras de ser el blanco de bromas.

La hermana Bonifacia se habría sentido justificada. Sus alumnas habían sobrevivido a la peligrosa subida y habían aprendido a ser decentes unas con otras... al menos por una noche en sus vidas.

(1979)

Olivia alegó estar enferma para no tener que ir a la visita escolar a la Finca Brockmann, una finca cafetalera cerca de casa de su madre. La excursión iba a incluir una visita al vivero y al semillero así como un recorrido de los campos, las instalaciones de lavado y secado, y el beneficio, la planta procesadora. Incluso presenciarían el proceso de tostado y terminarían bebiendo una taza de café de granos cultivados y recién molidos en la finca.

El cafetal donde trabajaba su madre estaba del otro lado de la carretera y a un kilómetro a pie por un camino de terracería. De todas formas, Olivia temía que si iba podía encontrarse a alguien –un verificador, un caporal, un secador u otro peón– que las conociera a ella o a su madre. Olivia se moriría de la vergüenza en ese mismo instante, en frente de todas, si alguien la reconocía. Sencillamente se moriría.

Visualizó a sus compañeras pasando por las casas de los peones de la finca: viendo los lechones que andan sueltos, los chompipes —pavos— graznando y correteando por ahí. Se darían cuenta de que así vivía Olivia. Todas sabrían que dormía en un petate en el suelo cuando iba a casa y que su madre cocinaba en un fogón abierto. Verían su choza con el resorte roto de la puerta nueva de madera y se enterarían de que Lucía seguía esperando que le pusieran vidrio a la ventana. No había agua corriente, no había excusado. Insectos, bichos y gusanos se arrastraban por el suelo de tierra.

Olivia dijo que tenía calambres, calambres terribles, los peores calambres del mundo y que no podía salir de la cama. Ponerse de pie era un reto, caminar era absolutamente imposible. Apenas se podía mover.

—¿Mandamos llamar al doctor Madrid? —preguntó Juana Quiroga. Desde la expedición al Volcán de Agua, la habían nombrado administradora de la escuela encargada de lidiar con problemas personales y disciplinarios. Al igual que las monjas, no tenía marido y estaba "casada" con la Iglesia, aunque no había tomado ningún voto y ciertamente no pasaba su tiempo libre rezando. Era responsable ante Dios, pero de la misma manera que los demás humanos. La interpretación del mensaje de Dios a sus corderos no era responsabilidad suya. De todas formas, andaba por la escuela toda vestida de negro, y a menudo agarraba la enorme cruz de hierro que le colgaba del cuello para darse apoyo.

Si un día llegaba a soltarla, pensaban las niñas, de seguro que se caería al piso.

—No necesito un doctor. Necesito descansar. ¿Se puede quedar conmigo Meme?

—Lo siento, querida, pero ella tiene que venir con nosotras. No es una excursión optativa. La finca cafetalera se considera una de nuestras excursiones educativas más importantes. Ésta es una oportunidad para entender de primera mano el papel que el café ha desempeñado históricamente y su significado actual en nuestra sociedad. Eso lo puedes entender.

—Sí, yo sé lo importante que es el cultivo del café —dijo Olivia malhumorada.

—Sería mejor que vinieras…

—¿Qué? ¿Para contarles la experiencia de primera mano?

Juana Quiroga apartó de la frente de Olivia el grueso pelo negro que le caía a la cara.

—Sabes que no lo decía así. Nos puedes contar tantas cosas sobre el proceso…

—Pero me siento muy mal, no puedo ir —dijo Olivia, y se dejó caer nuevamente en la cama y se volteó de espaldas a Juana Quiroga—. ¡Y no necesito ver al doctor Madrid!

Todo el mes habían estudiado la llegada de los magnates cafetaleros alemanes desde Costa Rica, a principios del siglo xx. Habían estudiado cómo operaban las grandes fincas y cómo los empresarios estadounidenses habían tratado de dominar la industria cafetalera, a principios de los años veinte, mecanizando el proceso de producción. Aprendieron sobre el presidente Ubico, quien, a pesar de sus simpatías profascistas, había usado la Segunda Guerra Mundial como pretexto para robar las pocas fincas que seguían en manos de alemanes. Un libro hablaba sobre cómo los hombres como Aníbal Cofinio habían logrado ampliar sus propiedades durante este periodo instando al ministro de agricultura del gobierno de Ubico a confiscar todas las fincas que no fueran de guatemaltecos.

En clase de arte habían aprendido a dibujar un cafeto: flores blancas que dan paso a granos verdes y finalmente a racimos rojos que piden a gritos ser cosechados. En biología, las niñas debatieron si el plátano, la gavilea o el chalum daban la mejor sombra para los arbustos, y cuál de esos árboles probablemente absorbería menos nutrientes del suelo a lo largo del tiempo. Se prepararon reportes que comparaban el futuro de la producción de café, plátano y níquel, y cuál producto le ofrecía a Guatemala el mayor beneficio económico en los mercados mundiales. Olivia se había hundido en su asiento durante estas discusiones, fingiendo ignorancia o indiferencia o ambas.

—La hermana Carina me dijo que te dejara en paz. Bien, pues si te quieres quedar aquí, hacer caras y fingir que estás enferma, es asunto tuyo. Pero no voy a dejar que Meme se quede a tristear contigo. Ya me tengo que ir –y Juana Quiroga salió del dormitorio.

Olivia se quedó en la cama, haciéndose la dormida. En cuanto sus compañeras partieron a la excursión, Olivia se vistió y salió a escondidas del Colegio Parroquial. Apenas eran las nueve y no regresarían sino hasta bien pasado el mediodía. Dudaba que Juana Quiroga, con tantas responsabilidades administrativas, tuviera tiempo de asomarse a verla, sin embargo metió su almohada y suéteres debajo de la cobija. Nadie la molestaría si pensaban que estaba dormida.

Olivia quería estar sola, lejos del colegio. Caminó hacia el norte, hacia las afueras de La Antigua y tomó el empinado camino que serpenteaba por las faldas y luego subía hasta la cruz en la cima del Cerro de la Cruz.

Era un hermoso día de octubre. El sol resplandecía y desde su escondite en los árboles los cenzontles cantaban a contrapunto con una marimba que claramente estaban afinando. El aire estaba fresco; era el inicio de la temporada de secas. Una libélula cruzó disparada frente a ella y se detuvo en el aire, batiendo sus sedosas alas de punta azul antes de atravesar veloz una milpa en llamas –¡el olor a quemado de los tallos de maíz era tan fragante como cualquier perfume!–. Le recordó a Olivia los días de fiesta en la finca, cuando los peones asaban cerdos en pinchos para el almuerzo del domingo en el comedor comunal. ¿Había sido feliz en ese entonces? Le bastaba recordar el ceño fruncido de su madre y sus frecuentes regaños para saber que la mayor parte del tiempo había sido miserable. Otra vez se prometió a sí misma que nunca jamás regresaría a vivir a su casa con su mamá.

El camino del cerro atravesaba calles de tierra llenas de baches con chozas de adobe y casuchas de techo de lámina corrugada. Pasó cargadores que trotaban hacia el centro de La Antigua con sacos de maíz y leña, y mujeres indígenas que caminaban rápidamente, jalando a sus niños. En cierto punto, cerca de la cima del risco, pasó un campo abierto con porterías; ¡le recordó cuando el equipo de futbol de su finca, los Niguas, le ganó a los Zompopos en el Campeonato del Valle de Almolonga! Ella tenía seis años y había estado sentada sola en una banca viendo jugar a los adolescentes mientras las mujeres chismorreaban y los papás se emborrachaban. Guayito estaba con la nana y los otros bebés de tres meses. ¡Su equipo había ganado, y se acordaba que una niña que conocía había anotado el gol de la victoria!

En ese entonces, a Olivia se le hacía tarde para crecer y jugar ella también. ¡A lo mejor el futbol sería su escapatoria!

Pasó un rancho con un letrero pintado a mano clavado en una jacaranda que anunciaba tamales frescos. Olivia no había comido un tamal ni un chuchito en La Antigua desde su llegada al Colegio Parroquial hacía seis años. *¿Ya habían pasado seis años?*

La anciana que los vendía estaba sentada en el porche de la choza junto a una pequeña canasta cubierta con una tela. Dijo algo en un idioma que Olivia no entendía –¿cakchiquel?– y le hizo señas de que se acercara. El olor a masa de maíz húmeda y pollo le abrieron el apetito. Casi podía probar el pimiento rojo y la aceituna verde del relleno.

–Buenos –dijo Olivia en español–. ¿A cómo son los tamales?

El rostro de la mujer era una red de arrugas. Sonrió y sus dos dientes frontales bajaron sobre su labio inferior como colmillos. Metió su mano en la canasta, sin quitarle los ojos de encima a Olivia, pero al mismo tiempo sin verla. Sus ojos parecían enfocarse en un punto a metros de ella. La anciana era ciega. Casi no hablaba español.

–Pollito. ¿Cuántos? Son a diez *len* o tres por un *macaco* –dijo, usando la palabra indígena para decir veinticinco centavos.

Olivia sacó su monedero y contó unas monedas.

–Solamente uno, nada más –puso el dinero en la mano húmeda y arrugada de la anciana.

La mujer tocó las monedas y se las echó en una bolsa dentro de la blusa. Sacó un par de tamales envueltos en oscuras hojas de plátano.

—Dos para la niña bonita —dijo en español. Luego buscó a tientas por el suelo de tierra hasta que encontró una bolsa de plástico. Metió los tamales a la bolsa y agregó una servilleta de papel.

—Solamente uno.

—Dos para la niña bonita —repitió la anciana, estirando la bolsa hacia el aire—. ¿Algo de beber? Coca grande ocho *len* y la pequeña seis. Fría, muy fría.

—La grande.

La anciana señaló la hielera en su choza junto a una vitrina con chicles, cigarros, canillas de leche y fruta cristalizada. El destapador colgaba de un cordón. Olivia sacó una Coca y levantó la corcholata.

—¿Adónde vas? —preguntó la anciana, quizá preguntándose si debía cobrar el importe de la botella.

—Al Cerro de la Cruz.

La mujer sonrió.

—Dios la bendiga —se persignó y besó el *chachal* de plata que traía alrededor del cuello—. Que el más santísimo Dios nos bendiga a todos.

Olivia tomó los tamales y emprendió el camino.

La subida a la cima tomó otros diez minutos. Una vez allí, Olivia se sentó en una roca plana debajo de la cruz de piedra que se elevaba sobre La Antigua y todo el valle circundante. Directamente frente a ella, a diez kilómetros, estaba el Volcán de Agua, inerte y plácido. Zopilotes, puntos apenas contra el cielo azul, volaban alrededor del cono. Olivia miró a su alrededor como para ver si había a quien contarle: *Una vez dormí allá arriba. Casi nos morimos para llegar a la cima. Yo he estado allí.* Pero no había nadie más.

El olor de los tamales le empezó a hacer agua la boca a Olivia. Sacó uno de la bolsa y lo empezó a desenvolver. De la hoja de plátano escurría agua tibia que le bajaba por las manos y brazos. Lamió el agua. Dulce del maíz.

Olivia le dio una mordida. El tamal era pesado y el pimiento rojo y la aceituna le daban un sabor ligeramente ácido. Cuando dio la segunda mordida, la garganta se le cerró, los ojos se le hincharon y empezó a llorar.

¿Por qué lloraba? La vista era imponente, el tamal estaba delicioso, pocos días eran tan bellos como éste. ¿Estaba feliz o triste? Olivia no lo podía entender. Pero le estaban saliendo lágrimas de los ojos.

Estaba pensando en su madre. Cuando Olivia había entrado al Colegio Parroquial, hubiera sido bonito que su mamá le diera un abrazo y un beso de despedida. Algo para que la recordara. O cuando Olivia iba a casa, hubiera sido bonito que su madre la hubiera recibido con una sonrisa o un guiso especial como fiambre o pollo en pipián. Olivia una vez le había ofrecido traer a casa carne o pollo pero su madre sólo se rió de ella. ¿Fue porque no creyó que lo pudiera conseguir o porque la idea misma de comer carne la hacía reír?

Meme le había ofrecido dinero para comprar los ingredientes.

¿Por qué Lucía no podía prepararle *mosh* –avena– para desayunar el domingo? Cualquier cosa para hacerla sentir especial o amada.

¿Estaba llorando por eso?

Olivia se sentía sola. Como si hubiera dado un paso desde el risco y ahora se encontrara flotando en el aire. Sus compañeras se burlaban de sus propios hogares, pero Olivia hubiera sido feliz de ir a cualquiera de sus casas, de poner su cabeza en el regazo de cualquier mamá y sentir una mano suave y cálida en el rostro. Quería una mamá que se preocupara por el maquillaje, el acné o las arrugas, o de si posiblemente le era infiel el marido, mientras sacaba la lista de lo que tenía que comprar la sirvienta para la fiesta de esa noche.

Hubiera dado lo que fuera por poner su cabeza en una almohada y acostarse en el piso de una gran casa moderna, con una gruesa alfombra acolchonada, frente a una fogata estrictamente decorativa, y no para cocinar. O hacer lo que Meme decía que le gustaba hacer a su tía: irse manejando en su carro hasta el Hipódromo en la Zona Dos, donde había un enorme mapa en relieve de Guatemala, que se extendía en verde y azul por media manzana de terreno. Allí te podías subir a una torre y ver Tikal, el Petén, Cobán, los Cuchumatanes, el departamento de Quiché, el Océano Atlántico y el Pacífico, todo desde el mismo lugar. Y México.

¿Era tan malo soñar?

De pronto, Olivia sintió náuseas. A lo mejor la anciana le había dado tamales de puerco en vez de pollo. El puerco siempre estaba viejo y rancio, y siempre existía el temor de pescar triquinosis o alguna enfermedad misteriosa. Los pedacitos de maíz que todavía tenía en la boca le dejaron de saber dulces y más bien parecían secretar un líquido amargo. Olivia le quitó la corcholata a su Coca y le dio un buen trago.

La Coca estaba tibia y agria, difícilmente curativa. Olivia apartó el resto del tamal y se recostó sobre un brazo en la piedra plana, cerrando los ojos. Sentía un alboroto en el estómago y trató de distraerse recitando los nombres de los grupos de animales que forman parte de los diferentes filos marinos: celentéreos, moluscos, equinodermos...

Pero la recitación le dio aún más náuseas. Y tenía frío.

Una vez Jimena le había contado que su casa en La Antigua tenía muchas chimeneas. La de su recámara tenía una rejilla grande, atizador y rastrillo, y un altero triangular de leña a un lado; siempre que hacía frío, una de sus tres sirvientas la encendía. Y cuando iba a su casa los fines de semana de enero, una sirvienta se levantaba a las cinco de la mañana a prender la leña para que cuando Jimena se despertara para ir a la misa dominical en la Iglesia de San Francisco, su cuarto estuviera bien calientito.

—Mis papás me adoran —decía Jimena, abrazándose sola con sus brazos flacos. A Olivia le daban celos al mismo tiempo que se preguntaba: ¿si tanto la quieren, por qué la metieron a un internado privado de monjas, si viven a un kilómetro? Lo cierto era que los papás de Jimena seguramente no soportaban tenerla en casa. Cuando Olivia conoció a Jimena, se había portado linda: ¿acaso no la había ayudado a usar el baño? Quizá Olivia había cometido un error táctico: tenía que haber ignorado a Meme para unirse a Jimena y Las Valentinas. Hubiera recibido muchos favores especiales.

Olivia oyó que alguien tosía y abrió los ojos.

Frente a ella estaba parado un indígena de Santa María de Jesús. Llevaba un morral de lana roja y cargaba un atado de madera en un costal de red en la espalda. Un mecapal de cuero le arrugaba la frente, dejando todo el peso en su cuello, y sus manos libres.

Tenía el pelo todo parado como paja negra en la cabeza, en parte por el mecapal y en parte porque traía una cinta azul justo debajo de las entradas.

—¿Estás bien? —preguntó en su escaso, pero correcto, español.

Olivia se enderezó.

—Me duele el estómago.

—Mejor vomita.

Olivia asintió. Antes de poderse detener, se le cerró la garganta, sintió que el gaznate se le llenaba de sal y vomitó en dos arcadas sistemáticas. La comida se extendió por la orilla de la roca en la que había estado sentada, pero no le cayó en el uniforme.

Se pasó la manga blanca por la boca.

—Ahora tómate la Coca. Toda —el indígena se hincó en una rodilla, manteniendo distancia entre ambos. No hizo ningún esfuerzo por soltar su carga.

Olivia hizo caso. El líquido tibio y burbujeante ya no le supo agrio y parecía asentarle el estómago. Momentos después, ya no se sentía débil ni con náuseas.

El hombre la siguió mirando sin decir nada. Finalmente, cuando vio que Olivia estaba mejor, dijo:

—No deberías de andar acá tan sola. ¡Vámonos! El cerro está lleno de ladrones y de gente que nomás está buscando problemas. También hay demasiados cantiles —dijo, refiriéndose a la serpiente venenosa que habita en las junglas del Petén.

Olivia tuvo que sonreír.

—Los cantiles viven a cientos de kilómetros de aquí.

El hombre le devolvió la sonrisa, jalando hacia abajo las comisuras de la boca, y se encogió de hombros. Era un hecho que el anciano indígena parecía saber. Le ofreció a Olivia su brazo libre y la levantó.

—¿Quieres un Chiclet? —le preguntó el hombre, sacando una caja amarilla del bolsillo del pantalón. Sin esperar respuesta, sacudió la caja dejando dos rectángulos blancos en la palma de Olivia y se metió otros dos a la boca aunque apenas tenía dientes.

Sonrió con las encías.

—Gracias —dijo Olivia.

Él sólo inclinó la cabeza.

Bajaron el cerro caminando juntos, del brazo, hacia el centro de La Antigua —él llevaba su carga en la espalda mientras que ella sólo llevaba en la mano una bolsa de plástico. Si alguien los hubiera visto, hubiera podido pensar que eran padre e hija caminando juntos al pueblo, parecían tan a gusto entre ellos.

Y si alguien que conociera a Olivia de antes la hubiera visto de frente, con su uniforme blanquiazul, hubiera dicho que había dejado de ser una niña regordeta y ligeramente contrahecha, y que ahora era una adolescente bien encaminada a convertirse en mujer. Su cuerpo iba tomando forma y sus piernas se alargaban. La falda ahora le llegaba arriba de las rodillas, que ya no eran nudosas y oscuras sino tersas como hueso de zapote.

Los ojos oscuros de Olivia, siempre tan sosos contra su piel morena, habían adquirido cierto grado de profundidad y tenían una chispa propia, burlona, incluso ahora que no se sentía muy bien.

También sus labios parecían por primera vez invitadores.

Era como si este cambio se hubiera dado casi de un día para otro.

El cielo se nubló y una brisa fresca empezó a soplar fijo del norte, lo cual indicaba lluvia. Era casi mediodía, Olivia sabía que tenía que apurarse. A lo mejor habían acortado la excursión, Juana Quiroga podía haberse asomado a su cuarto a ver cómo seguía. De todas formas, Olivia sintió que no había prisa, tranquilizada por el andar pausado del hombre arrugado y arrullada por el sonido de sus caites arrastrando en el empedrado al caminar.

Olivia disfrutó de mascar el chicle de menta. No sabía por qué, pero sentía libertad suficiente para respirar.

(1980)

En enero, cuando Olivia cumplió dieciséis años, Guatemala experimentó un incremento en la violencia. Las fuerzas del ejército atacaron la embajada de España con bombas incendiarias, matando a treinta y nueve campesinos indígenas que la habían tomado en protesta por la represión del ejército en el departamento del Quiché. Vinieron más huelgas y protestas, y, en los meses siguientes, docenas de activistas sindicales, líderes estudiantiles, periodistas y trabajadores sociales fueron asesinados. Un día, varios hombres armados fueron al campus de la Universidad de San Carlos, un semillero de actividad antigubernamental, y simplemente se pusieron a disparar contra los estudiantes que iban bajando de los autobuses públicos para ir a clases. En total, más de cincuenta estudiantes murieron y muchos más fueron secuestrados.

En el Colegio Parroquial también hubo cambios. Todo empezó cuando Jimena fue a ver a la hermana

Bonifacia a su oficina a principios de febrero y le dijo que Angelina estaba embarazada. La monja, por lo regular una persona serena a quien nunca le faltaban las palabras, entró en estado de pánico. ¿Qué iba a hacer? Le dio a Jimena las gracias más bien fríamente por haber delatado a su supuesta mejor amiga. La hermana Bonifacia de pronto se sintió mareada... estaba demasiado vieja y frágil para lidiar con este tipo de crisis.

Mandó llamar a Angelina a su oficina.

—¿Es verdad que estás encinta? —preguntó la hermana Bonifacia.

Angelina respondió desmayándose y se fue al piso.

La hermana Bonifacia pidió que llevaran a Angelina a su dormitorio. De inmediato llamó al doctor Madrid y le pidió que viniera a la escuela.

Entre lágrimas, Angelina se negó a que el doctor la examinara. Hasta cierto punto, para el doctor fue un alivio —no le gustaba hacer revisiones internas—. Miró a la chica sollozando en la cama, vio el bulto que traía en el vientre, y emitió su diagnóstico médico: aunque había logrado ocultarlo, Angelina tenía por lo menos siete meses de embarazo.

Poco importó que el cálculo del doctor Madrid estuviera errado por dos meses —Angelina estaba entrando en su quinto mes—, la hermana Bonifacia no titubeó en decidir:

—Empaca tus cosas, querida, te me vas de la escuela esta misma tarde.

Y sin consultar a Juana Quiroga, a la hermana Carina ni a las demás monjas, llamó a los padres de Angelina y les dijo que su hija quedaba inmediatamente expulsada de la escuela. El Colegio Parroquial no iba a tolerar la promiscuidad.

Meme, sin ser muy amiga de Angelina, sintió que estaban cometiendo una grave injusticia con ella. Mientras Angelina empacaba su ropa, reunió a las alumnas para apoyarla; decidieron que Olivia y ella irían a hablar con la hermana Bonifacia primero para insistir, y si eso fallaba para suplicar, que reconsiderara su decisión.

¿Qué clase de escuela era el Colegio Parroquial si la directora podía expulsar a una alumna como si nada, sin que hubiera por lo menos una audiencia?

La hermana Bonifacia hizo pasar a las dos muchachas a su oficina, que en una pared ostentaba una colección de crucifijos de hierro y madera, y a lo largo de la otra tenía un librero lleno de toda clase de ranitas de porcelana en miniatura, de distintos tamaños y colores. Las dos ventanas estaban cubiertas con cortinas de yute café y la lámpara del escritorio, con sus treinta y cinco *watts*, apenas iluminaba la cavernosa habitación. Les indicó a las niñas que se sentaran en el sofá de listones de madera ante su escritorio. La hermana Bonifacia las encaró sentada rígidamente en una silla de respaldo alto, ataviada en su hábito más grueso y negro.

Meme habló en ráfaga, dando varias razones por las que Angelina debía permanecer en la escuela: llevaba diez años en el colegio; sus padres eran unos monstruos, a lo mejor hasta violadores; era una de las mejores alumnas, con muy buenas calificaciones en historia y religión. Angelina era una líder en la escuela. Tutoreaba a las muchachas menores. Era monitora de la biblioteca dos noches a la semana. La hermana Bonifacia escuchó en silencio los argumentos de Meme; cuando mucho, bajaba las comisuras de la boca cada vez que Meme le daba una razón para recapacitar.

Cuando terminó, la hermana Bonifacia esperó unos segundos. Respiró profundamente y respondió:

—*El cuerpo no es para la fornicación, sino para el Señor; y el Señor para el cuerpo.* Lo que hizo Angelina va en contra de todo lo que les hemos enseñado. No podemos darle refugio en nuestros muros.

Meme casi lloraba, como si estuviera montando su propia defensa, lo que en efecto hacía. Desde principios de año, se salía a escondidas a encontrarse con Isidro Fonseca, y ya iban mucho más allá de los simples besos. Pero como su hermana le daba píldoras anticonceptivas, Meme estaba bastante segura de que evitaría el destino de Angelina y no quedaría embarazada. De todas formas estaba nerviosa. Probó una táctica diferente, formulando su argumento en el lenguaje bíblico que tanto admiraba la hermana Bonifacia:

—Pero al echarla, la está juzgando. Y usted siempre nos está diciendo: *No juzguéis, para que no seáis juzgados*... ¿verdad, Olivia?

Como Olivia estaba becada, sentía que no tenía derecho a hablar —era más una intrusa en la escuela que una estudiante con todos los requisitos—. Pero si alguien sabía sobre el pecado, era ella. ¿Acaso no había visto que las jovencitas eran obligadas a tener relaciones, tan cerca de su choza en los cafetales? ¿Acaso no sabía que las criadas eran explotadas sexualmente en las casas de los ricos? De todas formas, se sentía demasiado vulnerable e insegura para defender abiertamente a Angelina.

—No fue su culpa —era lo único que podía decir.

La hermana Bonifacia negó con la cabeza; no estaba de humor para debatir porque sabía que su propia postura era débil. ¿Qué sabía ella del sexo? Apenas si se había tocado, nunca consideró siquiera pecar con el cuerpo de otro. Sus pensamientos eran puros.

—Mis niñas, estoy perfectamente segura de que si fuera necesario, yo podría tirar la primera piedra. Y con eso no quiero decir que estoy libre de pecado, al contrario, paso horas implorando el perdón del Señor. Pero seamos claras, yo no juzgo a esa pobre desdichada: eso será en las puertas del cielo. Sencillamente no puede permanecer con nosotras. La decisión está tomada.

—Pero no la puede expulsar así nada más. Es una de nosotras. Como María Magdalena. Jesús la perdonó… y usted sabe que Angelina nunca volverá a pecar —replicó Meme.

Le hermana Bonifacia miró a las dos muchachas. Levantó la ceja derecha como si preguntara: ¿Qué más?

Cuando Olivia vio que la monja estaba bien plantada, dijo:

—¿Por qué no tiene al bebé aquí y ya? ¡Entre todas podemos ayudar a cuidarlo!

La hermana Bonifacia se puso de pie, alisándose el hábito. Estaba a punto de decirle a Olivia que las indias eran como fábricas que tenían un bebé tras otro, pero se contuvo.

—Creo que lo mejor es que su familia se encargue de manejar la situación. Ya llamé a sus padres y pronto estarán aquí para llevársela a casa.

—Hermana Bonifacia, usted siempre nos dice que somos una comunidad. Olivia tiene razón. Nosotras somos la familia de Angelina —dijo Meme, secándose las lágrimas de los ojos.

—Podemos cuidar al bebé —repitió Olivia, pensando en cómo había cuidado a su hermano Guayito cuando nació, hacía tanto tiempo: lo limpiaba, le hacía cosquillas, le daba de comer cuando su mamá estaba trabajando en el campo.

La hermana Bonifacia caminó hasta las muchachas y les hizo una seña de que se levantaran. Ellas se miraron una a otra y se pusieron de pie. La monja no era tan gélida que careciera de sentimientos. Tomó las cabezas de Meme y Olivia y las jaló a su huesudo pecho. Buscó en su memoria palabras que posiblemente pudieran servir de guía.

–Niñas, niñas, ustedes están llenas de pensamientos dulces. Pero aquí hay una lección; una que, espero, les sirva debidamente a todas: *Andad por el Espíritu, y no cumpliréis el deseo de la carne.* Sé que ustedes son buenas. Quieren ayudar a alguien a quien aprecian mucho. Pero Angelina ha cometido uno de los peores pecados carnales. Ha traicionado su deber sagrado de mantener puro su cuerpo. Que les sirva de advertencia a todas. La tentación nos rodea, pero yo les pido que caminen por los senderos de la rectitud. ¿Recuerdan cómo Satanás trató de tentar a nuestro Salvador con dones de poder terrenal? Pero Él no cedió. Recuerden este verso de la Epístola de Santiago: *Bienaventurado el hombre que soporta la tentación; porque cuando hubiere sido probado, recibirá la corona de vida.* Creo que ya es hora de que regresen a su cuarto, y piensen en cómo pueden librarse del pecado.

Esa tarde, después de que se llevaron a Angelina, varias monjas fueron a ver a la hermana Bonifacia para pedirle una explicación más detallada de su decisión. Ella les dijo que agendaran una junta con todo el personal para el día siguiente en la capilla a la hora de la comida de las niñas.

El resto de la tarde, la hermana Bonifacia se la pasó esquivando respuestas cortantes, murmullos y ceños fruncidos al caminar por los corredores del Colegio Parroquial —sentía que las otras hermanas estaban conspirando en su contra—. La mañana de la junta esperó en su oficina a que vinieran la hermana Carina o Tabita a hablar con ella, para ayudarla con la estrategia, pero ninguna llegó. Se sentía aislada… a punto de ser reprendida o censurada por la misma escuela que había fundado. No era justo.

Miró alrededor de la capilla y vio un mar de caras hostiles. Empezó la junta anunciando su renuncia, efectiva de inmediato.

Aunque ella y la hermana Carina habían sido rivales muchos años y a menudo discutían en las juntas, la hermana Bonifacia reconocía que en esos tiempos difíciles la escuela necesitaba alguien más joven, menos rígida, una persona que pudiera doblarse como un sauce en el viento. Ésa era la hermana Carina.

La hermana Bonifacia había hecho lo que había podido por dirigir a las niñas, por equiparlas con las herramientas morales y éticas para sobrevivir en un mundo cada vez más dado al pecado y a los hábitos veniales. Se daba cuenta por las revistas que leían las chicas y la música que escuchaban, por la forma insolente en que hablaban, entre ellas y hasta con las maestras. Por la forma en que se movían y se subían la falda.

Los eventos la estaban pasando a toda velocidad y no sabía cómo lidiar con ellos. Tenía casi setenta y cinco años. Mejor haría en dedicar sus últimos años de vida a su colección de ranas y a sus oraciones y su devoción.

Cuando Angelina se fue, las muchachas se quedaron sombrías e inquietas. La hermana Carina determinó que lo que necesitaban era un poco de ligereza: salir de la escuela, de las clases, cambiar de paisaje, apartarse de la rutina normal. Distraerse.

Sugirió que las hermanas Tabita y Carolina se llevaran a las muchachas a una excursión de una semana a visitar las numerosas iglesias espléndidas en Huehuetenango, Quetzaltenango y Chichicastenango, las principales ciudades de Los Altos de Guatemala. Y como un guiño al pasado maya de Guatemala, también podrían explorar las ruinas precolombinas en Zaculeu y Utatlán, cerca de Santa Cruz del Quiché, donde Pedro de Alvarado derrotó a los mayas.

El viaje se planeó hasta los últimos detalles: dónde iban a dormir, quién iba a compartir cuarto con quién, dónde podían comer. Pero todo fue para nada cuando un sacerdote español fue asesinado en la provincia del Quiché tras presenciar cómo mataban a tiros a dieciocho mujeres que habían ido al cuartel militar de Nebaj a preguntar por sus maridos desaparecidos. Arriesgar las vidas de las muchachas en aras de un retiro religioso le parecía a la hermana Carina un disparate absoluto.

En definitiva, 1980 había sido un año difícil para las chicas del salón de Olivia, que iban de los dieciséis a los dieciocho años. A sus maestras les parecían distraídas en clase, hoscas y calladas, más contentas de oír y memorizar la lección que de participar en las discusiones. Cuando antes competían por estar en el coro o ayudar en la misa del miércoles, ahora lo hacían a regañadientes, y preferían quedarse platicando en sus cuartos o esconderse en la biblioteca. Ya tampoco se resistían a irse a dormir a las diez.

El estado de ánimo arrojó una sombra sobre la escuela. No había ánimo ni emoción, al menos hasta donde percibían las monjas. Las muchachas que volvían a su casa en Ciudad de Guatemala los sábados, parecían obsesionadas con organizar sus fiestas de fin de semana, tan de moda, en las que bebían, fumaban, y sabría Dios qué más. Todo esto era parte de los rumores que serpenteaban en murmullos por los dormitorios. Y se hablaba de que algunas de esas cosas sucedían en el Colegio Parroquial después de que las monjas se retiraban a sus habitaciones a rezar. ¿Qué iban a hacer? ¿Contratar guardias para los dormitorios y convertir el Colegio Parroquial en una prisión? Las chicas mayores simplemente se rebelarían y su resistencia sería contagiosa, haciendo el mayor daño a las menores, que aún pensaban en términos de la comunidad y eran fáciles de disciplinar. Las monjas se negaban a convertir la escuela en un campamento armado.

Olivia estaba sumida en su propia depresión; pasaba demasiadas horas de vigilia preguntándose qué pasaría cuando se graduara de la escuela. Aunque nunca reconocería que había sido totalmente feliz en el Colegio: había sido una bendición del cielo que la había salvado de una vida de servidumbre. Jamás volvería a ser la niña que seguía a su mamá por los cafetales. Era casi como si su pasado antes del Colegio Parroquial fuera algo que hubiera leído en uno de sus libros de texto, no algo que hubiera experimentado. Incluso ahora cuando iba a casa, a pasar un día con su madre y su hermano, trataba de llegar lo más tarde que podía el sábado. Inventaba pretextos para tenerse que ir el domingo temprano: tenía que ir a la biblioteca a hacer un trabajo que era para el lunes o la hermana Carina le había pedido que ayudara a acomodar los misales en la capilla.

Lucía, con el tiempo, dejó de pelear con Olivia; era como si simplemente hubiera eliminado a su hija de su vida. Ahora encontraba consuelo en prender veladoras y participar en las ceremonias, los sábados por la tarde, de la Asamblea de Dios, la nueva iglesia evangélica que habían construido en el claro cerca de donde una vez estuvo la choza donde las muchachitas daban servicio a los hombres. Lucía odiaba a la Iglesia católica por enfatizar la necesidad de vivir de manera cristiana mientras amasaba una riqueza obscena e insistía en el respeto ciego a su jerarquía establecida. Nunca más iba a obedecer a un cura que le respondiera a un papa que vivía en el esplendor dorado del Vaticano. Los líderes de la misión protestante —a pesar de su cabello rubio, camisa blanca y corbatita negra— construían iglesias sencillas de madera y decían que cada persona podía hablar directamente con Cristo. Enfatizaban la importancia de la salvación personal, de las buenas obras en esta tierra, y de cantar las plegarias del Evangelio hasta que sus cuerpos temblaban de fervor.

Lucía sentía que los pastores evangélicos eran poco pretenciosos y desde luego no tenían ninguna actitud de superioridad: todo mundo era un cordero de Dios.

Guayo también cayó bajo el hechizo de los nuevos misioneros y se volvió un joven catequista muy comprometido. Dedicaba sus horas libres a ayudar a encontrar nuevos conversos para la iglesia en las calles de Ciudad Vieja y La Antigua.

A sus casi doce años, era alto y fornido, con músculos cafés que se flexionaban y ondulaban cuando caminaba. Ahora hablaba en voz baja y con autoridad, como si hubiera sido imbuido de la apacible serenidad del verdadero creyente. Apenas sonreía y sus ojos se enfocaban intensamente, sin parpadear, en quien estuviera hablando. No eran exactamente ojos vacíos, sino más bien inexpresivos, como si tuvieran un secreto. Como parte de sus deberes en la iglesia, le habían pedido que se integrara a la sagrada misión de convencer a los pocos hombres que quedaban en los cafetales de unirse a las Patrullas de Autodefensa Civil, formadas por indígenas para proteger a los pueblos de las guerrillas. Andaba con machete y aunque no tenía pistola, un instructor de rifle –también evangélico, asignado al cuartel de La Antigua que acampaba cerca de Ciudad Vieja– le había enseñado a disparar un Galil.

Sus orejas largas y puntiagudas estaban siempre atentas al sonido de pisadas de guerrilleros, en caso de que decidieran atacar las fincas cafetaleras por la noche para obligar a los trabajadores a levantarse en armas contra los terratenientes. Su conversación empezó a estar salpicada de una mezcla de religión y fervor militar, sentía que era un soldado del Ejército de Dios.

Todo esto incomodaba a Olivia; pronto empezó a sentir que la luna podría ser un lugar más acogedor que el hogar que Guayo y su madre compartían.

✻

El reloj avanzaba para las chicas. En un año más, se separarían sus caminos. Dejarían el refugio que les había permitido actuar descarada y despreocupadamente –sin embargo, para la mayoría, el futuro parecía lleno de esperanza–. Con el dinero y contactos de sus padres, irían a alguna universidad en Estados Unidos o las mandarían a escuelas para señoritas en París, Ginebra o Londres. En el peor de los casos, unas cuantas se verían obligadas a permanecer en casa, ir a clases a la Universidad Marroquín o del Valle hasta que pidiera su mano el vástago de alguno de los acaudalados amigos de sus padres.

Olivia no tenía idea de qué iba a hacer después de su graduación. Tenía calificaciones decentes, lo suficiente para tomar cursos en la Universidad de San Carlos. ¿Pero quién iba a pagar sus estudios y quién iba a cubrir sus gastos para vivir? Veía el día de su graduación en el futuro como una tormenta que se avecinaba. El mundo que conocía iba a desaparecer y no tenía idea de qué rumbo o dirección tomaría su vida. Nunca regresaría a la choza de su madre, humillada y vencida por eventos más allá de su control. Allí no había nada para ella. ¿Adó de podía ir?

Meme, la persona de la que Olivia había dependido invariablemente, era de poca ayuda. Parecía más distante cada día, y más involucrada con Isidro, su novio. Dos o tres noches a la semana se encontraba con él atrás de La Merced o a media cuadra en la Calle del Desengaño, donde el alumbrado estaba fundido. Regresaba sigilosamente a la escuela bien pasada la media noche.

Meme parecía estar buscando su propio futuro, más confundida que dedicada. Una noche, cuando La Antigua estaba anegada por la lluvia y le era imposible ir a ver a Isidro, vino a sentarse a la cama de Olivia. Las otras chicas ya dormían pero Olivia aún tenía prendida la lámpara del buró.

Meme traía puesto un camisón de seda azul claro, con un diseño de tenues estrellas amarillas. Cruzó una pierna bajo la otra y apoyó la espalda en la pared.

–Sabes, Olivia, en una de ésas me caso con Isidro –murmuró.

Todo mundo reconocía que Meme era hermosa, con piel de caoba y ojos de ópalo. Rebosaba confianza en sí misma, una especie de voluptuosidad mujeril que hacía que la gente se estremeciera en su presencia. Cuando Meme caminaba por la escuela, con su blusa blanca y su falda azul meneándose y abrazando sus muslos, hasta las monjas ancianas volteaban automáticamente a ver sus pantorrillas y su bien formado trasero.

—¿Qué sabes de él? —preguntó Olivia, en su propia nube de ignorancia.

—Bueno, pues dice que está enamorado de mí, pero en realidad no le creo. Dice las cosas más léperas. Le gustan mis pechos y dice que estoy tetona pero muy sabrosona.

Olivia se descubrió mirando los pechos de Meme, con sus pezones largos y rectos que empujaban el camisón. Entendió el deseo de Isidro pues ella también, en ese momento, deseó podérselos meter a la boca. Sintió que el calor le subía a la cara.

—Ay, Meme, acuérdate de lo que le pasó a Angelina. Podría pasarnos a cualquiera —fue todo lo que Olivia pudo decir.

Meme se rió fuerte.

—Angelina se descuidó. No usó protección con Raúl…

—¿Dices el hermano de Jimena? —Olivia estaba boquiabierta.

Meme se jaló el pelo para atrás con las dos manos y sacudió la cabeza.

—No me digas que no sabías.

—Pues…

—Por eso Jimena echó de cabeza a Angelina. Encontró sus notitas de amor en el cuarto de su hermano, y también otras cosas…

—¿Como qué?

Meme se acercó más a Olivia y le murmuró al oído:

—Paquetes de condones. Los muchachos se los ponen en el pene...

—¡Ya! —Olivia se tapó las orejas—. No me digas nada más —sentía que se le secaba la boca y se le nublaban los ojos: no sabía si estaba a punto de vomitar o llorar. Respiró profundo, muy profundo, aunque sentía que su boca era una fosa séptica salada.

—Ya no somos unas niñas —dijo Meme.

Olivia tragó duro, tratando de regresar al estómago lo salado de la garganta. La respiración le había ayudado, a lo mejor debía ponerse a tararear. Tararear la calmaba.

Meme nunca podía hablar de algo abiertamente. Hacía que cada situación pareciera tan dramática —sin duda debía optar por la carrera de actuación—. No hablaban íntimamente hacía años y Olivia casi había olvidado que nunca podía anticipar lo siguiente que iba a salirle a Meme de la boca. La miró a los ojos, que eran ardientes y desafiantes, como la mirada de un animal salvaje.

—Eso me asusta —dijo Olivia, el nudo deshaciéndose en su garganta. Tenía lágrimas en los ojos.

—No puedo decirte lo que se siente cuando Isidro empieza a jugar con los botones de mi blusa. Y no creas que él solo sabe qué hacer. Yo tengo que irle diciendo, paso a paso. Pero me empiezo a poner tan caliente que estoy a punto de estallar, y luego estallo —Meme señaló el espacio entre sus piernas—.

Me mojo toda, y lo único que quiero es que él esté dentro de mí.

Olivia apenas podía sacar las palabras.

—Es mucho mayor que tú.

Meme se inclinó hacia delante.

—Ya lo sé. Y es feo. Muy, muy feo. Usa unos anteojos gruesos que le pellizcan la nariz. Tiene los labios caídos; se le ve lo chuecos que tiene los dientes. Y se pone demasiada vaselina en el pelo.

—¿Por qué estás con él?

Meme se encogió de hombros.

—Supongo que en realidad no sé por qué. Bueno, sí sé por qué: creo que lo estoy usando sexualmente. Es mi instrumento. Y también me gusta cómo funciona su mente. Se la pasa hablándome de un señor que se llamaba Marx que puede que sea el mayor pensador del mundo. En realidad no entiendo de qué habla Isidro. Todo lo que sé es que me hace caso.

Meme estaba hablando de sentimientos que Olivia aún estaba por experimentar. Pero de hecho no tenía el menor deseo de experimentarlos, y esto la hacía preguntarse si no le pasaría algo malo. Olivia recordaba lo que había sentido cuando Meme la besó hacía tantos años, en su primer año en la escuela. Había sentido calor allí abajo. Meme le prometió que iba a enseñarle a besar de lengua... ¿así era como el calor se convertía en humedad?

Sin darse cuenta, Olivia había cerrado los ojos y parecía estar en un estado de sueño narcótico en el que su mente exploraba áreas de su cuerpo que ella jamás se había atrevido a tocar así.

—¿Olivia, estás bien? —Meme le tocaba el brazo.

Olivia sonrió, un poco apenada.

—Me estaba acordando de la primera vez que me besaste.

Meme parecía haberlo olvidado.

—Seguro que estábamos bien chicas.

—Fue cuando nos tocaba el dormitorio del segundo piso. Mi cama estaba junto a la de Jimena y la tuya estaba hasta el fondo, junto al clóset de ropa blanca.

Meme sonrió, los ojos le volvieron a brillar.

—Fue el año que llegaste a la escuela. Nunca había visto a nadie tan asustada. Estabas tan nerviosa. Me daba miedo de que si alguien te hablaba fuerte, te fueras a poner a llorar. Pensé que a lo mejor tenía enfrente a alguien sin una pizca de maldad.

—Todo era tan nuevo para mí —dijo Olivia.

—Venías de otro mundo.

—Nunca había salido de los cafetales.

Meme sonrió.

—Y nunca te habían besado en la boca.

Las dos muchachas platicaron otro rato, pero era más un monólogo de Meme. Un minuto hablaba de que iba a casarse con Isidro y ambos se unirían a la guerrilla en la provincia de Santa Cruz del Quiché. Al minuto siguiente hablaba de tomarle la palabra a su hermana mayor, que había ofrecido pagarle sus estudios en una universidad de Orlando, Florida. Y finalmente mencionó la posibilidad de unirse a una compañía de teatro en Ciudad de Guatemala que montaba farsas políticas.

—Tienes tantas opciones —dijo Olivia, con cierto resentimiento.

Meme miró a lo profundo de los ojos de su amiga.

—Tú también, Olivia.

—Por favor no te burles de mí.

—Olivia, no seas mensa. Tienes mucho más a tu favor que cualquiera de nosotras. Y no tienes nada que te amarre. Por supuesto que nunca vas a regresar a esa horrible choza donde vive tu mamá. De eso, ni hablar.

—Eso ya lo sé. ¿Pero entonces cómo dices que tengo tanto a mi favor? No tengo dinero, ni parientes ricos, ni nadie que me cuide. La hermana Carina siempre me lo está recordando. Se ha vuelto como la hermana Bonifacia, se la pasa citando la Biblia para darse la razón. Justo ayer me dijo: *Vestíos de caridad, la cual es el vínculo de la perfección*. ¿Cómo cree que voy a vivir, a pan y agua?

Meme sonrió.

—Olivia, vas a vivir de lo que siempre has vivido.

—¿Y eso qué significa? —interrogó Olivia.

—Pero qué criatura más mensa eres. Eres pura bondad. Eso es lo que siempre has tenido. ¿Sabes lo excepcional que es eso?

Olivia estaba confundida.

—¿Y eso en qué me ayuda?

Meme bostezó.

—La mayoría de la gente es mala. Van por ahí como si lo supieran todo. Un día tu inocencia te va a servir. Créeme.

Y con eso Meme le dio un beso en el cachete y se fue a dormir.

(1981)

Meme no era la única muchacha del Colegio Parroquial interesada en los chicos; la mayoría de las
compañeras de clases de Olivia sufrían por sexo y
no les importaba si se hacía pasar por amor verdadero. La azotea de la escuela, que les había brinda-
do privacidad suficiente para fumar, besar y contar
chistes cuando eran más jóvenes, era demasiado
peligrosa para el cortejo de muchachos y fue dejada
a las chicas menores para que siguieran sus pasos.
Puesto que Jimena conocía los rincones ocultos de
La Antigua mejor que nadie, a ella le tocó encon-
trarles a las chicas un refugio aislado.

Durante años, Jimena había ridiculizado y
excluido a cualquier niña que no le jurara lealtad
absoluta. Había desencadenado tantos problemas a
su alrededor, no sólo en la escuela sino también en
casa al traicionar a Angelina y su hermano, que
le costó varias amistades. Se dio cuenta de que se
iba a graduar en menos de un año y no quería que

sus compañeras la recordaran como el terror de la escuela. Se volvió amistosa, de una manera más bien neutra, y aceptó con gran humildad su nuevo papel de facilitadora. Atrás habían quedado los días en que, con tono despiadado, encabezaba la embestida para denigrar a sus compañeras.

Hasta su padre, Arturo Chang, estaba convencido de que aunque Raúl había embarazado a Angelina, eso no habría sucedido si Jimena hubiera sido un modelo para su hermano menor. Jimena se había pasado muchas horas discurriendo tormentos horribles: ranas en los zapatos, clavos en las ruedas de su bicicleta, lo que fuera con tal de que ella brillara más ante sus padres y su hermano quedara reducido a polvo. De modo que cuando Raúl se vio implicado en el embarazo de Angelina, Arturo Chang —en vez de cubrir a Jimena de agradecimiento por haber revelado la duplicidad de su hijo— decidió castigarla anunciando que ella no iría a la universidad. Jimena se quedaría en casa y usaría sus flamantes conocimientos contables para asegurarse de que el Almacén La Fe mantuviera su posición como la tienda de abarrotes más importante de La Antigua. Ella protestó con lágrimas y berrinches, pero su padre no cedió. Al final, se vio obligada a aceptar su decisión. Y a Raúl lo premiaron mandándolo a la universidad en Taipéi.

Jimena pensó larga y detenidamente en encontrar un refugio cercano, lejos del escrutinio público.

El Parque Central –centro social y también geográfico de La Antigua– estaba demasiado expuesto. Los ancianos del pueblo se reunían allí en las tardes a conversar y chismorrear mientras los jóvenes platicaban y coqueteaban. Los chicos caminaban alrededor de la plaza en pares en el sentido de las manecillas del reloj mientras que las chicas iban en sentido contrario: éste era el ritual de cortejo aceptado. Las parejas que buscaban privacidad se acurrucaban en las bancas más lejanas a la fuente en el centro del parque, y lejos de la concha acústica donde a veces tocaba una marimba. El parque era el punto focal para ver y ser visto, lo que menos querían las muchachas del Colegio Parroquial.

Las iglesias eran el alma de La Antigua: eran faros de plegaria religiosa, comunidad y aprendizaje; sitios cuyos amplios patios permitían al visitante un escape para leer, escribir poesía y contemplar en silencio. Media docena de fuertes terremotos había reducido la mayoría a escombros, las había dejado sin techo, con apenas vestigios de sus primores barrocos que se pudrían junto a las torres y campanarios truncos. Excepto la Catedral de Santiago, la Iglesia de San Francisco y las nuevas capillas evangélicas acondicionadas como bodegas abandonadas, la mayoría estaba en ruinas. Muchas, como Santa Clara y La Recolección, funcionaban como museo o simplemente servían de hogar a mapaches, cuervos y ratones de campo.

El lugar lógico para un encuentro era alguna de las iglesias abandonadas de La Antigua, muchas de las cuales databan de mediados del siglo XVII. De noche ofrecían una privacidad que no podía encontrarse en ninguna otra parte del pueblo. Jimena encontró el sitio ideal en las ruinas del convento detrás de La Merced. Para llegar, las chicas tenían que bajar por una escalera desvencijada a un edificio abandonado detrás de la escuela. Caminaban juntas, tomadas del brazo, por en medio del Callejón Campo Seco, porque era un lugar que todos evitaban: no tenía alumbrado, había alteros de basura y apestaba a excremento humano. Las muchachas caminaban de prisa, agarrándose fuerte una a otra, aunque en realidad no tenían nada que temer: nunca se toparon con nadie más allá de un borracho farfullando o tres limosneros acostados en cartones junto a un edificio.

Al final del callejón descollaba La Merced, una colosal estructura amarilla con gruesos muros de filigrana y nichos llenos de santos. Las chicas rodeaban la iglesia oscurecida y entraban a las ruinas del convento por una reja con un candado roto. Aquí se veían en secreto con muchachos que habían conocido en sus fines de semana en casa o simplemente que sabían que varias noches a la semana las muchachas del Colegio iban allí a beber y fumar. Por supuesto que las monjas no sabían nada de esas escapadas nocturnas.

Siguiendo la costumbre en Guatemala, los chicos eran mayores que las chicas. Llegaban a La Antigua desde la capital o desde sus fincas en el campo, en sus pickups, vestidos con jeans, botas y sombrero vaquero. Casi todas las noches, pero sobre todo los fines de semana, se reunían allí cinco o seis chicas, que entraban y salían de las sombras, mientras la luna daba apenas la más pálida luz. Los besos y toqueteos estaban a la orden del día, aunque las muchachas con más experiencia, como Meme, se iban con su pareja a los recovecos enclaustrados que había en ambos pisos.

Jimena no sólo encontró ese lugar para las citas, incluso invitó a tres o cuatro muchachos del pueblo con los que había crecido. Jimena se los presentó a sus compañeras —entre ellas Olivia— y se congregaban cerca de la enorme fuente anaranjada seca situada en el primer patio del convento. Tímidos y educados, llegaban todos los jueves en la noche como reloj, casi como si fueran a una reunión en la iglesia o una tertulia en el café. Jimena se plantó en medio de este grupo y trató de proponer temas de conversación, que le permitieran censurar anécdotas o hazañas. Pero tras ser tolerada las primeras dos o tres reuniones, fue ignorada por sus amigos que ya habían pasado a las compañeras. Al final, Jimena simplemente dejó de ir.

De todos estos muchachos de La Antigua, a Olivia le gustaba sobre todo Jesús, que tenía una expresión como de perro regañado –los cachetes le colgaban como alforjas, y tenía ojos tristes, indiferentes–. Parecía no tener grandes expectativas: aceptaba lo que la vida le mandaba y parecía disfrutarla sin ambición. Su padre era gerente de Pan Lido en La Antigua y su madre se quedaba en casa cuidando de sus seis hermanos y hermanas: eran niños religiosos, todos bien vestidos, extremadamente obedientes, nunca desafiantes. Sereno, ñoño, casi creído, así era Chucho... y aunque en ocasiones su timidez exasperaba a Olivia, ella en realidad no tenía experiencia con los chicos.

Él estaba encantado de darle la mano, mirarse los zapatos y hablar de sus planes de estudiar biología en la Universidad del Valle en Ciudad de Guatemala o contarle de su creciente colección de mariposas de bosque. Ella deseaba que la mirara al hablar y que si no le parecía bonita, por lo menos se lo dijera. Cuando ella le apretaba la mano, él miraba hacia los nenúfares tallados en piedra de la fuente o simplemente contemplaba la iglesia, con sus columnas y pilastras derrumbándose. Entonces se ponía a hablar de su última presa y de cuánto le gustaría invitar a Olivia a su casa a ver su colección, pero nunca la veía bien a los ojos.

–La mayoría de la gente colecciona mariposas de campo, pero yo colecciono unas más raras, que viven en lo profundo de los bosques. Las tengo en mi cuarto, montadas en vitrinas de madera y vidrio.

—Me gustaría verlas —le dijo ella, arqueando las cejas.

—A lo mejor el domingo que entra. Podrías venir a comer. Me gustaría que conocieras a mis papás y a mis hermanos y hermanas.

Muy a menudo, Olivia y Chucho eran la única pareja que quedaba en la fuente, y eso la inquietaba. No es que ya se estuviera cansando de las palabras de Chucho, pero deseaba que fuera más declarativo en sus acciones y sentimientos.

—¿No me van a conocer *ellos a mí*? —no es que esperara que Chucho la tomara en sus brazos, ¿pero por qué no podía haber dicho *quiero que te conozcan mis papás*? Dicho así significaba que *ella* era alguien a quien valía la pena que conocieran sus papás, no al revés.

—Bueno, sí —respondió él—. Todos se van a conocer.

Una noche después de que las otras parejas se habían alejado, lo llevó de la mano por los escalones de piedra al fondo del patio hasta el primer piso, un laberinto de cuartos de piedra sin techo. Apretó fuerte su mano y sintió humedad: a Chucho le estaba sudando la palma de la mano. ¿Era de nervios o estaba tan emocionado como ella?

Era una noche sin luna. Escorpio se dibujaba enorme arriba en el cielo y el centelleo de las tres estrellas de las pinzas parecía crepitar. Olivia oyó otras voces cerca y jaló a Jesús a una pequeña celda con el suelo cubierto de hierba y maleza.

—No creo que debamos estar aquí, Olivia —dijo Chucho.

—¿Tienes miedo?

—Me preocupo por tu reputación.

Olivia se sintió envalentonada para decir:

—No me importa lo que digan.

—Pues te debería importar —Jesús volteó la cara y miró hacia el dintel de la puerta que acababan de cruzar. Sus zapatos pateaban el piso.

—¿Chucho, me puedes mirar? —insistió Olivia.

Jesús levantó la vista. Era más bajito que Olivia, parecía una marioneta de tamaño real, tieso de miedo, junto a ella. Parpadeó varias veces, casi como si no pudiera enfocar la vista, y acabó por bajarla.

Olivia lo empujó a un rincón y se le pegó. Él trastabilló hacia atrás medio metro hasta que sus hombros chocaron con la pared. Ella no tenía idea de lo que estaba haciendo, pero puso las manos de él sobre sus pechos llenos y ardientes. Cerró los ojos de placer.

Pero Chucho nomás dejó allí las manos, como si las tuviera pegadas con adhesivo.

¿Qué, se suponía que tenía que hacer algo?

Olivia trabó los brazos atrás de la espalda de Chucho y pegó la boca contra la suya. Trató de abrirle los labios con su lengua, como una vez le enseñó Meme, pero él parecía inerte, incapaz de reaccionar, casi como si le repugnaran sus esfuerzos. Ella le movió las manos de los pechos a los lados y las obligó a levantarle un poquito la falda y tocarle las nalgas.

No traía ropa interior.

—Por favor, Olivia, no deberíamos estar haciendo esto —dijo Jesús, volteando la cara hacia otro lado—. Está mal —tenía la cara arrugada como una bolsa de papel, la frente fruncida.

Olivia hizo como que no lo oyó. Sintió el calor de su sangre, como la savia que sube por un árbol, hasta las puntas de su cuerpo. Empezó a temblar, casi sin control. Se pegó más fuerte a él, hasta que se subió contra su cuerpo, empujando la pelvis contra su cadera. Olivia no podía parar.

Jesús repetía una y otra vez:

—Mejor hay que bajarnos...

Quitó las manos de las nalgas de ella y trató débilmente de apartar sus caderas. Ella clavó la cabeza en uno de sus hombros, que quedó oprimido contra el muro de piedra, y se meció en la cadera de él, para delante y para atrás, para delante y para atrás, sin poder ni querer detenerse.

—Me estás lastimando —lo oyó decir, pero ya sentía la oleada. Cuando sintió el primer espasmo de placer, soltó un grito como el lloriqueo de un bebé. Se elevó por su cuerpo, endureciendo sus pezones y secando su lengua. Sintió que le quitaban una abrazadera de la garganta y las palabras "Te amo" le brotaron de los labios.

Olivia tenía la sensación de ir flotando por el aire con grandes alas de madera, dejando que las corrientes de aire dirigieran sus movimientos. Vio una carreta de bueyes, un velero, y un estanque de agua abajo a lo lejos. Con un giro de las alas podía subir o caer.

Olivia abrió los ojos. Jesús estaba lloriqueando.

—Me quiero ir a mi casa. Ya me quiero ir a mi casa —repetía una y otra vez. Jesús tenía veinte años. Nunca había estado con una mujer. Y aunque no había ocurrido ningún pecado, ¿cómo le iba a hacer para explicárselo al padre en confesión?

Dejé que una chica usara mi cuerpo para darse placer. No, así no. Es difícil de explicar. No, no creo que...

Olivia se apartó de Jesús, sintiéndose agradecida. Dejó que su falda azul de colegiala volviera a caer sobre sus caderas. Luego se volvió a mover hacia él y le empezó a besar la cara.

Él la empujó.

—Te odio. Te odio —dijo en voz alta, apartándose de ella. Se dirigió a la salida del cuarto sin techo.

—Jesús —lo llamó Olivia—. Chucho.

Él no respondió.

—Por favor no te enojes conmigo.

Olivia dejó que su cuerpo cayera contra la pared de piedra. Pensó que era extraño que le hubiera dicho que lo amaba, pero en realidad no le había importado que Chucho se fuera. Era la primera vez que no le importaba lo que otra persona pensaba o sentía. No experimentaba ningún remordimiento. Meme estaría orgullosa de ella, complacida de que hubiera actuado a través de sus deseos.

Había perdido la inocencia, de cierto modo, pero no lo hubiera podido describir.

Olivia de pronto sintió frío y se dio cuenta de que debería volver a la escuela. Bajó las escaleras tratando de oír otros ruidos de sus compañeras, pero no oyó nada.

Cuando regresó al Colegio Parroquial, Olivia se desvistió y se acostó en silencio en su cama. Quería esperar a Meme, que había terminado con Isidro hacía unas semanas y ya tenía otro novio, Francisco "Paquito" Obregón.

Meme ahora parecía completamente embelesada con el novio nuevo, cuyo padre era dueño de una gasolinera y taller mecánico a las afueras de La Antigua, en la carretera a Ciudad de Guatemala. Paquito era considerado un chico "malo": tenía veinticuatro años contra los diecisiete de Meme y el año anterior lo habían acusado de matar a un amigo, lo que le valió el apodo de "el Fusil". La muerte ocurrió en la finca de su padre en San Lucas Sacatepéquez. Él había ido con sus amigos, se tomaron una botella de ron Botrán y pasaron la noche ahogados, montando caballos a pelo y tirando al blanco con los muchos rifles y pistolas de su papá, usaron botellas de cerveza sobre las cercas de madera.

Paquito le había disparado a Mario Tejeda a bocajarro, a menos de dos metros, y él murió de un solo tiro a la cabeza. Sus amigos dijeron que fue un accidente, un lamentable accidente: Paquito sólo quería volarle el sombrero a Mario de un tiro, pero el caballo se le encabritó de pronto y la cabeza de Mario quedó en la línea de fuego.

Algunos muchachos dijeron refunfuñando que Paquito y Mario siempre se habían caído mal —se guardaban rencores desde sus años de adolescencia—, pero Édgar Obregón, el padre de Paquito, era un hombre rico y sus quetzales compraban montones de silencio. ¿Y quién iba a rebatir el dictamen de la policía de que el homicidio había sido sólo un lamentable accidente?

Una semana de cárcel fue castigo suficiente. El papá de Paquito era mañoso, y el hijo era peor. Tejeda no era la primera persona que había matado el Fusil, pero sí la primera con nombre. Paquito formaba parte de una facción conservadora en la Universidad de San Carlos que creía que la universidad había caído bajo el control de revolucionarios marxistas. El grupo de Paquito había confrontado a los marxistas en las escaleras del Paraninfo Universitario, cerca de Palacio Nacional. Varios estudiantes de izquierda fueron asesinados.

Pero Meme, acostumbrada al caos, estaba enamorada de Paquito, enamorada del peligro que representaba. Sus ojos verdes se ponían insaciablemente sensuales en cuanto aparecía el rostro delgado, con bigote, de Paquito.

Cuando Meme llegó más tarde, como a las dos de la mañana, Olivia se había quedado dormida. Se despertó cuando oyó pisadas y fue a la cama de Meme.

—No me vas a creer lo que me pasó hoy —murmuró.

Meme miró a su amiga, sonriendo mientras se estiraba en la cama, vestida.

—Más vale que sea algo bueno porque hoy estoy muy cansada, Olivia.

—Hice algo que nunca había hecho.

—Hiciste el amor —respondió Meme.

—Sí —dijo Olivia, alzando los hombros y envolviéndose en sus propios brazos como si estuviera bailando sola.

Meme se levantó y giró las piernas para un lado del catre.

—¡Ven aquí, tonta! —se puso de pie—. Déjame darte un abrazo.

Olivia se dejó abrazar.

—En la mañana me cuentas. ¿Fue con Jesús? ¿Llegaron hasta el final?

—No te puedo decir —contestó Olivia entre risitas.

Meme había bebido demasiado ron Botrán para jugar a las adivinanzas. Abrazó a Olivia como una madre abrazaría a su hija.

—Cruzaste al otro lado —fue lo único que pudo decir. Y le dio a su amiga un beso en la frente—. Estoy segura de que usaste protección. Vámonos a dormir. Estoy muerta.

—Yo también —sonrió Olivia, dejando escapar un amplio bostezo. Caminó en silencio de regreso a su catre. Se sentía en paz. *Cruzaste al otro lado*, se repetía. Se había frotado duro contra la cadera de Jesús y había perdido la virginidad.

(1982)

Olivia estaba esperando algún tipo de señal. De verdad no sabía qué iba a hacer, a pocas semanas de su graduación formal. Su amiga Meme sólo hablaba de lo muy enamorada que estaba de Paquito y a las otras chicas no les paraba la boca con lo de sus viajes de graduación y universidades.

Meme le había dicho a Olivia que mantuviera los ojos abiertos: que cuando menos lo esperara recibiría una señal de qué debía hacer.

Todas las muchachas estaban nerviosas de la emoción, pero por lo menos tenían planes. ¿Qué planes tenía Olivia? ¿Regresar a la finca a cosechar café junto a su madre?

Guayito había desaparecido hacía dos meses, al cumplir los trece. Lucía pensaba que lo había secuestrado el ejército, pero sabía tan bien como Olivia que se había unido a los kaibiles. A Guayito ciertamente le gustaba cantar rezos y canciones con los pentecostales, pero prefería las armas y los uniformes; era sólo cuestión de tiempo para que se fuera de casa por cuenta propia.

Olivia recordaba haber visto a Guayito en la iglesia de la Asamblea de Dios, sentado con su rifle de madera de un lado y Lucía del otro. Cerraba los ojos y se quedaba extasiado mientras el hombre rubio de Provo, Utah, sermoneaba en mal español, exhortando a la congregación a luchar la batalla contra el diablo: tanto el que predicaba el socialismo como el que roía sus corazones.

Guayito probablemente estuviera sirviendo en un destacamento del ejército en el departamento del Quiché que, según el gobierno, era un hervidero de guerrilleros.

–Quiero ser un León de Dios –lo oyó decir un domingo después del servicio cuando regresaban caminando juntos a la choza.

Lucía, que había llegado a querer a los pentecostales casi tanto como odiaba a la Iglesia católica, asintió con la cabeza en señal de aprobación.

–Tantos años desperdiciados haciéndoles caso a los curas y las monjas que nos decían que fuéramos pacientes y perdonáramos… para que pudieran seguirse robando nuestro dinero.

Olivia había querido protestar, decir que de no ser por la Iglesia, por la hermana Carina, ella seguiría cosechando café en los campos, pero sabía que sólo recibiría por respuesta sus miradas fulminantes llenas de hostilidad. Era como si ni siquiera estuviera allí.

Tras la partida de Guayito, a Lucía le dio por ponerse a mascullar para sí o pasar horas en silencio. Además se había avejentado enormemente en tres meses; su cabeza parecía una pequeña cáscara de coco y su cabello ralo pasó de negro a gris. Cuando cocinaba o limpiaba, no le salía ninguna palabra. Guayito era su apoyo, y parecía desdichada de navegar sola en su mundo como si le faltara una pierna.

Olivia, por otro lado, sintió alivio de que Guayito se fuera. No tenía ningún futuro en Ciudad Vieja. Años atrás había tratado de convencer a Lucía de que hablara con la hermana Carina para que Guayito entrara al colegio jesuita para varones, pero su madre insistió en que tres años de primaria eran más que suficientes y que lo necesitaba trabajando a su lado. En el otoño cosechaba café, y en el invierno lo mandaba a Escuintla a cortar plátano, esperando que don Aníbal Cofinio notara que trabajaba más duro que una mula y sería un capataz confiable. Pero el trabajo en la costa hizo que Guayito se enfermara —tenía apenas diez años cuando empezó a ir, y de milagro no se murió—. Bregar en los campos lodosos para luego dormir en el suelo mojado. Los gusanos, los mosquitos, el calor aplastante y tanta enfermedad.

Cuando Ríos Montt tomó el poder, proclamó que todos los guatemaltecos eran soldados al servicio de la Asamblea de Dios y que mediante la plegaria y la devoción, la ciudadanía triunfaría sobre el mal. El rubio pastor de la Asamblea de Dios que venía a su iglesia de madera insistió un sábado en que toda la congregación tenía que acompañarlo a la nueva iglesia fundamentalista que habían construido en Ciudad Vieja, enfrente del mercado. Allí, un tal pastor Amílcar dio un sermón científico sobre el mal: que el diablo se había escapado, se había partido en mil átomos y había tomado diferentes formas para entrar al corazón humano. Satanás se las había ingeniado para infiltrar e infectar familias, instituciones sociales, partidos políticos y hasta religiones hermanas que estaban bajo la protección de Jesús y Dios Padre, de manera muy similar a como vuelan los electrones por el aire. Era momento de que todos los creyentes tomaran las armas y lanzaran una cruzada contra el diablo y sus seguidores. Todos los feligreses en esa iglesia enorme se asustaron tanto que empezaron a voltear a su alrededor preguntándose quiénes de ellos habrían sido corrompidos por Satanás.

Las palabras del padre Amílcar asquearon a Olivia. Aunque era una católica devota, no se creía más cerca de Dios que los demás. A pesar de que consideraba que su fe era propia, sus creencias habían sido guiadas por la labor pastoral de las monjas y los padres que atendían su escuela. Cuando de veras necesitaba que sus plegarias fueran respondidas, le rezaba a San Antonio del Monte. Aunque su estatuita de plástico estaba cubierta de cera de las velas y era ignorada por Lucía, Olivia de todas formas sentía que él y el Hermano Pedro eran los únicos santos que la escuchaban. ¿Acaso no habían salvado a su familia del terremoto?

Olivia empezó a acompañar a su madre a la nueva iglesia de la Asamblea de Dios los domingos sólo para mantener la paz entre ellas.

En cuanto a Guayito, su suerte estaba echada hacía mucho. Aceptó de mala gana su destino aunque esperaba cualquier clase de señal que justificara su partida. Olivia sospechaba que era sólo cuestión de tiempo antes de que se trepara a la caja de un camión del ejército y se largara.

Guayito no fue el único en irse. Excepto los días de mercado, Ciudad Vieja parecía casi desierta: un pueblo fantasma de mujeres solitarias, ancianos, perros sarnosos y pollos demasiado flacos para comerse. La mayoría de los jóvenes indígenas y ladinos se alegraban de irse de allí. Los predicadores fundamentalistas los habían llenado de miedos: en cualquier momento la guerrilla se dejaría venir de las montañas cercanas y los obligarían a unirse o simplemente les dispararían en la cabeza. El padre Amílcar narraba testimonios de las torturas favoritas de la guerrilla: arrancar las uñas, quemar las plantas de los pies. Desafiaba a los jóvenes a estar listos para combatir –¿por qué habrían de querer quedarse en el campo?–. Puesto que sólo el ejército podía proteger a la gente, se veían obligados a unirse en cuanto pudieran.

La hermana Carina dijo en una ocasión, en una misa vespertina de miércoles en el Colegio Parroquial, que las fuerzas del gobierno eran las que empleaban las formas más crueles de tortura. La hermana Bonifacia, que seguía viviendo en la escuela a pesar de su jubilación, le dijo que se callara la boca. En Guatemala no era seguro decir lo que se pensaba, ni siquiera en la santidad de la iglesia. Había espías por doquier, y los católicos andaban más bien a la defensiva, en vista de los sermones y ataques semanales del presidente Ríos Montt.

La hermana Carina había mencionado una vez, en la clase de teología para las alumnas de último grado, que el padre Perussina y el pastor Amílcar estaban trabados en una lucha feroz por ver quién ganaba las almas de los fieles del Valle de Almolonga. Cada uno alegaba su mayor fidelidad a Dios y decía contar con el apoyo personal de Aníbal Cofinio quien, Olivia estaba segura, disfrutaba de tener a los dos siervos de Dios compitiendo por su respaldo. Don Aníbal no se conformaba con ser dueño sólo del cuerpo de sus peones: ¿por qué no habría de poseer también sus almas?

Para cuando Olivia se estaba graduando del Colegio Parroquial, había sobre todo mujeres trabajando en los cafetales –ellas y unos cuantos hombres privilegiados que las dirigían–. ¿Cómo era que los caporales se escapaban de servir en el ejército? Como la hermana Carina había insinuado en varias ocasiones, siempre había una dispensa especial para aquellos nombrados por los oligarcas para mandar a la gente, y habían sido aprobadas por los clérigos de la Asamblea de Dios.

Sobre todo cuando había un pequeño soborno de por medio.

Olivia hubiera querido decir que la partida de Guayito la entristeció. Pero desde el principio fue como si hubieran nacido no sólo de padres diferentes, sino también de distintas mamás. Cuando la hermana Carina se llevó a Olivia de su casa cuando tenía ocho años y Guayito tres, él pareció decidir que ella no era su hermana, sino alguien que intencionalmente los había dejado atrás a Lucía y a él. ¿Cómo podía explicárselo Olivia? Estaba segura de que Lucía le habría dicho que ella se había ido por gusto. La pura verdad era que Olivia no se quería ir y había estado aterrada cuando la hermana Carina se la llevó.

La primera vez que Olivia había regresado a la choza, vistiendo su uniforme escolar, los ojos de Guayito no habían mostrado ninguna calidez. Ella no lograba acercarse a él; sus ojos eran como los sellos de cera en la parte de atrás de las cartas. Se había quitado el uniforme y se había puesto uno de sus viejos atuendos, los pantalones cafés que le llegaban a las rodillas y la blusa con los bolsillos rotos, y le preguntó a Guayito si quería jugar a las canicas. Él había negado con la cabeza y se había salido a jugar solo con su capirucho bajo un árbol de chalum.

Olivia había querido llorar, tenía roto el corazón. Y sí lloró mucho ese primer año en el Colegio Parroquial, pensando en su mamá y en Guayito. Deseaba tanto encajar en la escuela con las demás niñas, pero también sentir que su madre y su hermano estaban orgullosos de ella por haber sobrevivido lejos de ellos e incluso haber desarrollado algunas habilidades que les servirían a todos cuando llegara el momento de que volviera a casa. Lo cierto era que Lucía se sintió traicionada por la partida de Olivia —como si la niña hubiera tenido alternativa y fuera su decisión irse de casa—. Si Guayito tenía los ojos tapados con cera, los de Lucía tenían plomo —y claramente fue ella quien volteó a Guayito en su contra.

En esos días, siempre que a Olivia le daban ganas de llorar repetía los versos de la canción que la hermana Carina solía cantarle:

Ay, si tuviera las alas de una paloma
me iría volando a donde está mi amor.

Si Olivia hubiera elegido la palabra que mejor describía lo que sentía en vísperas de su graduación, hubiera sido *ansiedad*. También estaba en *estado de pánico*. Era como si mirara dentro de una bola de cristal y sólo viera una nube de humo gris; no tenía idea de qué sería de ella cuando saliera de la escuela, aunque Meme estaba segura de que su futuro estaba a punto de revelársele. "Tu inocencia te va a servir", le había dicho, ¡pero Olivia sabía que su amiga era una loca soñadora!

Y la hermana Carina, que la había arrancado de la pobreza y la había metido en este mundo nuevo de esperanza, no andaba por ninguna parte. Había decidido visitar comunidades rurales a nombre del padre Perussina. ¿Dónde estaba su interés ahora que Olivia de veras la necesitaba?

Con todo, parecía que las chicas se estaban graduando justo a tiempo: las Hermanas de la Misericordia recibieron la advertencia de que quizá tendrían que cerrar el Colegio Parroquial. La hermana Carina les dijo a las muchachas mayores que el padre Perussina decía que la Iglesia estaba perdiendo la costosa batalla contra los evangelistas y, conforme más gente se iba de la Iglesia, había menos dinero para mantener las escuelas. Veía venir grandes problemas. La propia Iglesia también estaba profundamente dividida entre los obispos de las grandes ciudades, que querían reconquistar a los fieles mediante una costosa campaña en medios, y los sacerdotes y catequistas más jóvenes en el campo, quienes sentían que su tarea era mantener el apoyo indígena y ladino mediante su propio ejemplo de auto sacrificio. Los obispos apoyaban tibiamente al presidente Ríos Montt, aunque fuera para evitar que atacara demasiado a la Iglesia en sus sermones a la nación los sábados por la tarde. Sin embargo, los prelados más jóvenes protestaban desde el púlpito contra la formación de las Patrullas de Autodefensa Civil, alegando que estas patrullas eran una forma de esclavitud, simple y llanamente, puesto que a los hombres no les pagaban por servir. La hermana Carina tenía miedo de que la Iglesia pudiera dividirse por esto y estaba segura de que Ríos Montt y los pentecostales estarían de lo más felices.

San Antonio del Monte estaba extremadamente silencioso esos días. Olivia pensó que podía ser prudente visitar al Hermano Pedro y ver si la ayudaba. Sentía que como no estaba enferma ni en la miseria, él podría ver sus peticiones como frivolidades, aunque sabía que era la clase de cura que tomaba todas las peticiones en serio. Además, lo acababan de beatificar y era sumamente poderoso. ¿Por qué no habría de responderle ahora?

Un sábado fue a la iglesia de San Francisco después de sus clases de la mañana. Un cura franciscano con su hábito café estaba maltratando y gritándole a un pobre mendigo que se había dejado caer junto a sus muletas.

–Aquí no puedes mendigar. En los escalones de la iglesia, no. Ya te lo he dicho muchas veces.

–Aquí no molesto a nadie –respondió el hombre arrastrando las palabras. No estaba borracho, sino que tenía un impedimento del habla.

El cura vio a Olivia con su falda y saco azules y su blusa blanca.

–Deja pasar a la joven –dijo, sonriéndole a ella de oreja a oreja. Era una sonrisa falsa.

–Aquí, aquí –le gritó el pordiosero a Olivia, poniéndose agitado.

–No me molesta, padre –dijo ella, bajando la mirada.

El cura la agarró del brazo, obligándola a detenerse. Olivia podía ver los largos y retorcidos dedos de sus pies saliendo de las sandalias que asomaban bajo su faldón.

–¿Vienes a confesarte, querida?

–No, padre. Vengo a ver al Hermano Pedro.

–Hermano Pedro, Hermano Pedro –repitió fuerte el pordiosero.

El cura agarró una de las muletas y gritó:

–No estoy hablando contigo. Salte para allá junto a la reja. O vas a ver lo que es que te den con tu propio palo.

Olivia se apuró a subir a la iglesia –incienso y motas oscuras salían flotando de la entrada encortinada–, esperando y deseando que el cura no la siguiera. Con razón los evangelistas habían logrado ganar tantos nuevos conversos: como buenos vendedores, por lo menos trataban al cliente con respeto.

–Qué bonitas piernas –oyó decir al cura cuando llegó a la puerta de la iglesia–. Me saludas a la hermana Bonifacia.

Olivia resistió la tentación de decirle que ahora la hermana Carina dirigía la escuela: no quería prolongar la conversación.

Se abrió camino hasta la pared del Hermano Pedro. Había una mujer indígena hablándole golpeado, alzando el puño al techo. Estaba llorando y rezando al mismo tiempo, y luego besó su chal, que tenía una pequeña cruz de plata, y golpeó dos o tres veces la cripta. ¿Qué le estaría pidiendo? ¿Qué esperaba, que el santo saliera del mármol, le acariciara la cabeza y le concediera su deseo?

Cuando acabó, pegó la oreja a la cripta. El único sonido que Olivia oyó fue un bocinazo de afuera.

Cuando la mujer se dio cuenta de que Olivia la estaba observando, sonrió revelando unos dientes de oro. Lanzó una mirada a la tumba, se encogió de hombros, y luego fue a las bancas donde sus tres hijos estaban sentados en silencio esperando a que acabara.

Olivia no había regresado a la iglesia en varios años. Le sorprendió encontrar tantos nuevos dibujos, fotografías y amuletos rogándole al Hermano Pedro que intercediera y dispensara sus poderes curativos. Con el mundo en semejante desorden, no era de extrañarse que tanta gente viniera a verlo. Lo que Olivia quería de él era algo menos milagroso: una señal, cualquier cosa que la ayudara a decidir qué hacer. Sabía que el cura libidinoso tenía razón, que primero tendría que entrar al confesionario –tenía mucho que decir, entre otras cosas cómo se había escabullido del Colegio Parroquial tantas noches y había usado la cadera de Jesús para satisfacerse.

Olivia se arrodilló frente a la pared que contenía los huesos del Hermano Pedro y se cubrió las piernas con la falda. Tocó en la cripta, como era la costumbre. Olivia era una buena católica y el Hermano Pedro era su monje favorito, aunque Su Santidad se hubiera negado a canonizarlo.

El Hermano Pedro era diferente a los demás curas: rezaba con un cráneo humano en su celda y a menudo se daba azotes, como una forma de sacarse al diablo del cuerpo a golpes. Se llevaba a los enfermos cargando en la espalda hasta el hospital que él mismo fundó y caminaba por La Antigua tocando una campanita, con la esperanza de que el sonido resonara en los corazones de los pecadores que batallaban solos con su conciencia. Les brindaba consuelo y compañía.

Olivia de veras necesitaba al Hermano Pedro. De todas formas, no le resultaba fácil rezar, entregarse por completo al hombre santo, aun cuando, según decía todo mundo, era bueno para escuchar y no acostumbraba juzgar a la gente.

Cuando Olivia estaba en la capilla de la escuela, rezaba junto con sus compañeras, pero las palabras no le salían cuando estaba sola. A lo mejor la hermana Bonifacia había tenido razón al afirmar que puesto que Olivia era medio india, no creía en la Iglesia con suficiente fuerza para rezar como una buena católica. O a lo mejor necesitaba a un santo como San Antonio del Monte que era moreno como ella y no le daban asco el sudor ni el olor de la tierra.

Olivia cerró los ojos y le pidió al Hermano Pedro que protegiera a su mamá, a su hermano y a su amiga Meme. También le pidió que protegiera a su padre Melchor, muerto en un accidente de camión hacía años pero que no fue mala persona –esperaba que su alma se hubiera unido a la de Dios y que estuviera en paz–. Olivia le dijo al Hermano Pedro que todos eran buenas personas que, por una u otra razón, se habían perdido en el camino. Lastimaban a la gente sin querer. No rezó por sí misma porque aunque sabía que era una pecadora como todo mundo, sus pecados no eran tan importantes como para molestar al santo. Nunca había matado, golpeado ni robado, y las mentiras que había dicho no le habían hecho daño a nadie tanto como a sí misma.

Luego Olivia llegó al propósito de su visita: quería una señal, una indicación clara de qué debía hacer.

Hasta ahora sólo se había topado con silencio. La hermana Carina le dijo que no se preocupara, que hablaría con ella después de la graduación; a lo mejor sería una buena candidata para hacerse monja. Olivia la había escuchado cortésmente, porque podía ver que la hermana Carina le tenía aprecio. Pero la hermana Carina andaba muy distraída y no había nada más ridículo que pensar en Olivia de monja.

Olivia se quedó sentada en las piedras de la iglesia con los ojos cerrados esperando a que el Hermano Pedro le hablara o devolviera el toquido. Podía oír que afuera alguien iba arrastrando una pala por el empedrado; de vez en cuando oía un tintineo, como si la pala hubiera pegado con un borde duro. ¿Dónde estaba la campana del Hermano Pedro? A lo mejor no tenía humor de responder.

Olivia pensó que tal vez si tallaba su medallita del Niño Jesús en la tumba de mármol, como había hecho la mujer indígena, él le respondería. Quizá el Hermano Pedro, al paso de los años, se había quedado medio sordo.

En eso Olivia sintió un aliento cálido en su cuello. Qué raro. El Hermano Pedro andaba cerca. Sin voltear, levantó la mano izquierda para tocarse la oreja pero en vez de eso golpeó la barbilla de un hombre.

Giró de inmediato. Sentado en un banco de tres patas justo detrás de ella estaba el cura que había echado al inválido. Sonreía taimado.

—Es más probable que el Hermano Pedro te responda si me acompañas al confesionario —dijo el cura, extendiendo el brazo derecho hacia el lado izquierdo de la nave.

El aliento del padre olía a ajo y frijoles rancios. No era muy viejo, pero tenía los dientes muy deformes y tenía los ojos húmedos como si siempre le estuvieran goteando, como una llave con fuga.

—Ven —dijo, agarrándola del codo.

Las piernas de Olivia le cosquillaron al levantarse. Se le habían dormido. Al tratar de caminar, sintió que se le doblaban; estaba segura de que se iba a caer. Se tuvo que agarrar del brazo del cura. Se suponía que en la iglesia se debía sentir segura; ¿por qué estaba tan intranquila?

El padre le palmeó la mano y se relamió los labios. Justo en eso, empezaron a repicar las campanas de la cercana iglesia de Belén, sorprendiéndolos; el espacio que habían ocupado en silencio ya había sido invadido, expuesto a mil ojos como dagas.

El cura se volteó a mirar, un tanto asustado.

Olivia volvió a sentir las piernas y se sacudió el brazo del cura del suyo.

El padre se aferró con fuerza.

—Ven conmigo, querida.

Olivia retrocedió y le dio un codazo. El padre dio tres o cuatro pasos para atrás y cayó al piso, su cuerpo torcido aterrizó torpemente en las losas enormes.

¡El Hermano Pedro debió haber oído sus plegarias!

—Criatura del demonio —siseó el cura.

Olivia salió corriendo a toda velocidad, su corazón batiendo más rápido que el ritmo de las campanas. No había pasado nada. Pero era tan repugnante. Y quizá el cura la hubiera lastimado, de haber podido.

No paró de correr hasta que llegó al Parque Central, a casi cinco cuadras. Mujeres indígenas les vendían pulseras y adornos de pared a los turistas y los limpiabotas estaban sentados en sus cajones esperando clientes.

Había tal tranquilidad allí, que Olivia se sintió a salvo. El Hermano Pedro había respondido sus plegarias, le había dado fuerzas para escapar del asqueroso cura.

Se dio cuenta de que tenía que ser paciente. Algo se le revelaría pronto. No se le estaba acabando el tiempo. *Paciencia*. La paciencia de la princesa Ixkik'.

(1982)

En una visita a su casa una semana antes de su graduación de preparatoria, Olivia encontró una hoja de papel azul sobre el libro de oración de su madre. La hoja estaba rota y muy arrugada, pero la letra, aunque era torpe y a lápiz, se podía leer claramente:

20 de febrero de 1967

Dices que la niña de la foto es mi hija, pero que no tienes cómo probarlo. Eres una mujer deshonesta por escribirme después de tantos años. Aunque tú dices que sí, yo sé que no he sido el único hombre con el que has estado. Estás viviendo en Sololá sin mí y si me encontraste fue nomás porque sabías dónde vive mi hermano. Yo no te quiero. Nunca te quise. Nomás me das lástima. ¡No puedo mandarte dinero para esa pobre criatura infeliz que tú dices que es mi hija pero que yo sé que no!

Melchor Padilla Xuc

Al leer estas palabras, Olivia se mareó y le dieron unas náuseas tremendas. Para no caerse, trastabilló hasta la cama de su madre y se sentó. Durante unos cuantos segundos todo se volvió negro y daba vueltas. Respiró profundo para aminorar el pánico. Pronto se calmó lo suficiente para pensar.

Esta carta confirmaba sus sospechas de que su padre podía no estar muerto. Su madre había afirmado que Melchor Padilla Xuc murió: que una noche iba manejando borracho y sencillamente se fue con su camión por un barranco. Ella había quedado viuda y Olivia huérfana de padre hacía diecisiete años. Por eso estaban solas.

Pero esta carta era la prueba de que su padre no había muerto como Lucía afirmaba y podía seguir vivo...

Su madre regresó del cafetal a su casa el sábado en la tarde. La choza ya estaba en la sombra de los cercanos algarrobos. En cuanto Lucía vio a su hija con la carta de Melchor en la mano, gruñó.

Las palabras que Olivia había ensayado le fallaron.

—¿Cómo pudiste mentirme sobre mi padre, mamá? —gritó.

Lucía sonrió a medias. ¿Había dejado la carta afuera a propósito para que Olivia la encontrara? ¡Así parecía!

—¡Para protegerte, tonta! —siseó Lucía—. Pero ahora que te vas a graduar de esa escuela, ya tienes edad de saber la verdad. ¡Ya es hora de que dejes de creer que tu vida hubiera sido distinta si ese tonto estuviera vivo! ¡Ahora ya sabes que está vivo! —los ojos de Lucía, alguna vez soñadores, se veían inertes como obsidianas tras las rendijas de sus ojos—. Nunca me quiso ni le importaste nada. Ni siquiera se molestó en regresar a verte jamás.

—Es mi padre. ¡Mi único padre!

—Era un borracho y un mujeriego —rabiaba su madre—. ¿Crees que soy la única que engañó? Le escupo encima, a él y a su fuente de mentiras. Decía que el camión que manejaba era suyo, cuando era de alguien más. Fui una estúpida al pensar que iba a regresar por mí a Sololá. La única verdad que dijo en su vida fue que se iba a ir a la tumba negándote.

—¿Dónde está? —a Olivia le dolía el pecho, lo sentía a punto de estallar.

—¿El Mentiroso? —preguntó Lucía, encogiéndose de hombros—. ¿A quién le importa?

—Mamá, necesito saber dónde está.

Su madre volvió a gruñir y fue a la repisa donde ponía las bolsas de arroz, azúcar y frijol, apartadas de los ratones de campo. Bajó un sobre y se lo echó a Olivia en la cara.

—Ésta es su última carta. Como no sé leer, tuve que llevársela a alguien en Ciudad Vieja para que me dijera qué dice. Por tu bien, espero que no te atragantes con sus palabras mentirosas. Yo nomás vine a decirte que voy a trabajar hasta que anochezca. El caporal me prometió unos quetzales extra si le doy una tallada al beneficio… Por qué no haces algo útil y te pones a lavar… si te acuerdas cómo.

Olivia estaba llorando.

—No puedes dejarme así nada más.

Y antes de poderse contener, se le salió:

—Te necesito, mamá.

Lucía la miró como si no entendiera. Lo único que pudo decir fue:

—De no haber sido por tu hermano, yo ya estaría muerta —y con eso, salió enfurecida de la choza.

Olivia sintió el golpe de las palabras de despedida de su madre. Lucía odiaba por tantos motivos. Todo este tiempo Olivia había creído que era porque se había negado, a diferencia de Guayito, a renunciar a la escuela para quedarse a trabajar con ella. Era inútil decirle que mientras que su medio hermano era la esencia misma del servilismo, ella estaba llena de sueños. Y si no puedes tratar de alcanzar tus sueños, ¿qué caso tiene vivir?

Ahora le quedaba claro. Lucía la odiaba porque le recordaba a Melchor.

No tenía manera de recuperar el amor de su madre. Abrió el sobre, con remitente en la Ciudad de México. Olivia desdobló la carta, cuidadosamente doblada en octavos. Estaba fechada el 27 de noviembre de 1981. La letra era más dispareja que la de la carta en la Biblia, y a Olivia le costó trabajo leerla porque le temblaba la mano.

Melchor decía que otra vez lo habían despedido de su trabajo de obrero y se había enfermado. Llevaba mucho tiempo en cama. Ahora ya podía caminar y estaba pensando ponerse a vender herramienta por la colonia. Insinuaba que si las cosas iban bien, mandaría dinero para Navidad. De lo más frío. Ninguna alegría. Ni una gota de emoción. Pero el hecho de que le hubiera escrito a Lucía significaba que todo ese tiempo había mantenido cierto contacto con ella.

Melchor no preguntaba por Olivia. Eso podía explicarse fácilmente: quizá era porque había perdido toda esperanza de algún día volver a ver a su hija o quizá era porque sabía que ella se había convertido en la fuente de la amargura de su madre; Olivia era lo único que los conectaba.

No le constaba la honestidad de su padre, pero Olivia sabía que su madre falseaba la verdad. Desde que la hermana Carina la había rescatado de la pesadez de la cosecha de café, su madre se había vuelto en su contra, se había convertido en una evangelista rabiosa, diciendo que la Iglesia católica se había llevado a su hija con engaños y había faltado a sus promesas de compensarla. "Los curas se roban lo que no sacan de limosnas", se convirtió en el lema de su madre. "A mí nunca me pagaron nada por mi hija, mi brazo derecho, que me quitaron".

Hasta Guayito, hosco como su madre, había tratado a Olivia como si se hubiera escapado de la choza con todas las riquezas de la familia, como si no tuviera derecho a escapar de esa vida de servidumbre.

Olivia supo que esta carta era la señal que había pedido en sus oraciones. Como estaba a punto de graduarse de preparatoria, su madre quería destruir cualquier ilusión que pudiera albergar de escapar de su destino. Lucía quería que supiera que su educación y su convivencia con las "niñas ricas" no la iban a librar de su suerte. Ella era hija de una jornalera del café y de un borracho flojo, bueno para nada.

Pero Lucía cometió un error. Si esperaba que Olivia se sintiera más humillada, el efecto fue exactamente el contrario. En vez de sentirse vencida, Olivia estaba casi eufórica: sintió que estaba recibiendo el *mandato* de ir a buscar a su padre cuanto antes –aunque tuviera que irse a México de inmediato sin decirle a nadie y renunciar a su graduación.

Cierto, la hermana Carina llevaba meses esperando proclamar el nombre de Olivia junto con el de las otras diez graduadas, pero eso no iba a suceder. Y seguro que Meme también se sentiría traicionada, y con razón, por su ausencia. Pero la hermana Carina tenía su iglesia y Meme suspiraba por Paquito; ¿ella qué tenía?

¡Nada!

No tenía caso que Olivia se quedara en La Antigua para ir a una graduación que no prometía ninguna alegría ni futuro alguno; ¿por qué caminar resignada a tu propia decapitación?

Apretó fuerte el sobre con la dirección de su padre y repitió su nombre una y otra vez: *Melchor Padilla Xuc. Melchor Padilla Xuc. Melchor Padilla Xuc. Se mantuvo en contacto con mi madre por mí. Mi papito lindo y adorado.*

Agarró la carta y la metió a su mochila.

Dos días después, Olivia despertó en el Colegio Parroquial antes del amanecer. Se vistió en silencio en su dormitorio, con un inocuo vestido de flores y la chamarra de mezclilla que una vez le regaló Meme. Salió de la escuela sin ser vista, con una bolsa cilíndrica de tela y su mochila llena de ropa y los setenta y cinco quetzales que había logrado ahorrar a lo largo de los años haciendo favores y trabajos para sus compañeras.

La estación de autobuses de La Antigua estaba atestada de indígenas cargando sus bultos de artículos para vender en el mercado. Olivia se subió al autobús de las 6 a.m. con destino a la Terminal Central en Ciudad de Guatemala y se sentó en un asiento con ventana hacia el fondo. Se dormía y despertaba mientras el camión avanzaba tambaleante por las calles empedradas de La Antigua hacia la Carretera Panamericana de dos carriles. Siguió dormitando intermitentemente hasta que despertó en definitiva media hora después, cuando el autobús entró a la capital por la atiborrada Avenida Roosevelt. Por su ventana cuarteada, Olivia vio docenas de edificios esqueléticos, carretas destartaladas jaladas por campesinos, familias arriesgando la vida por cruzar la carretera a tontas y a locas en la luz de la madrugada. Estos eran los indígenas que habían sido desplazados de sus tierras en el campo a lo largo de dieciocho años de guerra. Habían llegado a la capital en tropel, tomado cualquier tramo de tierra abandonada en la ciudad, incluso en las barrancas, y construido chozas de lámina y madera donde apenas unas décadas antes vagaban mapaches y chompipes.

Olivia había imaginado erróneamente que la capital sería limpia y ordenada. Nunca un lugar tranquilo, en los últimos años había perdido toda semblanza de orden y se había convertido en un enjambre de suciedad y confusión. Las avenidas que alguna vez fueron anchas, por donde el tráfico había circulado rápida y eficientemente en carriles rectos, habían sido tomadas por puestos donde ladinos e indígenas pregonaban de todo, desde lámparas de mano y machetes hasta radios y balatas usadas. Cada centímetro cuadrado de espacio disponible había sido pedido y, en medio del tráfico atascado y los bocinazos, los pocos vendedores de fruta y verdura fresca se mantenían atentos a los rateros entre los compradores y mendigos.

Olivia, que deseaba que todo concordara con su visión de armonía, se escandalizó por el desorden en las orillas del distrito central de la Ciudad de Guatemala. Desde la ventana del autobús, parecían caravanas de gente hambrienta que crecían en oleadas, luchando por ganarse la vida. Y arriba de todo, los zopilotes planeaban por el aire, listos para aterrizar dondequiera que percibieran el olor de nuevos despojos.

Olivia empezó a canturrear *El chorrito* de Cri-Cri, para calmar de algún modo su ansiedad creciente. Era algo que siempre había hecho, cantar esa canción, que le recordaba no su propia infancia, sino un mundo imaginado de calidez y sueños alcanzables.

En cuanto el autobús entró a su andén en la central camionera, la mayoría de los pasajeros indígenas salieron disparados. Un puñado de predadores se acercó a los pasajeros que quedaban vestidos con trajes y huipiles típicos, a ofrecerles alojamiento o un lugar donde vender sus enseres. Los lobos, que en su mayoría se veían drogados por husmear pegamento o por beber alcohol casi puro, preferían depredar a los vendedores. Olivia fue ignorada, no porque no se viera vulnerable y frágil, sino porque aparentemente no tenía nada que ofrecer, nada que vender; daba la impresión de que cualquier contacto con ella no dejaría ninguna ganancia.

En la ventanilla compró un boleto sencillo a La Mesilla, la última parada del lado guatemalteco de la frontera con México. El autobús salía en una hora. Ya tenía hambre, compró un café con leche y un pan dulce en la cafetería, y esperó la salida de su autobús. Lo fuerte del café y lo dulce del pan la reanimaron y observó el caos de la estación de lejos, como si mirara hacia abajo desde el borde de un pozo lo que sucede en el interior.

En Guatemala todos los camiones tienen nombre y al suyo le habían puesto *La Consentida*. Olivia agarró una fila en el autobús medio vacío, que salió de la terminal poco después de las nueve y enfiló hacia La Antigua por la misma ruta que ella había tomado a la capital. Unos treinta minutos después, paró en San Lucas Sacatepéquez donde abordaron más pasajeros, antes de tomar la carretera hacia Chimaltenango.

Era aquí, en este extenso poblado de adobe donde se compraban o cambiaban todo tipo de partes de autos y camiones, donde tenía que decidir si regresar o no a La Antigua en un autobús local. Pero Olivia sentía que no había marcha atrás: había decidido que iría hasta la Ciudad de México a buscar a su padre.

De Chimaltenango, la carretera subía en ángulo hacia laderas labradas en verde y café. Aquí Olivia aspiró el aire ahumado de la montaña y dejó que su suculencia le entrara a los pulmones. Al fin podía respirar sin impedimentos.

El autobús siguió hacia el poniente varias horas antes de detenerse en Los Encuentros. Aquí el camino se bifurcaba: hacia el sur iba a Sololá, donde supuestamente habían vivido una vez su madre y ella, y hacia el norte a Chichicastenango y el departamento del Quiché, que según los periódicos estaba atestado de actividad guerrillera. Algún día regresaría, y quizá hasta haría el viaje a San Pedro La Laguna donde supuestamente vivía la familia de su mamá.

Pero ahora su viaje la llevaba hacia el poniente, atravesando más montañas y nubes, hacia Huehuetenango, la última población grande de Guatemala antes de llegar a la frontera. Nada más llegar a la frontera con México podía tomar doce horas.

Últimamente la carretera se había vuelto muy peligrosa, sobre todo pasando las ciudades grandes. Los choferes tenían órdenes estrictas de no detenerse ni viajar de noche, no fuera a ser que bandas de asaltantes o guerrilleros —o soldados disfrazados de guerrilleros– secuestraran el camión en algún tramo especialmente desierto del camino y les robaran a los pasajeros todo lo que pudieran. Los robos eran de lo más común: plata, oro, efectivo, gallinas vivas, zapatos, machetes, cualquier cosa de valor. Y a menudo no se limitaban a robar, eso se rumoraba. A las mujeres las violaban, a los que se oponían los agarraban a palos o a golpes o, peor aún, se los llevaban para la guerrilla o las patrullas de autodefensa civil o los mataban a machetazos.

El chofer había dicho que el autobús seguiría en Los Encuentros otra media hora. Olivia no quería bajarse y arriesgarse a perder su lugar, así que permaneció a bordo. Para pasar el tiempo, Olivia trató de imaginarse cómo sería su papá. Estaba segura de que era un buen hombre. En primera, había mantenido contacto con Lucía; en segunda, tal vez había enviado dinero de vez en cuando; y en tercera, al parecer de veras le preocupaba haber faltado de alguna manera a sus responsabilidades.

Sin duda era natural que su padre hablara de sus propias dificultades. Hubiera sido cruel presumir de todos sus éxitos: *gallo cantor acaba en el asador*. No presumir de tus riquezas había sido uno de los principales mensajes del Colegio Parroquial. Y su papá obviamente era fiel a ese dicho.

Los afortunados ricos debían de ser modestos, pero sabía que su papá era exitoso. ¡Después de todo, vivía en la Ciudad de México, a la que en muchos de sus libros de texto se referían como *el París de las Américas*!

Cerró los ojos y se preguntó cómo sería físicamente. Trató de imaginar su cara: sin duda Melchor sería guapo, con un bigotazo. Estaría un poquito gordo, con la panza colgando, como la mayoría de los señores de cuarenta y tantos que comen arroz y frijol, toman cerveza y no hacen ejercicio porque se la pasan trabajando. Éstas serían señales de bienestar.

Tendría una chispa en los ojos y buen sentido del humor. De hecho, Melchor sería todo un cuentacuentos, lleno de chistes, y no estaría por encima de burlarse, pero muy ligeramente, sin ninguna acidez. Olivia sonrió. Y estaría tan orgulloso de conocer a su hija, y de que fuera tan inteligente como Olivia –alguien que había logrado escapar de sus raíces humildes para graduarse de un prestigioso colegio católico.

Olivia sería recibida como la hijita de su papi. Claro que él se habría vuelto a casar, era lo más natural, y Olivia iba a hacer todo lo posible por asegurarse de que su relación con su madrastra alegrara a su padre. Viviría bajo su techo cortésmente, sin exigir mucho, sin abusar del privilegio. Pondría la mesa y lavaría los platos. Haría las compras y aprendería a cocinar.

Olivia no estaba por encima de trabajar.

*

Cuando el autobús estaba a punto de partir de Los Encuentros, Olivia abrió los ojos y vio a un anciano y cobrizo indígena tzotzil vestido con su atuendo tradicional de fiesta sentado junto a ella. Era un hombre encogido, de frente amplia sobre ojos somnolientos; sus manos permanecían agarradas al asiento de adelante y tenía la vista clavada al frente, sin asomarse nunca por la ventana. Cada veinte minutos o algo así soltaba el asiento y abría una bolsa de papel. Masticaba un tamal, cerraba la bolsa y luego le daba una mordida a un membrillo gordo que traía envuelto en papel encerado. Dos o tres veces Olivia le dijo algo nomás por hacer plática, pero él negaba con la cabeza o encogía sus huesudos hombros por respuesta. Ella supuso que sería mudo o que no hablaba español, y no quiso apenarlo.

En cierto momento, el anciano fue con el conductor, le dijo algo y regresó sonriendo. Al sentarse junto a ella, dijo, parecía que a nadie en particular pero en realidad a Olivia:

—Qué grande es el mundo, ¿verdad?

Olivia asintió. Quería decir que estaba a punto de descubrir lo grande que era, que iba en un largo viaje a otro país a conocer a su padre, al fin, pero el anciano ya había vuelto a su posición de agarrarse del asiento y mirar al frente...

Unos minutos después, el autobús paró repentinamente y el indígena se bajó en el cruce hacia el pueblo de San Pedro Necta, en la montaña.

Exactamente qué había querido decir el hombre seguía siendo un misterio para Olivia.

Después de que se fue, Olivia sintió algo calientito a su lado. Le sorprendió encontrar un par de *paches* de harina de papa en su mochila. ¿Cómo llegaron allí? ¡Quizá el anciano no era un ser humano, sino un hechicero!

Comió los paches con hambre, saboreando los pedacitos de puerco de en medio, y le dio sueño. Olivia cerró los ojos. Sí, estaba arriesgando todo por lo que había trabajado para ir a ver a su padre. Todas, en especial la hermana Carina y Meme, se sentirían decepcionadas de que hubiera sacrificado la gloriosa culminación de su educación. Aun así, había sentido que tenía derecho a irse *inmediatamente* –aunque eso le confirmara a Lucía, que no tenía planeado ir a la graduación, que Olivia era, ante todo, una criatura malagradecida.

Luego Olivia tuvo una conversación de ida y vuelta en su cabeza –su partida les indicaría a las monjas que otra becaria más había resultado ser una decepción para la escuela–. Aunque Olivia se había esforzado, ella claramente, *como la mayoría de los indios*, carecía de disciplina: *le interesaba más soñar o leer un libro que tener una conversación inteligente con otra persona. Su mente siempre vagaba.*

En su defensa, quería decir que era tan desconfiada de la gente porque eran tan crueles que en efecto prefería soñar. *Pero tienes que aplicarte y tomar riesgos. ¿Para qué? ¡Para salir adelante!* La idea de prepararse para los exámenes de admisión a la universidad la deprimía. *Además, Olivia va a ser una de esas estudiantes que botan la carrera a los seis meses porque ya se embarazó.* Sabía que la condenarían hiciera lo que hiciera.

Nadie más que Meme conocía a la verdadera Olivia, la que quería ir a los lugares de los que había leído en sus libros de historia y arte –París, Ámsterdam y Londres–; a cualquier lugar donde no hubiera cafetos, caminos de tierra, plátanos, volcanes ni indígenas descalzos. Quería que su vida anterior se convirtiera en un simple recuerdo para poder hablar con cariño de La Antigua y Guatemala, *el país de la eterna primavera*, como si recordara un antiguo capítulo de su vida.

Quería escapar de un mundo que definía los perímetros de su existencia.

En Huehuetenango subieron más indígenas. Cajas, maletas y costales se amarraron a la barandilla en el techo del camión, y gallinas, pavos y cerdos fueron metidos a un corral justo detrás del chofer. Los nuevos pasajeros tenían rostros abatidos, como si hubieran visto al diablo o una *cadeja* –un espíritu maligno–. Olivia sospechaba que probablemente habían sido torturados o que habían visto cómo asesinaban a sus familiares porque no hablaban, ni siquiera entre ellos. Escapaban a México aferrados a sus únicas pertenencias: animales, cobijas y, para algunos, tan sólo una tinaja de plástico, o trajes o chachales o petates o simplemente un rompecabezas de herramientas oxidadas. Era una migración extensa, silenciosa.

Olivia sabía que serían doce horas de autobús, pero eso era porque las carreteras eran pésimas y el ejército había puesto muchos retenes para tratar de atrapar guerrilleros o desertores. Nunca se había dado cuenta de que Guatemala fuera un país tan grande, con tal diversidad de terreno. Estaba dando el primer paso para viajar por el mundo; el indígena tzotzil había dicho que era grande, y en efecto: veía montañas de todos los colores y formas, campos labrados o en terraza por las laderas de las barrancas más profundas, en diversas etapas de cultivo. Veía nubes que cruzaban el cielo galopando, otras que caían suavemente para tocar las faldas de las montañas.

El autobús llegó a La Mesilla como a las ocho de la noche. Olivia esperó a que los indígenas se volcaran hacia la estación antes de bajar. Se acurrucaban contra sus pertenencias, pensando un momento qué hacer o adónde ir. Había sido día de mercado en La Mesilla y los vendedores estaban amontonando cajas y costales para tomar los últimos autobuses a sus casas.

Olivia tomó su bolsa y su mochila y atravesó la plaza de concreto cubierta de basura hacia la catedral. A su derecha vio un letrero de neón parpadeando sobre una zapatería anunciando el Hostal Marisol. Tomó las escaleras hasta la recepción en el primer piso; por cinco quetzales le dieron un cuarto pequeño, un colchón de paja sobre resortes y la oportunidad de compartir un baño en el corredor con los demás huéspedes.

Olivia no se alteró por el mal estado del hotel pues entendía que era una escala temporal.

A la mañana siguiente, salió hacia la Ciudad de México. El cruce fronterizo era casi cómico. A ambos lados había docenas de soldados armados haraganeando, pero los civiles mexicanos dejaron pasar el autobús sin siquiera revisar los documentos. Con el conflicto armado de Guatemala, México simplemente abrió sus fronteras a los refugiados, y el único documento que los guatemaltecos supuestamente necesitaban para pasar era su tarjeta de identidad, pero, obviamente, ni siquiera eso.

Los poblados fronterizos de México estaban a reventar de indígenas, muchos de los cuales eran arreados por monjas y trabajadores sociales a los campamentos temporales de tiendas de campaña en cuanto cruzaban la frontera. Las tensiones y escaramuzas entre los lugareños mexicanos y los refugiados iban en aumento, puesto que a estos últimos los estaban ayudando las autoridades, les daban vivienda temporal y comida. Los mexicanos que llevaban siglos viviendo allí simplemente eran ignorados.

El viaje por Comitán y San Cristóbal de las Casas a la Ciudad de México podía tomar tan poco como un día o tanto como cinco. Olivia no dejaba de imaginar su encuentro con su padre, después de lo que sin duda sería ese primer beso o abrazo incómodo. *¿Le daría la bienvenida cautelosamente o la abrazaría afectuoso, a esta su hija perdida hace tanto tiempo que le fue negada tantos años? ¿Qué tanto se parecerían los dos? ¿Se enojaría con ella por haberse perdido su graduación de preparatoria sólo para venir a conocerlo? Su segundo apellido era Xuc… ¿también era medio maya? ¿Viviría en una mansión palaciega en un suburbio arbolado de la Ciudad de México o tendría una morada sencilla, acorde con sus raíces?*

¡Tenía tantas preguntas en la mente!

En Puebla, Olivia tuvo que cambiar de autobús. Entró al baño de mujeres y se puso su mejor atuendo —blusa blanca, suéter negro con las iniciales de la escuela, *CP*, bordadas en cursivas rojas y una falda larga negra plisada— para conocer a su papá.

Tras cruzar montañas nevadas, el autobús llegó a la Terminal de Autobuses de Taxqueña, en el sur de la Ciudad de México. Era una mañana de domingo, temprano, y las campanas de docenas de iglesias resonaban dentro de la terminal, que era el edificio más enorme que hubiera visto. Había por lo menos cuarenta andenes para los autobuses y miles de personas iban y venían, comprando boletos o esperando abordar… ¡más gente de la que vivía en toda La Antigua!

Cuando Olivia salió de la terminal, sintió que a sus pulmones les faltaba el aire. Podía ver que ésta era una ciudad gris y enorme, con una vida y un pulso propios.

La abrumaba ver cientos de vehículos pasar volando por las calles.

Olivia encontró a un policía y le enseñó la dirección de su padre. Él le indicó dónde tomar un camión que la llevaría a la Colonia Portales, el barrio popular donde su padre vivía. Le mostró la misma dirección al chofer, que asintió y prometió avisarle dónde bajarse. Y así lo hizo, en el cruce de Eje 8 y División del Norte. Ella pidió direcciones a varias personas más hasta quedar cara a cara con un edificio chaparro y angosto de tres pisos en Avenida Popocatépetl… donde vivía su padre. El corazón le golpeaba con fuerza en el pecho.

El edificio estaba bastante decrépito: a la puerta de hierro colado del frente le habían reventado el vidrio. A mano izquierda había una taquería que abría toda la noche, despedía un olor a aceite de girasol quemado y carne rancia. Al otro lado del edificio había una tienda enrejada, con cientos de llantas usadas y renovadas apiladas en torres y encadenadas sobre el pavimento de chapopote negro. No era lo más promisorio.

Olivia tocó el timbre del departamento de abajo. Un hombre con barba de tres días abrió la puerta. Su bata café con borde dorado estaba abierta sobre una piyama gris.

—Yo no coopero para la iglesia, querida —se carcajeó en cuanto vio a Olivia.

Obviamente la había confundido con una evangelista. Y ella lo había confundido con su padre.

—Yo tampoco —le respondió nerviosa, buscando la chispa en sus ojos.

El hombre desaliñado la miró más de cerca.

—¿Qué no eres Adventista del Séptimo Día?

—¿Tú eres Melchor Padilla Xuc? —replicó Olivia con la pregunta que ella misma tenía.

—¿Y si lo fuera? —preguntó cauteloso, entornando los ojos.

—Yo sería tu hija.

El hombre negó con la cabeza.

—¡No, no, no! No te pareces nada a Melchor —dijo con arrogancia—. ¿Hija mía? Creo que reconocería mi mano. Es decir, mi sangre.

A ella le costó todas sus fuerzas decir:

—Mi mamá es Lucía. Yo soy Olivia... tu hija de Guatemala.

Melchor levantó una ceja y abrió la boca revelando dientes amarillos. Quizá en algún momento fue guapo, con una quijada y pómulos firmes, pero ahora tenía arrugas enormes —casi barrancas— recorriendo ambos lados de su rostro moreno. Sus entradas dejaban ver la prominente coronilla de su frente. Y como llevaba días sin rasurarse, su cara lo hacía ver más sucio de lo que estaba en realidad.

—Soy tu hija —insistió Olivia. Él ni siquiera se había tomado la molestia de cortarse los pelos que le salían como tallos de maíz de las dos orejas y rizados de la nariz. El reencuentro no estaba saliendo como se lo había imaginado. Algo andaba mal. ¿Dónde estaba la calidez, el sentido del humor?

—¿Y yo qué quieres que haga? —le preguntó.

—Por favor déjame entrar, no te voy a hacer nada.

—Yo no le tengo miedo a ninguna mujer —rió él—. En primera, yo, has de saber que no tengo dinero. En segunda, quiero que sepas que no estoy reconociendo tener ninguna hija llamada Olivia Padilla. Así que por qué no me dices quién eres en realidad y qué quieres.

Olivia sacó su tarjeta de identidad guatemalteca de su mochila.

—Ahora verás. Yo uso Anaya, el apellido de mi mamá.

Al oír esto, Melchor sonrió.

–¡Anaya! ¡Ja! El apellido de Lucía era *Tzijol*. *Anaya* fue algo que se inventó para sonar más española. Cuando yo la conocí, se llamaba Josefa, Josefita, Fita, como su mamá. Yo no tengo nada que ver con ninguna Anaya.

–Eres mi padre. Aquí está la última carta que le mandaste a mi mamá –dijo Olivia, y le entregó el papel azul. Él tomó la carta y la empezó a ojear. Olivia pasó junto a él para entrar al departamento.

La sala de Melchor era oscura, llena de vasos sucios, botellas vacías y ceniceros repletos. Había un olor a caño en el aire, como si las tuberías estuvieran tapadas, o quizá tuviera la misma plomería que los tacos, donde tiraban el aceite usado.

Melchor se quedó en la puerta, afirmando con la cabeza. Obviamente reconocía su propia letra, pero parecía estar aprovechando el momento para pensar en su siguiente paso.

Suspiró fuerte y siguió a Olivia hacia el interior de la casa. Señaló su sofá, indicándole que se sentara.

–Yo no le debo nada a nadie –dijo ácidamente, cerniéndose sobre a ella.

–No quiero nada de ti. Sólo quiero llegar a conocerte.

–Soy un hombre ocupado. De veras no tengo tiempo para esto.

Melchor era impenetrable. Olivia sintió que estaba ante 18 Conejo, una estela maya en Copán que salía en uno de sus libros de historia. 18 Conejo fue un poderoso señor que gobernó con severidad esa gran metrópolis maya. Tanto la estela como su padre tenían una expresión fija e inescrutable. 18 Conejo estaba tallado en piedra; pero Melchor seguía vivo. Su aliento agrio lo delataba.

Olivia empezaba a sentirse como una tonta. Había venido con la esperanza —no, con la expectativa— de que su padre la recibiera con los brazos abiertos en su casa. Sentada en el sofá chipotudo, se sentía como una intrusa, una adoptada acusando al hombre que tenía enfrente de su paternidad. Se había imaginado algo bastante diferente: su padre sentado frente a ella, con los ojos brillando, chorreando lágrimas de dicha, preguntándole sobre su niñez, su educación, sus sueños y sus ambiciones. Si sentía la suficiente confianza, quizá hasta le contaría de la revista de Olivia Newton-John, de Ixkik', todo en su intento por compensar el tiempo perdido.

—Papá, cuéntame algo de ti —continuó ella con poco entusiasmo, dando una palmadita en el asiento de al lado.

Melchor se sentó, rígido, sobándose una rodilla con la mano derecha. Subía y bajaba la ceja derecha como si tuviera un tic nervioso. Después de unos segundos quitó la mano de la rodilla y agarró uno de los vasos sucios de la mesa frente a él. Se estremeció al beber el líquido amarillo y suspiró, lamiéndose los labios. Dejó el vaso y la miró.

Olivia estudió su cara. No era inescrutable –tenía la nariz bulbosa como un rábano: la nariz de un bolo–. ¡Eso es, era un borracho! Su papá era un borracho.

–¿Quieres que te cuente de mí? –preguntó ella, tratando de darse ánimos.

Deseaba poder recordar alguna –cualquiera– de las máximas de la hermana Bonifacia que pudiera servirle ahora –aquellas que predicaban paciencia y tolerancia–, pero tenía la mente en blanco.

–Ya te dije que no sé quién eres, ¿así que por qué iba a querer saber más de ti? –hubo un silencio de al menos otro minuto. Su mano bailó nerviosa por el aire antes de tocarse la barbilla.

Ella no le contestó por miedo a soltarse a llorar.

–¿Viniste sola? –preguntó él al fin. A lo mejor tenía miedo de que Lucía, nacida *Josefa Tzijol*, hubiera acompañado a Olivia a México. Que le cayeran la mujer y la hija: era todo lo que necesitaba.

–Vine sola –sentía las lágrimas formándose en el borde de sus ojos y deseó que la oscuridad del cuarto o la ceguera de su padre le impidieran darse cuenta–. No conozco a nadie, más que a ti.

Melchor se quedó sentado, impasible, un segundo y luego dijo:

–¡Ajá! –se dio un manazo en la rodilla, como si se le acabara de prender un foco en la cabeza–. Puedo hacer una llamada para echarte la mano. Que consigas donde vivir. Eso puedo hacer. Como ves, yo no puedo ayudar mucho a nadie –dijo, señalando con un movimiento del brazo su sala mugrienta.

–Papá...

–Por favor no me digas así –interrumpió Melchor. Se impulsó para levantarse y caminó a la cocina. Desde donde estaba sentada, Olivia pudo ver que levantaba un teléfono negro en una mesita junto al refrigerador. Levantó el auricular varias veces –obviamente compartía la línea con un vecino– antes de volverlo a colgar. Finalmente, exasperado tras una espera de apenas segundos, gritó al teléfono que llevaba quince minutos tratando de hacer una llamada y que *ahora sí ya tenía que hacer esa llamada.* Sostuvo el teléfono en la mano, a centímetros de su cara, otro medio minuto mientras la voz del otro lado gritaba. Luego el ruido paró. La otra persona debió haber colgado porque de pronto Melchor se puso a marcar un número.

Se volteó de espaldas a Olivia y habló en voz baja por teléfono varios minutos. Cuando colgó, Melchor regresó a la sala con su andar pesado.

Le dijo que había llamado a Mélida Cotilla, una mujer oaxaqueña que rentaba cuartos en su departamento en la Colonia Guerrero.

–Con Mélida, por lo menos estarás segura –dijo con autoridad. En cuanto a un trabajo, prosiguió, no podía ayudarla. El peso mexicano acababa de perder 60% de su valor. Él había tenido la esperanza de que lo contrataran de ayudante en una imprenta allí a la vuelta, pero la devaluación había jorobado todo. Por lo pronto, estaba comprando herramientas de ferretería directo de fábrica y se las vendía a sus vecinos de puerta en puerta.

—Jovencita, viniste a México en el peor momento —se apoyó en las piernas para levantarse y se quedó parado frente a ella como si estuviera a punto de vaciar los bolsillos ya vacíos de su bata. Luego caminó a la mesa de la cocina y escribió la dirección de Mélida.

Regresó con Olivia y le tendió las manos para ayudarla a levantarse del sofá. De pronto, parecía animado.

—¿No necesitas usar el baño? ¿Te ofrezco un vaso de agua?

—No, gracias —fue todo lo que ella pudo decir.

—Bueno, siendo así, déjame te acompaño al pesero.

Vestido con su nudosa bata café y pantuflas, la escoltó a la puerta. Afuera, la luz del sol caía a raudales, dando un tinte amarillo a la temprana mañana mexicana. El brillo del sol volvía los ojos de él meras rendijas; no lograba abrirlos mucho mientras acompañaba a Olivia a la avenida Lázaro Cárdenas. No hizo ningún esfuerzo por cargar su bolsa de tela ni su mochila, como si el esfuerzo de cargar con sus propios huesos fuera trabajo suficiente. Antes de llegar siquiera a la esquina, ya estaba sacudiendo los brazos en el aire, como parando taxis imaginarios.

Finalmente, una combi amarilla se paró en la esquina.

Melchor se apresuró a abrir la puerta del pesero. Le dijo a Olivia que esa ruta iba hacia el centro, a unas cuadras del departamento de Mélida. Cuando ella estaba a punto de subir a la combi, él sacó mágicamente del bolsillo de su bata la hoja con la dirección y también dos billetes de cien pesos.

—Esto te va a servir para el primer día en la pensión. No puedo darte más. Tengo otros siete hijos de qué preocuparme.

—Papá —dijo Olivia, arrastrada por emociones que no podía explicar. El encuentro había salido mal, pero este último gesto había abierto el corazón de Olivia. Lo abrazó fuerte, deseando sentir el calor y exuberancia que tanto necesitaba.

Un cuerpo tieso e inerte recibió su abrazo y sus repeticiones de la palabra "papá".

—Ándale, te están esperando todos los pasajeros —fue todo lo que él pudo decir.

Ella quería decirle algo —algo que enderezara un barco volcado—, pero no lograba ni chasquear la lengua.

Él cerró la puerta corrediza, agitando la mano derecha mientras se alejaba de ella.

(1983)

Mélida Cotilla vivía en un departamento interior de la planta baja de un edificio de cuatro pisos con elevador en la Colonia Guerrero, justo enfrente de la Alameda. Era un barrio gris, polvoriento y ruidoso, pero en cuanto llegaba al edificio, Olivia sentía que había entrado a otro mundo más brillante. Tal vez fuera el reflector amarillo que apuntaba al papel tapiz –que representaba una delgada cascada goteando perlas de miel en una catedral de profundo verde bosque– lo que ayudaba a crear una ilusión de paz y serenidad. O quizá fueran los apliqués, que frugalmente emitían la más tenue luz. Pero el departamento en Avenida Hidalgo –de hecho todo el edificio– estaba permeado de silencio, como si vivieran en un monasterio o en una choza en un pueblo en el campo.

Mélida era una mujer honesta y franca. Trató de que el cuarto de Olivia quedara acogedor, aunque la cama tenía el colchón hundido y a la lámpara de noche se le zafaba el foco. Nacida en Tlacochahuaya, un pueblo a las afueras de Oaxaca, había colgado coloridas telas de su región para decorar las paredes y la única ventana grande, que daba a un patio oscuro. También había puesto en el piso un tapete de lana azul y blanco hecho a máquina en Santa Ana del Valle. Había fotos de la Ciudad de México en 1950 –con sus bulevares arbolados y a la distancia los volcanes nevados, el Popocatépetl y el Iztaccíhuatl– colgadas en las paredes.

La renta no sólo incluía el desayuno, sino que todas las noches Mélida le dejaba a Olivia un vaso de agua fresca en el buró junto a la cama.

–Por si te da sed en la noche –le aclaraba.

Una explicación más apropiada de su generosidad es que ya fuera por experiencia o por costumbre, a las nueve cerraba la cocina con llave –tal vez para impedir que sus inquilinos le tomaran comida del refrigerador.

Ramón Figueroa, el otro inquilino a quien le rentaba un cuarto, trabajaba de vendedor en una mueblería en la esquina de Balderas y Juárez. Olivia rara vez lo veía, puesto que salía del departamento a las siete de la mañana y regresaba hasta la noche. Su rutina nocturna era sencilla: se encerraba en su cuarto a ver televisión hasta las 10 p.m., cuando se iba a dormir. Nunca lo habían visto comer nada en el departamento, así que seguramente desayunaba camino al trabajo y cenaba en algún restaurante antes de volver por la noche.

Olivia, en cambio, aceptaba agradecida el desayuno de Mélida: dos huevos duros, rebanadas de pan blanco y un plato de papaya y plátano que dejaba en la mesa, cubierto con una servilleta de papel, puesto que se iba temprano a su trabajo habitual; además de rentar cuartos, también era portera en un edificio cercano en la avenida Ramos Arizpe, justo al norte del Monumento a la Revolución.

Mélida tenía hábitos extraños, como esconder el radio de la cocina en una alacena y meter el florero con flores a su cuarto, que cerraba con llave antes de irse al trabajo. A Olivia jamás se le ocurrió agarrar algo que no fuera suyo, pero al mismo tiempo sentía que todo eso tenía más que ver con malas experiencias con inquilinos anteriores y nada que ver con ella.

Hábitos extraños, en verdad.

Y cuando Olivia le preguntó de dónde conocía a su papá, ella le dijo que un día él había ocupado el mismo cuarto, cuando llegó de Guatemala hacía veinte años.

—¿Entonces vivieron juntos? —preguntó Olivia y de inmediato se dio cuenta de lo que había dicho.

—Rentaba tu cuarto y nada más —rió Mélida—. Necesitaba dónde quedarse.

Vio que Olivia había empezado a fruncir el ceño.

—En realidad no conoces a tu papá.

Olivia negó con la cabeza.

—Pero me gustaría.

—Pues deberías pedírselo. Eres una mujer joven y me recuerdas cómo era yo cuando llegué aquí hace cuarenta años. Tu papá es como todos los hombres, y por eso yo he decidido vivir sola. Los hombres siempre te acaban rompiendo el corazón.

Olivia pasó esos primeros días en la Ciudad de México en un estado de aturdimiento. Si alguien le hubiera preguntado si hacía frío o calor, si estaba soleado o no, no hubiera sabido responder. Se levantaba, comía y dormía como un sonámbulo, sin tener sentido del lugar ni sus alrededores, sin ninguna conciencia de las señales que marcan el paso del tiempo. Estaba bajo vidrio, en un pisapapeles, inmune a los elementos, a las fluctuaciones de luz y oscuridad, e inconsciente de imágenes y sonidos. Estaba consciente de cada mínimo cambio en su propio cuerpo —cuando iniciaba un dolor de cabeza o le daba comezón en una palma—, pero no tenía la menor consciencia del mundo fuera de su cuerpo. La almohada era su mejor amiga.

Desde el primer día en la pensión de Mélida, se aventuró por el barrio, pero siempre explorando sólo una o dos tiendas más allá de lo que ya había visto. No era que le diera miedo la gran ciudad; quería quedarse cerca de casa por si su papá iba a visitarla.

Ella *se esperaba* que Melchor fuera a visitarla. Tenía su teléfono, ¿acaso no le interesaba saber qué estaba pasando? ¿Cómo estaba su hija?

Hubiera sido lo más natural.

Para la segunda semana, a Olivia se le empezaba a acabar el dinero y sabía que tenía que conseguir trabajo. Pasaba las mañanas recorriendo trabajosamente el Paseo de la Reforma desde su cuartito junto a la Alameda hasta el monumento a Cuauhtémoc en Insurgentes, asomando la cabeza melancólicamente a tiendas y oficinas, tratando de conseguir el trabajo que fuera en ventas o como ayudante o hasta barriendo y trapeando.

Olivia era educada, cortés y amigable, pero con la devaluación y el subsiguiente caos económico los patrones no estaban contratando a nadie en esos momentos. Olivia hubiera sido feliz de abrir cajas o archivar papeles: cualquier cosa que le brindara la oportunidad de ganar unos pesos y empezar a poner su vida en orden, por no hablar de llamar a su padre para pagarle el préstamo de doscientos pesos que le había aceptado a ese charlatán que ni siquiera la reconocía.

Ésa era la llamada que ansiaba hacer.

Su peor temor era regresar a Guatemala –sin un centavo, derrotada– y tener que suplicarle a Lucía que la volviera a recibir al no tener otro lugar adonde ir.

Finalmente un viernes, después de una exasperante segunda semana –tras pasar cinco noches llorando de frustración y miedo hasta dormirse–, entró a Viajes Atlas porque tenía un póster del lago de Atitlán en la ventana y de pronto extrañó su tierra.

Margarita Canales, la dueña de la agencia de viajes, estaba por casualidad parada cerca de la puerta de vidrio cuando Olivia entró y se quedó viendo el póster embobada. Se acercó a la muchacha y la miró directo a la cara –y extrañamente, en los ojos de esta chica extraviada que tenía enfrente, reconoció su propia expresión fantasmal de adolescente cuando había decidido dejar su casa porque su padre era un mujeriego y su madre alternaba entre ser abusiva e indiferente.

–No creo que estés planeando un viaje –dijo la señora Canales.

–No, no tengo dinero. Necesito trabajo. De lo que sea –dijo Olivia, mirándose los pies.

Una oleada de lástima recorrió a Margarita Canales.

–Me imagino que sabrás usar la escoba y el recogedor. Y sacudir los muebles.

Olivia asintió, sin levantar la vista.

–Por favor mírame cuando me contestes. ¡Y usa palabras!

–Sí, señora –dijo Olivia, mirando los ojos azules de la señora Canales. Era una mujer delgada, de cincuenta y tantos, vestida impecablemente. Le quedaba claro a Olivia que era una mujer de ciertos medios.

–Muy bien –abrió su bolso negro y sacó unos billetes–. Entonces vas a trabajar para mí. Toma cuarenta y cinco pesos, tu sueldo diario, de anticipo.

–No sé qué decir –Olivia estaba a punto de llorar.

–Normalmente se dice gracias. Yo soy la señora Canales. ¿Tú tienes nombre?

Olivia se dio cuenta de que ya estaba asintiendo así que mejor dijo:

–Olivia Padilla.

–Qué bonito nombre. Te veo el lunes a las nueve de la mañana en punto.

–Gracias –respondió Olivia.

–Vas a limpiar y sacudir esta oficina, eso es todo.

Su educación de preparatoria en el Colegio Parroquial la había preparado para cosas mejores, pero haber nacido en los cafetales fue lo que preparó a Olivia para su primer trabajo en la Ciudad de México.

¡Tenía trabajo y le iban a pagar cuarenta y cinco pesos diarios!

Olivia estaba agradecida de trabajar en Viajes Atlas, aunque lo único que hacía era barrer el piso, vaciar botes de basura, lavar ventanas, sacudir muebles: todas las tareas rudimentarias de la limpieza de una oficina. Terminaba su trabajo eficientemente y luego se sentaba en una silla de madera al fondo, esperando más instrucciones. Tras cuatro días de esto, la señora Canales se dio cuenta de que estaba desperdiciando los talentos de Olivia y que mínimo podría trabajar también de mandadera, llevar boletos y facturas, y traer los cheques y recibos firmados de regreso a la oficina en Paseo de la Reforma cuando acabara de limpiar. Y no sólo de mandadera: la señora Canales bien podía imaginarse a Olivia pasando a máquina boletos y facturas, y quién sabe, ¡a lo mejor algún día hasta podría vender boletos!

Después del trabajo, Olivia se apresuraba a casa; le daba miedo quedarse atrapada en un aguacero vespertino o tener que cruzar ella sola las ajetreadas calles de la Ciudad de México tarde en la noche. Después de todo, ella era una muchacha de pueblo, de apenas diecinueve años, acostumbrada a calles empedradas y al cálido intercambio con la gente que conocía; aquí, en esta sombría metrópolis de concreto y acero, sencillamente la rebasaba tratar de esquivar el pesado tráfico para llegar a casa. Y las multitudes en México, en las calles más pequeñas apartadas del Paseo de la Reforma, parecían amenazantes –hablaban muy fuerte, pregonaban toda clase de cosas–, y dispuestas a timarle sus pocos pesos.

Luego estaba el clima: el delgado aire de la Ciudad de México y su frío penetrante y lluvioso, los gases y el polvo de las miles de fábricas en los alrededores de la ciudad que le oprimían el pecho.

Olivia respiraba profundo, pero de algún modo sus pulmones, a 2 200 metros sobre el nivel del mar, nunca parecían saciarse. Casi siempre estaba jadeando porque le faltaba el aire.

Los domingos eran diferentes. El aire de la mañana era fresco, el cielo despejado y azul... y Olivia se sentía renovada. Milagrosamente, nunca parecía llover. A veces visitaba los edificios públicos del centro como el Palacio Nacional, Bellas Artes y la Secretaría de Educación Pública, adornados con grandes murales de Diego Rivera. Podía pasarse horas examinando las representaciones pictóricas del épico pasado prehispánico de México y de su fervor revolucionario de principios del siglo xx. Con el tiempo, llegó a reconocer de un vistazo a Hernán Cortés, Moctezuma, Benito Juárez y hasta a la Malinche, y los retratos caricaturescos de Rivera de los poderosos capitalistas del norte. Se dio cuenta de que los muralistas mexicanos no sólo la impresionaban con el arte de sus obras, sino que además ¡le habían dado una educación sobre la historia de México y los grandes movimientos sociales del siglo xx!

Pero su lugar favorito era el museo de San Ildefonso, que siempre estaba vacío. Allí se sentaba en un patio, en una banca bajo un naranjo, rodeada por un extenso mural de Siqueiros. Le lanzaba miradas al mural y su magnífica dispersión de colores, y dejaba que el aire vivificante de la mañana le diera en la cara. Se le despejaba la mente y sentía algo así como una serenidad religiosa, que le daba fuerzas para soportar otra semana de trabajo y soledad.

Algunos domingos paseaba por el Zócalo. Miles de fieles entraban y salían de las misas matutinas en Catedral, pero nunca le dio tentación entrar. La iglesia se veía demasiado grande, demasiado ostentosa, y estaba segura de que las misas no tendrían nada que ver con la sensación de intimidad de la capilla del Colegio Parroquial a la que estaba acostumbrada. Sin embargo, le encantaba caminar por ahí, ver a papás comprando chucherías para sus hijos en las docenas de puestos hechizos alrededor de la iglesia. O gravitaba hacia la orilla sur del Zócalo donde siempre había oradores en lo que parecían mítines políticos o sindicales, que arengaban a la multitud y trataban de iniciar una protesta contra el gobierno, que estaba robando descaradamente –o eso decían–. ¡Admiraba a los oradores!, muchos eran campesinos como ella, que ejercían apasionadamente su derecho a expresar sus opiniones.

Hablar tan abiertamente en Guatemala hubiera significado una muerte instantánea. México no era como Guatemala: aquí, uno podía hablar libremente y luego irse con la misma libertad.

Luego, Olivia caminaba hacia el poniente por las angostas calles del centro hasta la Alameda, donde miraba anhelante a las familias mexicanas que buscaban el solaz de las áreas verdes. Sentía celos de los niños cuyos padres les compraban mangos cortados como flores exóticas en palitos, globos enormes o madejas de algodón de azúcar. Y estos celos pronto se convertían en luto mientras lamentaba todas las cosas tan bellas que nunca tuvo de niña; aparte de la ropa que le daba la escuela, los únicos regalos que había recibido eran los libros del Pato Donald que le diera la hermana Carina.

En realidad no había tenido infancia.

A sugerencia de la señora Canales, fue a ver el *Sueño de una tarde dominical en la Alameda Central* de Diego Rivera, un enorme mural en el *lobby* del Hotel del Prado en la elegante Avenida Juárez, del lado sur de la Alameda. Entre los huéspedes bien vestidos y los grupos de turistas que atiborraban el lujoso lobby y la galería comercial del primer piso, Olivia se sintió como una miserable intrusa de piel morena. Se identificaba con los indígenas del mural: había varios tramando cómo robar a los ricos paseantes, o sentados pidiendo limosna, abatidos y abandonados. Se imaginaba que en cualquier momento se le iba a acercar un guardia del hotel a interrogarla de manera insultante y llevarla a la salida por haber osado adentrarse en un mundo al que nadie la había invitado.

Pese a sus temores, la dejaron en paz. ¡Estaba en México, no en Guatemala!

A veces, Olivia tomaba un camión al bosque de Chapultepec y vagaba por el zoológico, miraba los animales boquiabierta, comía tacos y bebía agua de horchata. Veía a los niños que paseaban en ponis alrededor del parque bajo la sombra de altísimos eucaliptos y a los viejitos andrajosos que se agachaban bajo el toldo negro de sus cámaras con tripié para tomarles fotos a los pequeños. Hacia la tarde, Olivia se encaminaba al lago, donde los enamorados buscaban refugio del calor en los rincones con sombra. Espiaba sus besos, lejos de las multitudes de mirones, y recordaba a Jesús con cariño. Esto la ponía aún más triste. Se quedaba muy callada en las sombras, en un estado de celos. Esperaba ser una de esas chicas algún día y que la Ciudad de México dejara de ser una ciudad de sueños: el escenario de lo que podría ser, algo proyectado en una pantalla de cine lejana.

Olivia siguió llamando a su padre cada varios días, en esas primeras semanas en la capital. Si acaso contestaba el teléfono, no se mostraba muy interesado en saber cómo lograba sobrevivir Olivia, y por supuesto que nunca la volvió a invitar a su casa. Si ella cambiaba el tema y decía que quería verlo, Melchor se ponía muy agitado y decía que ya tenía que colgar, pero luego no colgaba. Se ponía a decirle cuánto resentimiento les tenía a sus esposas y demás hijos que, según él, sólo lo llamaban o iban a verlo cuando querían algo. Deberían estarle cocinando, traerle regalos, comprarle ropa nueva.

Sus quejas hacían que a Olivia le doliera el corazón. No tenía caso explicarle a Melchor que su mísera alma les había dado —como a ella— tan poco, que era ridículo esperar que le estuvieran agradecidos. Por primera vez entendió el origen del resentimiento de su madre. A Melchor sólo le importaba su propio bienestar y, ahora que era un viejo sucio que bebía demasiado, se seguía sintiendo el centro de atención.

Olivia dejó de llamarlo cuando se dio cuenta de que ella, nunca Melchor, era la que llamaba siempre. No había ninguna razón para seguir esperando que él le diera el amor que en realidad no sentía. Era un hombre frío y desalmado. No entendía que su hija mayor no quisiera nada material de él, sólo su amor.

En sus primeras semanas en Viajes Atlas, Olivia se dio cuenta de que admiraba a Margarita Canales con una especie de devoción. Su patrona era una mujer sofisticada, ejemplo de elegancia y estilo. Siempre traía falda corta, oscura, de lana, que jamás le subía de las rodillas, y prefería las blusas de seda color pastel, que se quedaban perfectamente en su lugar hiciera lo que hiciera. Si el aire estaba fresco, se ponía un saco torero o se echaba una chalina oscura sobre los hombros, que sujetaba con una selección de broches de plata. Sus zapatos, perfectamente boleados, eran europeos —le gustaban los zapatos de salón de Charles Jourdan—, y su cabello canoso estaba perfectamente peinado, estilo colmena o recogido.

Pero no sólo admiraba su belleza. La señora Canales había heredado la agencia de viajes de su difunto esposo, Lorenzo, un notorio mujeriego que había sucumbido ante el cáncer de páncreas hacía dos años, a la edad de cincuenta y nueve. La viuda, diez años menor, no quedó deshecha por la muerte: se ocupó de todos los detalles del velorio y el entierro con la misma fría eficacia que estaba acostumbrada a darle a su marido. Siempre fue una esposa cumplida que, cuando sus dos hijas se fueron a la universidad, se cambió al cuarto de la mayor sólo para no tener que respirar el almizcle de sudor y perfume barato, de otras mujeres, que flotaba en torno a su marido.

La señora Canales era una mujer sensata. Entendía que Lorenzo no era el tipo de hombre que por vanidad requiriera de muestras externas de afecto de su mujer. Se conformaba con ser buen proveedor y buen padre; el papel de su esposa era cuidar la casa, no aspirar a ser su compañera en igualdad de condiciones. Le gustaba su trabajo, sus aventuras a mediodía o temprano en la tarde, sus noches tranquilas en casa mientras leía un libro de viaje o de historia sobre los héroes legendarios de México: Juárez, Zapata, Madero, Villa, Carranza y Cárdenas.

Lorenzo Canales había vivido para gozar el momento y así había gastado su dinero; al morir, no dejó ni seguro de vida. La devaluación del peso había destrozado sus inversiones en la bolsa. Sus dos hijas casi grandes –la mayor se acababa de casar y ya estaba embarazada y la menor estudiaba artes en Rice University, en Texas– no tenían idea de lo paupérrima que había quedado Margarita.

Tras la muerte de su marido, la señora Canales no podía seguirse dando el lujo de jugar el papel de madre y ama de casa aburrida en la periferia de las cosas: no le quedó más opción que tomar, a la edad de cincuenta y uno, las riendas de la agencia de viajes, que batallaba por mantenerse a flote. Y lo hizo con pasión e inteligencia.

El negocio tenía una ubicación privilegiada sobre el Paseo de la Reforma, enfrente del María Isabel Sheraton y cerca de las elegantes *boutiques* de la Zona Rosa. Las operaciones de su marido se centraban en vender boletos de avión y paquetes de hotel a clientes que viajaban por negocios, y algunos *tours* de la ciudad a huéspedes de hoteles cercanos. Pero como él vivía para sus escarceos, había dejado Viajes Atlas en manos del gerente, un contador de Monterrey a quien sus propias andanzas sexuales por el barrio tenían igual de distraído.

Cuando la señora Canales tomó el control de la agencia, le horrorizó descubrir que apenas salían a mano. Algo andaba *mal*. De entrada, el ambiente de la oficina era demasiado laxo: nunca abrían antes de las diez y los agentes iban y venían cuando les daba la gana, se tomaban dos horas para comer, no había el menor sentido de orden ni rutina. Despidió al gerente de inmediato y en pocas semanas a las tres agentes –que sospechaba habían sido amantes de Lorenzo.

Su primera contratación fue Isabelle Bontecou, una chica francesa que conocía del Club France, quien había venido a México una temporada larga a perfeccionar su español. Isabelle fue la elección perfecta: educada, meticulosa y organizada.

Lo segundo era tratar de expandir el negocio. Valiéndose de sus conocidas del Club France, pronto construyó una sólida clientela de mujeres acaudaladas de mediana edad que vivían en colonias como Las Lomas, San Ángel y Polanco. Margarita les hizo ver que en vez de limitar sus días al tedio de arreglarse para ir de compras o a hartarse de comida a los mismos lugares de siempre en la Ciudad de México, en cualquier momento podían tomar un *jet* a Estados Unidos o a Europa mientras sus maridos trabajaban y sus hijos iban a la escuela. ¡Estaban malgastando sus vidas!

Cultura, compras, restaurantes de la Guía Michelin: estas mujeres se convirtieron en el pan de cada día de la agencia.

﹡

Cuando Olivia terminó su primera semana de trabajo, la señora Canales le dio cinco mil pesos y le dijo que se comprara algo de ropa y zapatos nuevos en el Woolworth de Insurgentes. No era una mujer que se anduviera con rodeos.

—Aunque sólo estés archivando papeles o de mensajera, tienes que verte bien, siempre, Olivia, nunca sabes qué sorpresa te puede estar esperando. Hay que estar preparada. Ah, y quítate esos pelos de la cara. Tienes una cara bonita y debes dejar que la gente la disfrute. Y por favor empieza a usar maquillaje en la cara y labial. Es un arte sencillo hacer que tu cara se vea atractiva. Y Olivia, querida, espero que no te moleste mi indiscreción, ¡pero si perdieras un poco de peso te verías mucho mejor!

A Olivia nunca le habían hablado con semejante franqueza. No se ofendió por los comentarios de Margarita Canales porque admiraba todo lo que le salía de la boca, y le quedaba claro que se lo decía por su propio bien.

Margarita Canales le había dicho que tenía una cara bonita. Nadie, ni siquiera Jesús, le había dicho eso jamás. Mal haría Olivia de no seguir sus consejos.

Margarita Canales manejaba Viajes Atlas como si fuera su propio feudo. Lo había convertido en un negocio exitoso, pero también era un laboratorio para transformar a sus jóvenes empleadas en mujeres de éxito. El fracaso de su matrimonio la había convencido de que las mujeres no tienen por qué aceptar las limitaciones físicas, sociales ni económicas que la vida les impone. Al platicar con las muchachas, refería sus propias décadas de sometimiento y servidumbre conyugal, luego dedicaba su energía a ayudar a sus empleadas a romper esos mismos lazos. Las mujeres en México eran marginadas, se les exigía vivir a la sombra de sus maridos o amantes y a aceptar su papel con forzada alegría. La señora Canales siguió esa dieta mucho tiempo y por poco la mata: animaba a sus vendedoras a ser independientes, desafiantes y, cuando estuvieran listas, a atreverse a vivir por su cuenta.

Sobre todo, se enorgullecía de trabajar con muchachas a las que Dios parecía haberles quedado a deber algo importante: las feas, las tímidas, las torpes. Creía firmemente que nadie tenía por qué aceptar su condición social. Aunque percibía que en Olivia había una buena medida de inteligencia y pasión, Margarita Canales sentía que ella iba a ser su mayor reto. Había muchas cosas que podían frenarla: su reticencia indígena, su anormal deferencia y timidez, sus imperfecciones físicas. Pero desde el momento en que la conoció, la pequeña chispa en los ojos de Olivia había fascinado a Margarita Canales. Era su mayor reto, pero sabía que podía ayudarla a superarse.

Así que, a menos de dos semanas de haberla contratado en su agencia, la señora Canales decidió confiar en sus instintos y entrenar a Olivia para la venta de *tours* y boletos de avión.

–¿Crees poder hacerlo?

Olivia no sabía qué contestar.

–¿Quieres hacerlo? ¿Puedes?

–En preparatoria saqué noventa y dos en contabilidad –tartamudeó–. Y podía mecanografiar cuarenta y cinco palabras por minuto. Ay, doña Margarita, no quiero decepcionarla.

La señora Canales ocultó su desconfianza.

–Olivia, por mí no te apures. ¡Preocúpate por no decepcionarte a ti misma, a la persona que eres en espíritu! No dudo que seas buena para contabilidad. Lo que me preocupa es el trato con la gente: qué tan educada vas a ser con nuestros clientes, si vas a lograr convencerlos de que nos compren no sólo los boletos de avión sino también excursiones y hoteles de primera. Ahí es donde ganamos nuestras mayores comisiones y no puedo tener a alguien a quien se le trabe la lengua a media frase…

–Doña Margarita, yo le agradezco mucho todo lo que ha hecho por mí. No quiero que se preocupe…

–Pero es que sí me preocupo, Olivia, sí me preocupo –prosiguió la señora Canales–. En primera, estás en la Ciudad de México de ilegal y uno de estos días el gobierno puede decidir mandarte a tu casa. En segunda, para ser honesta, eres casi demasiado inocente. No sé si tienes la personalidad que se necesita para las ventas. Tienes que ser muy segura de ti misma, cada parte de tu cuerpo tiene que transmitir confianza y deseo. No puedes parecer confundida ni insegura nunca. Eso va minando la confianza del cliente, sobre todo porque le estás tratando de vender algo que no está muy seguro de necesitar. Creo que lo que me pregunto es si tienes suficiente hambre.

Olivia escuchó a la señora Canales y vio que su oportunidad se alejaba.

—Sé que no soy atractiva y que mi ropa no es elegante. Doña Margarita, mi mamá trabajó toda su vida de peón en un cafetal en La Antigua. Pero yo no soy ella —dijo lastimeramente. De pronto se sintió culpable por menospreciar a su madre, su pasado—. Lo que quiero decir es que mi vida no ha sido fácil: y las dificultades te enseñan a aprender rápido. Siempre he aprendido rápido, sobre todo cuando es algo que me interesa. He leído artículos de superación personal en muchas revistas como *Vanidades, Selecciones, Cosmo, Tendencias*. Si me da una oportunidad, creo que no la voy a decepcionar.

La señora Canales se alegró de oír a Olivia tan decidida. Tenía dos agentes de tiempo completo, pero necesitaba contratar a una tercera para darse abasto en las vacaciones de Navidad, para las que aún faltaban varios meses.

—Vas a seguir siendo responsable de los archivos y las entregas.

—Puedo con todo.

—Es una prueba, Olivia, sólo una prueba. Por lo pronto, que Isabelle te vaya entrenando a la hora de la comida, antes de que la oficina se nos vuelva a llenar de trabajo.

Olivia se emocionó tanto que abrazó a Margarita y le dio un beso en el cachete. La señora titubeó antes de devolverle el abrazo a la muchacha. Cuando le palmeó los hombros, Olivia se soltó a llorar.

Isabelle había sido uno de los primeros triunfos de la señora Canales. Nacida en Rousillon, en la región de Provenza al sur de Francia, fue a la universidad en Orleans, donde cursó la carrera de idiomas. Hablaba inglés, alemán y un poquito de italiano. Para mejorar su inglés, cursó su penúltimo año en la Universidad de Arkansas en Little Rock. Y como no quería regresar a Francia, decidió ir a México a aprender español. Vivió brevemente con una familia mexicana, se enamoró del estilo de vida y decidió quedarse a trabajar en la capital. Llevaba en la agencia poco menos de dos años.

Isabelle parecía tener un temperamento poco adecuado para el trabajo de la agencia. Aunque en sus propios viajes era curiosa y aventurera, no era sociable por naturaleza y le costaba trabajo transmitir algún entusiasmo a los clientes que viajaban a una ciudad europea que ella había visitado ya demasiadas veces. Era tímida y parecía ratón de biblioteca, le costaba trabajo hacer plática; de hecho parecía un poco distraída siempre que sus clientes empezaban a darle los detalles de sus vacaciones imaginadas y ella respondía, como de costumbre, asintiendo con la barbilla cuando hubiera podido ofrecerles mucho más. Pero Margarita Canales perseveró e Isabelle aprendió a ser más extrovertida.

Su principal ventaja es que era francesa. Muchas clientas llamaban a la agencia y pedían hablar con ella, dispuestas a esperar minutos enteros al teléfono. Las acaudaladas señoras de Polanco querían hablar francés con la francesita, en parte por demostrar que no eran inferiores culturalmente, y en parte por presumir sus conocimientos de la lengua, perfeccionados en la Alliance Française y el Club France, con alguien que dominaba tantos idiomas. Y dada su típica indiferencia, Isabelle resultaba bastante tolerante con sus intentos de hablarle en los idiomas que estaban estudiando.

Si bien la señora Canales respetaba a sus otras agentes, era claro que estaba preparando a Isabelle para hacerse cargo de administrar la agencia cuando ella se retirara. Lo que a Isabelle le faltaba de vitalidad natural, lo compensaba de sobra con su atención a los detalles y a las finanzas. Al final,

Margarita Canales había logrado convertir la indiferencia nata de Isabelle en un valioso recurso. Era una persona de fiar, y su decoro inspiraba respeto y confianza.

A Isabelle le gustó la idea de entrenar a una asistente.

—Olivia, estoy segura de que en pocos días podrás aprender todas las cosas mecánicas como buscar vuelos, tarifas y boletos. Lo importante es que entiendas que nuestras clientas están nerviosas cuando nos llaman y nuestro trabajo es tranquilizarlas. Estamos para servirlas. Siempre debemos mostrarnos seguras porque esa actitud genera confianza, y si hay confianza podemos cerrar ventas. Y junto con la confianza viene la comprensión de que no puedes contradecir a una clienta: el cliente siempre tiene la razón.

Olivia asintió con la cabeza pero sus ojos cafés mostraban pánico: no le costaba ningún trabajo la segunda parte, pero no sabía si podría hablar con las clientas con esa seguridad y confianza. Isabelle tocó su mano.

—No creas que son ideas mías —dijo Isabelle con un guiño—. Sólo te estoy repitiendo lo que la señora Canales me ha dicho mil veces. Es su letanía: *el cliente siempre tiene la razón, el cliente siempre tiene la razón.* Cuando empecé a trabajar aquí, yo no creía que la psicología tuviera nada que ver con vender boletos y paquetes turísticos. Pero ahora sé cuánta razón tiene, por lo menos para lidiar con la clientela que viene aquí. Todas las señoras quieren que les aseguremos que lo que están planeando para ellas o sus maridos es perfecto: una combinación de cultura, confort, gastronomía y turismo. El Ritz en París, el Negresco en Niza, el Hotel Picasso en Saint-Tropez. Sólo tenemos que hacer que ellas crean que están tomando todas las decisiones... nosotras dirigimos sus pensamientos de un modo *sutil* –le decía Isabelle, pronunciando algunas palabras con la cadencia del francés.

Olivia estaba nerviosa.

–Pero no sé cómo voy a hacer eso. Nunca he logrado que nadie cambie de ideas. A mí me enseñaron a respetar las opiniones de todos y aceptar lo que me dicen. No puedo ser algo que no soy. Ni puedo ponerme a adivinar lo que la gente quiere oír.

–Eso es tu fatalismo indígena, Olivia –decía riendo Isabelle–. No puedes dar por hecho que las ideas de la gente están grabadas en piedra. El mundo siempre se está moviendo, siempre está cambiando, como individuos tenemos la capacidad de afectar tanto nuestra suerte como nuestro destino mediante el poder de nuestras elecciones y de la persuasión –la sermoneaba–. Mi querida Olivia. Vender boletos es ser un personaje en el escenario. Sí, ya sé que sueno como la señora Canales, ¡pero me ha convencido de que tiene razón! Siempre debes ser tú misma, pero tienes que estar dispuesta a improvisar en cualquier momento.

Todas las tardes, de dos a cuatro, Isabelle le enseñaba a Olivia a usar las múltiples líneas telefónicas y las terminales de computadora sin desconectarse; a dejar a las clientas esperando al teléfono con música clásica o ranchera –basada en una aguda evaluación de quién era la clienta–, a dividir las pantallas de la computadora para poder checar la disposición de vuelos para dos clientas a la vez. Pero sobre todo, le enseñó cómo lograr, con un amable juego de manos, que la clienta percibiera que el *tour* o paquete que la agencia estaba promoviendo era resultado de sus propias sugerencias.

Olivia reconoció que el secreto de Margarita Canales era convertir a sus agentes en maestras de la adaptación veloz y la *multitarea*. Si hubiera estado en el circo, hubiera sido presentadora y también malabarista, acróbata y equilibrista, todo al mismo tiempo; podía estar con una clienta en la oficina mientras se ocupaba de otra clienta por teléfono sin que ninguna se sintiera mal atendida. Y todo con un estilo muy decoroso para disimular su astucia.

Isabelle también le compartió algunos detalles prácticos. Le dio una lista de los agentes de las diversas aerolíneas que había conocido personalmente

—o al menos por teléfono— en los últimos dos años. Imprimió una página con sus rasgos de personalidad y habilidades e intereses específicos, y luego le hizo un examen. Y le dijo a Olivia que muy a menudo los agentes le ofrecían tarifas que no le daban a nadie más, ¡y de algún modo la comisión de la agencia aumentaba aún más!

—Inés, de Mexicana, responde preguntas sobre sus hijos adolescentes pero no le hables de su marido, porque le es infiel; Jorge, de Iberia, es gay y le gusta platicar de películas y restaurantes; Laura siempre es muy seca y parece que ya quiere colgar, pero puedes sacarle una "sonrisa" si le preguntas cómo están sus gatos. Y diles a todos que tienen la voz dulce como el chocolate, como un postre. Y nunca confundas las voces de Lourdes y Roxana, aunque son gemelas y las dos trabajan en Continental: se odian a muerte.

También le contó de las cadenas de hoteles que le daban a la agencia una comisión adicional del 5% si les mandaban clientes, sobre todo cuando estaban vacíos. Y puesto que Isabelle era políglota y había hecho viajes de exploración a Londres, París, Barcelona y Roma —los destinos más populares de sus clientes—, había visitado pequeños y exclusivos hoteles *boutique* y había establecido un contacto personal con los dueños.

—Todo es cuestión de a quién conoces y a quién sirves —había dicho asintiendo, convencida de sus palabras–. Y puesto que estos hotelitos nunca aparecen en las guías, los dueños siempre son bastante generosos con nosotras.

Todas las noches Olivia se llevaba a su casa tres o cuatro folletos para estudiarlos. Primero la impactaban las fotos de la Torre Eiffel, la Catedral de Chartres, el Vaticano, la Abadía de Westminster y el Big Ben, y las maravillosas playas de la Costa Brava española. Luego se obligaba a leer las descripciones de los lugares, memorizaba los servicios y atractivos de cada hotel. Era más un juego que una prueba, y le sorprendía lo bien que podía memorizar tantos datos.

Olivia se dio cuenta de que era bastante buena para visualizar las características de cada ciudad y cada hotel. Simplemente aplicaba su habilidad para imaginar distintas situaciones, como había hecho de niña en Ciudad Vieja, y en poco tiempo se veía a sí misma caminando por las calles y entrando a los hoteles descritos en los folletos; era ella quien volteaba a ver el candelabro del *lobby*, quien pasaba la mano por el fieltro del brazo del sillón o quien probaba la exquisita variedad de quesos de cabra en los restaurantes.

Pero la prueba máxima era ver si esta nueva Olivia podía engañar a los demás. Regresó al Hotel del Prado en Avenida Juárez para ver si lograba confundirse con los turistas. Estrenando un atuendo comprado con el dinero de Margarita Canales, entró al *lobby* del hotel, recorrió las tiendas y subió al *roof garden*, que tenía una vista espléndida de la Ciudad de México y los volcanes. Hizo todo esto con la gracia natural de alguien que pertenece a ese mundo.

Y entró a otros hoteles, como el Reforma y el Geneve. De hecho, un domingo burló la seguridad del María Isabel Sheraton y nadó en la alberca con calefacción, fingiendo ser una huésped. Nadie lo puso en duda; si Olivia se sentía fuera de lugar, nadie lo supo y nadie la volteó a ver con sospechas. El engaño había sido total.

Llamó a su padre del teléfono de Mélida para contarle; su transformación era el tipo de cosa de la que un padre estaría orgulloso.

—Ah, eres tú —dijo él en cuanto oyó su voz.

Ella de inmediato se arrepintió de haber llamado.

—Papá, fui a nadar al María Isabel Sheraton —se le salió. Qué estupidez.

—No sé qué es eso —respondió él, de lo más natural.

—Es que ya conseguí trabajo, soy agente de viajes. Y compré ropa nueva. Si me ves, no me reconoces…

Antes de que pudiera decir más, él le preguntó si podía pagarle el dinero que le había prestado hacía unas semanas.

—Si quieres te lo llevo ahorita.

—No —respondió él—, voy a salir con unos amigos, al parque. El dinero dáselo a Mélida. Ella sabe cómo mandármelo.

Olivia oyó *bar* en vez de *parque*.

—¿Papá, siquiera te interesa saber cómo estoy?

Hubo una pausa en la línea.

—Está bien, ¿cómo estás?

Esa noche, Olivia escribió la primera de muchas cartas similares a la hermana Carina. Escribía lo primero que le venía a la mente y seguía escribiendo hasta que ya no le quedaba nada más que decir. Eran cartas de cinco o seis páginas, con letra apurada y horrible. Y todas las firmaba igual: *Con amorosa gratitud, Olivia Padilla.*

En esa primera carta, le pedía perdón a la monja por haber salido de La Antigua tan a la carrera. Después le contaba de su viaje en autobús a la Ciudad de México para ver a su padre, quien la había recibido como su mamá jamás lo hubiera hecho. Estaba feliz, escribió, viviendo en casa de él como parte de su numerosa familia. También le contó a la hermana Carina de su trabajo, con muchas menos exageraciones y sin mentiras.

Pero esta primera carta la mandó sin remitente, como si no quisiera que la encontraran... esto llegaría a ser un patrón.

(1983)

Tanto como Olivia atesoraba su nueva vida en la Ciudad de México, había muchos días oscuros en los que suspiraba por su vida más sencilla en Guatemala. Extrañaba La Antigua: los silencios, los numerosos parques y ruinas a donde podía ir a sentarse a leer un libro o a soñar despierta sin el impulso de tener que hacer nada más. A menudo imaginaba el pueblo entre tres volcanes, una delgada columna de humo escapando del volcán Pacaya, y las tranquilas calles empedradas con buganvilias rojas, lavanda y anaranjadas sobre las fachadas color pastel y en los muros derruidos de construcciones. Era un pueblo en el que casi se podía vivir fuera del tiempo. Si existía un paraíso, era ahí.

Aunque la violencia en Guatemala llenaba los periódicos de México, Olivia apenas podía recordarla: el reclutamiento de indígenas para el ejército; la desaparición de hombres, mujeres y niños inocentes; y las recién implementadas políticas de "tierra arrasada" y "frijoles y fusiles" del presidente Ríos Montt. Tal vez la violencia fueran las maquinaciones de los señores de Xibalbá, los crueles e indiferentes dioses mayas, pero no algo del todo real: un velo de terror que Olivia apenas recordaba.

De lo que se acordaba bien era de la choza de su madre en el bosque, de las largas filas de cafetos por donde alguna vez caminó, del arroyito al fondo de la barranca donde pasó tantas horas escuchando el borboteo del agua sobre las piedras coloridas. Extrañaba el cariño y los consejos de la hermana Carina. Extrañaba estar con gente que la conociera.

Le inquietaba Guayito, que había desaparecido.

Más que nada, Olivia extrañaba su rutina del Colegio Parroquial: despertar a las 6 a.m., desayuno a las 6:45, oración a las 7:30, las clases empezaban puntualmente a las 8. A mediodía la comida y luego descanso hasta las 2 p.m., cuando volvían a empezar las clases que seguían hasta las 4. Luego, servicio voluntario en la biblioteca, la cocina o con alumnas menores, hasta las 6. Cenaban a las 7. Y luego otro rato de estudio hasta que se apagaban las luces a las 10 p.m. Y, por supuesto, siempre quedaba tiempo de subir a la azotea por un cigarro, de fugarse velozmente al pueblo con Jimena por una Coca y unas canillas de leche, y más adelante de ir a beber y besuquearse en La Merced. Podía vagar por donde fuera sabiendo que su catre, de sábanas muy almidonadas y colchón de paja, la estaría esperando en su dormitorio. Su rutina había sido un espejo del paisaje de La Antigua: una vida tranquila, estática, atemporal, encerrada en la seguridad de un pisapapeles.

Echaba de menos a sus compañeras. Extrañaba los brazos y labios de Meme más que los de Chucho y se preguntaba qué habría decidido ella al fin, si entrar a la Universidad Marroquín o fugarse con Paquito. Olivia extrañaba hasta a Jimena con su cara de topo; se preguntaba si se habría adaptado otra vez a vivir en casa y llevar la contabilidad de la tienda de Arturo Chang o si ella también habría escapado. La vida de Olivia había cambiado pero le costaba trabajo imaginar cómo se habrían transformado las vidas de sus amigas.

Si tan sólo se animara a darle su dirección a la hermana Carina, tal vez se enteraría.

Olivia sentía que no tenía raíces, que estaba atrapada entre mundos distintos, como un barco que ya zarpó pero no tiene idea adónde va. Le asustaba el futuro. Isabelle Bontecou se había convertido en una especie de amiga, Margarita Canales a veces era modelo y mentora, y otras una madre entrometida y dominante. Pero ninguna de las dos podía entender el terror y la soledad de Olivia: miraba a los vendedores y comerciantes a su alrededor y todos le parecían ajenos e indiferentes.

Tal vez, si Olivia establecía en la Ciudad de México rutinas similares a las que tenía en La Antigua, podría aquietar su nerviosismo. Mélida Cotilla así manejaba su pensión, como si siguiera viviendo en el pueblo de Tlacochahuaya. Las almas malignas que merodeaban por el Zócalo y sus alrededores eran agentes de Satanás, decía Mélida, siempre tramando cómo aprovecharse de los inocentes y los despistados. Olivia tenía muchas armas pues en Guatemala había tenido que lidiar con mendigos y borrachos peores que los gorrones de su barrio. Todas las mujeres poderosas que había conocido en la Ciudad de México —Mélida, Isabelle y, sobre todo, Doña Margarita— eran buenas para poner orden en medio de la discordia imperante. La voluntad les bastaba para disipar la soledad.

En Viajes Atlas, Olivia entregaba boletos, recogía pagos e iba al banco en las tardes. También se ocupaba de cualquier encargo personal de Margarita Canales: llevar sus zapatos a que les pusieran suelas y tacones, dejar sus elegantes vestidos en la tintorería, comprar latas de palmitos y ostiones ahumados, *croissants* y *brioches* en Delicias de París para sus veladas.

Isabelle seguía entrenando a Olivia en los ratos muertos de mediodía, cuando la mayoría de los negocios cerraba dos horas para comer. Olivia aprendió a atender a varios clientes por teléfono simultáneamente y a operar múltiples ventanas en la pantalla de la computadora para poder consultar varios itinerarios a la vez. En sus ratos libres, seguía leyendo folletos turísticos sobre ciudades y países a los que sabía que nunca jamás iría. Olivia veía todo esto como una iniciación: prepararse para un ascenso, para una vida mejor.

Después de un mes en Viajes Atlas, justo cuando Olivia regresaba de recoger los boletos de Margarita Canales para el concierto de Sibelius, esa noche en el Palacio de Bellas Artes, y empezaba a estudiar otro folleto más sentada al fondo de la oficina, oyó la voz baja y displicente de Isabelle decir:

—Creo que Olivia está lista.

Olivia levantó la vista pero no dijo nada.

—¿Lista para qué, querida? —la señora Canales estaba en su propio escritorio, hojeando una revista *Cosmo* en español.

—Olivia está lista para ser agente de viajes.

La señora Canales la miró por encima de sus lentes de lectura y alzó las cejas como cuestionando la cordura de Isabelle.

—Es cierto, Margarita. No tengo nada más que enseñarle —se excusó Isabelle.

—¿Y crees que yo tampoco tengo nada más que enseñarle? Las clientas son mis amigas, gente de mi condición social —Margarita Canales creía en dejar volar a los pajaritos, pero el momento de ese primer vuelo la llenaba de terror. ¿Qué hacía si sus acólitas no lograban remontar el vuelo o, peor aún, si empezaban a volar y luego se estrellaban con la pared? ¿O si decidían usar sus alas para escapar del nido y no volver? Éste, desde luego, había sido el caso con Flavia Gutiérrez y Elena Almendáriz: ambas habían usado la agencia de viajes para aprender y se habían ido a los pocos meses.

—Margarita, yo sólo me refiero al entrenamiento técnico. La otra parte tendrás que decidirla tú.

A Olivia le molestaba que esa cosa apocada, con su chamarra de pana verde y su blusita amarilla de algodón, pretendiera juzgarla y decidir si ya había aprendido lo suficiente para atender a las señoras de Polanco o a los turistas de Caracas y Buenos Aires.

—Claro, Isabelle. Pero imagínatela a la entrada —dijo Margarita, cabeceando hacia Olivia que hacía como si siguiera muy concentrada leyendo su enésimo folleto—, sentada en su escritorio, como un hipopótamo echado en su estanque, sin enterarse de nada. Cuando alguien entra, nomás levanta los ojotes cafés y abre la boca como si tuviera una mosca... Isabelle, tú sabes que nuestros clientes necesitan más que eso. Depositan su confianza en nosotras, en nuestros conocimientos, en nuestra imaginación. Tienen que creer que el hotelito que les recomendamos en la Rue de Bac será tan encantador y lujoso como decimos o que el hotel cerca de la Place de l'Opéra no será ruidoso e impersonal, sino tan bello como el del mercado de Mouffetard. No, Isabelle, Olivia *no* está lista.

Olivia oyó todo esto pero no dijo nada. Estaba mortificada y herida. No podía reaccionar. Oyó pasos y cuando levantó la vista, tenía a Margarita Canales parada enfrente. Olivia volvió a mirar hacia abajo pero no pudo evitar que las orejas se le pusieran rojas.

—Quiero saber exactamente lo que comes. Cada cosita de cada comida y todas las botanas del día —ordenó, tocando a Olivia en el hombro.

—Pero señora Canales, no le sabría decir...

—Todo —dijo ella.

Olivia levantó la vista y empezó a hablar casi como sonámbula. Al recordar los manjares que le compraba a su patrona en Delicias de París, sintió vergüenza.

—Por ejemplo, de desayuno —insistió la señora Canales.

Olivia repasó una larga lista: papaya, plátanos, pan dulce, huevos revueltos y frijoles, café con mucha leche y azúcar, a lo mejor otro pan dulce para terminar.

Cuando acabó, la señora Canales insistió en que de ahora en adelante tenía que limitarse a unas cuantas rebanadas de papaya, nada de plátano, un huevo tibio, nada de pan, y café negro sin azúcar. A mediodía podía comer una ensalada de pepino, lechuga y jitomate con aderezo de limón y hierbas. En la cena, tendría que prescindir de su tradicional plato de arroz y frijoles con mole, que a veces preparaba Mélida ("chocolate, harina y azúcar extra: querida, estrictamente hablando eso es veneno para la dieta"). Durante el siguiente mes, sólo podía cenar un poco de tasajo o una pieza de pollo rostizado ("sin piel"), ya fuera con ensalada o con verduras cocidas como ejotes o chayotes.

–Nada de betabel, ni de elote: ¡ninguna verdura con alto contenido de azúcar!

Y en vez de pasarse los domingos metida en parques y museos, tratando de recrear la calma de La Antigua en la Ciudad de México, debía ir a los mostradores de maquillaje de Sanborns y Woolworth. Puesto que Olivia no disponía de mucho dinero, iba a tener que pedirles muestras gratis a las vendedoras y luego ponerse a experimentar en su casa.

–Olivia, lo primero que debes entender es que, a la gente pobre como tú, el orgullo de nada le sirve y es más bien un estorbo. No puedes permitir que te impida alcanzar tus metas. Yo podría pagarte los cosméticos, pero de veras creo en la iniciativa personal. ¡Quiero que tú solita resuelvas las cosas! Tienes que hacerte atractiva.

Olivia apretó los labios. Quería decirle a la señora Canales que confiaba demasiado en una pobre campesina mestiza que tuvo la suerte de ser descubierta por una monja guatemalteca.

–No me gusta que pongas esa cara. Cuando te contraté para limpiar la oficina y de mensajera, no pensé que fuera a poder transformarte, aunque vi de inmediato que en ti había una semilla de esperanza de cosas mejores. Eres educada y cortés, pero eso no basta. Quieres ser agente de viajes y trabajar con la gente. Eso requiere mucho más…

Olivia bajó la mirada. No podía sacarse de la cabeza la imagen de un hipopótamo, como la había descrito la señora Canales.

—Mírame cuando te hablo. Olivia, tengo que decirte que no hay cosa menos atractiva en el mundo que una gordita haciendo pucheros.

Olivia no se sintió insultada por las palabras de la señora Canales. Que la llamara *gordita* era estrictamente descriptivo y que le dijera qué comer era como si le hubiera puesto una dieta una nutrióloga —o en este caso, una *especialista en belleza*.

La señora Canales extendió sus manos hacia Olivia y la ayudó a ponerse de pie.

—Sé que tú puedes —y luego la abrazó. Olivia sintió un nudo en la garganta, y batalló por no llorar, con éxito.

Así como Olivia se armó de valor para explorar la historia y vida contemporánea de México a través de los muralistas, sabía que en su interior tenía que encontrar el arrojo para iniciar su propia transformación física. Quizá podía convertirse en una joven mejor proporcionada.

El cambio era posible. Meme le había enseñado a besar, ¿pero de qué le servía si no besaba a nadie, más que a su propio brazo? Sí, había besado a Chucho, de manera casi casta.

> *Si quieres salud y energía*
> *bésalo tres veces al día.*

Le canturreaba Meme.

—Ay, Olivia, tienes que abrir la boca para alcanzar el éxtasis —tenía todo que ver con tomar la iniciativa y no ser pasiva.

Éste era *el momento*. Margarita Canales le estaba ofreciendo la oportunidad de entrar a mundos que estaban fuera de su alcance. Era como el despertar de la pasión y Olivia supo que no podía darle la espalda.

Los sábados, la agencia cerraba a las 2 p.m., así terminaba la semana laboral, y Olivia se encaminaba al Woolworth de Insurgentes o al Sanborns de la Zona Rosa —o a veces iba al que llamaban *La casa de los azulejos*, en el centro, cerca del Zócalo—. Por primera vez en su vida, Olivia aprendió a acercarse a los mostradores de maquillaje y dejar que las dependientas se ocuparan de ella. Les decía que no tenía para pagar maquillajes caros y, cuando era apropiado, pedía humildemente que le regalaran muestras. Al día siguiente, un domingo cualquiera cuando las familias mexicanas estaban en el zoológico, en el club o disfrutando de una maravillosa comida, Olivia podía visitar otros tres o cuatro mostradores de cosméticos, acumulando docenas de muestras. Con el tiempo, las dependientas la empezaron a reconocer y, en vez de negarle los productos que sabían que no podía pagar, le guardaban muestras gratis durante la semana y se las daban cuando iba. Podían ver que el rostro de Olivia estaba cambiando, y ellas también querían ser parte de su transformación.

Cuando había pocas clientas, las muchachas se apiadaban de ella. Sentaban a Olivia en un banco y le aplicaban muestras nuevas en la cara; le hablaban de cuáles productos eran buenos y económicos para la base y máscara, labial y delineador, esmalte de uñas y tinte de pelo. Pero si las vendedoras estaban muy ocupadas para atenderla o si temían un regaño de su supervisor por gastar tiempo en una chica medio india con sobrepeso, echaban las muestras discretamente a la mochila guatemalteca de lana de Olivia y seguían atendiendo a sus clientas. Olivia se iba a casa, encaraba su espejo manchado y cuarteado, y con la guía de una anémica lámpara de lectura, empezaba a aplicarse nuevas muestras en la cara, teniendo en mente lo que le había dicho doña Margarita.

—Antes de hacer cualquier otra cosa, lávate bien la cara con un buen limpiador: la cara secreta aceites naturalmente y con el aire contaminado que hay aquí, los poros se tapan y hacen que el maquillaje se parta. No te pongas una base muy gruesa, Olivia, o nunca verás tu cara vieja transformarse en una nueva. Nunca puedes ser alguien que no eres: tienes que aprender a aprovechar lo que tienes: es tu punto de partida. Con capas, puedes hacer resaltar la belleza natural de tu rostro. Piensa en el maquillaje en términos de texturas y acentos que ayudan a que aflore *la verdadera tú*.

—Pero doña Margarita, tengo la piel manchada...

—Olivia, no quiero oír excusas. Quiero que te esfuerces por verte mejor. Recuerda que Da Vinci dijo que "los ojos son las ventanas del alma", y las tuyas, querida, no sólo tienen persianas sino además gruesas enredaderas que las tapan. Necesitas unas buenas tijeras y unas pinzas, ¡y a depilar se ha dicho!

Otra vez, Olivia no se ofendió. Era verdad que había nacido con cejas tupidas de azotador y que las pestañas se le enrollaban como uñas encarnadas. Por mucho que le dolió, Olivia se depiló las cejas hasta dejar dos líneas delgadísimas de pelo sobre sus ojos. De niña, siempre se dejaba el pelo largo porque tenía una catarata de vello negro cubriéndole las patillas. Aunque fue doloroso, empezó a depilarse con cera y a rasurarse los lados de la cara hasta dejarlos tersos, y luego se ponía una loción especial que supuestamente frenaba el crecimiento del vello. Al principio el dolor era insoportable, pero con el tiempo llegó a verlo como un paso necesario para alcanzar sus metas.

Los vellos de la barbilla se los tenía que arrancar uno por uno, y después aplicarse una loción protectora y curativa. Había veces en que acababa con la piel tan maltratada que sólo lograba ocultar las marcas con finas capas de base y maquillaje.

Con el tiempo, Olivia descubrió que una base beige ocultaba las oscuras manchas de sol, que ponerse delineador negro arriba y abajo de los párpados hacía brillar sus ojos perezosos con seductora languidez. Tenía labios bonitos y bien formados; Olivia determinó que un labial morado haría que el labio inferior se viera más grueso, más invitante. Empezó a recogerse el pelo hacia atrás y fijárselo con un broche: su rostro se revelaba abiertamente por primera vez desde que era niña. No era un rostro llamativo por naturaleza, pero con atención y cuidado podía llegar a ser divertido, quizá atractivo.

Y lo más extraño fue que conforme el cuerpo de Olivia empezó a cambiar, lo mismo pasó con su personalidad. De repente podía imaginarse a sí misma no sólo diciendo las cosas más disparatadas, sino sintiendo verdaderamente la textura de sus palabras como si fueran reales, no actuadas.

Y si bien a la hermana Carina le encantaba decir que "Dios no ve como el hombre ve, pues el hombre mira la apariencia exterior, pero el Señor mira el corazón", Olivia sabía que lo que ahora más le importaba era la opinión del hombre.

Ni Meme la iba a reconocer.

Dos meses después de haber sido contratada para hacer limpieza y mensajería, Olivia ocupó el escritorio de recepcionista, cerca de las puertas de vidrio de Viajes Atlas. La señora Canales contrató a Concha Asturias, una española pequeña y flaquita, narizona y con los pelos en la frente, para sustituir a Olivia como fregona de la oficina.

Las nuevas obligaciones de Olivia consistían en dar la bienvenida a los clientes, pedirles que llenaran un formulario con el nombre de todos los pasajeros, dirección, fechas tentativas e itinerario del viaje. En cuanto Isabelle o la señora Canales hacían sonar el conmutador, debía dirigir al cliente con ellas, con su formulario lleno. Si alguien tenía que esperar más de diez minutos, Olivia estaba autorizada para empezar a trabajar directamente con el cliente, pero sólo para irle mostrando folletos e ir llamando a las aerolíneas por teléfono. Por ahora no le darían una computadora. Pero de esta manera, poco a poco, Olivia empezaría a desarrollar sus habilidades y a conocer a las clientas frecuentes y relacionarse con ellas.

De la misma manera en que doce años antes había memorizado el alfabeto, Olivia guardó en la memoria toda la información de los folletos y las fichas técnicas de los hoteles. Esto le permitió, en muy poco tiempo, subir los itinerarios de categoría eligiendo hoteles ligeramente más caros —antes de mandar al cliente con Isabelle y Margarita, que reconocían lo que había hecho—. Y puesto que siempre era deferente con los ricos, Olivia hacía que las clientas se sintieran importantes, como si ellas estuvieran decidiendo todo, incluyendo estos *upgrades*.

Como buena enredadora, sabía hechizar a sus clientas para que ampliaran su concepto de lo que esperaban de un hotel y así acabaran reservando algo más caro.

—Sé que usted está buscando un hotel con todos los servicios en la Île de la Cité con vista a Notre Dame o en el Trocadéro para ver la Torre Eiffel desde su ventana. Qué hermoso. Lástima que no le funcione este hotelito que tengo en la *Rive gauche* cerca de Saint-Germain-des-Prés…

—¿Por qué no? —podía preguntar la clienta.

—Bueno, tendría que subir caminando dos pisos. Además, el conserje cierra la puerta a media noche y hay que hablar por teléfono para que abra.

—Sí, no quiero ir a París para andar subiendo escaleras.

Olivia sonreía.

—¡Pero espere! ¿Por qué no prueba este maravilloso hotel de lujo, también en la *Rive gauche*, que tiene un elevador antiguo y cuartos con cortinas de encaje con vista al recién abierto *Musée d'Orsay*? Es muy elegante, la Margen izquierda. ¡Ninguna de mis clientas se ha quedado allí! —exageraba, sin saber muy bien de qué estaba hablando.

Este truco hacía que las clientas sintieran que ellas tenían el poder. Olivia se limitaba a felicitarlas magnánimamente por su buena elección, por su gran imaginación e ingenio al haber escogido un hotel "nuevo" y no el mismo en el que se habían quedado todas sus amigas de México. Y puesto que la mayoría de su clientela eran mujeres que estaban planeando volver a Europa con sus maridos, hermanas o amigas, Olivia siempre empezaba sus sugerencias con: "Si yo fuera a ir a Europa, y mi esposa (o hermana o amiga) escogiera este hotel, ¡le estaría súper agradecida!".

Más que usar trucos o enredos muy sofisticados, Olivia simplemente aprovechaba el deseo de todos los clientes de tener unas vacaciones soñadas. Era razonable pensar que si alguien iba a destinar tantos miles de pesos a un viaje, bien valía la pena que gastara unos miles más para garantizar que el resultado fuera memorable.

Para sorpresa de la señora Canales, algunas de sus clientas empezaron a llegar más temprano y a buscar a Olivia por nombre.

—¿Cómo le hiciste, pequeña hechicera?

Olivia sólo se sonrojaba.

—¡Dime tu secreto! —la señora Canales apenas podía contener su deleite.

—¿Y ahora qué le parece nuestra Olivia? —decía Isabelle, sonriendo de oreja a oreja. No tenía ni pizca de competitiva.

Con el tiempo, Olivia aprendió a dar un cabeceo cuando le hacían un cumplido, pero ahora se le humedecían los ojos cuando Margarita Canales le decía:

—¡Eres una maravilla!

Sabía que al fin lo había logrado.

En menos de un mes, Olivia fue ascendida a agente de tiempo completo y Concha Asturias, quien bajo la atención de Margarita había dejado de parecer un huroncito huesudo, tomó el escritorio de la entrada como recepcionista. A Olivia le dieron un escritorio de caoba, su propia línea telefónica y terminal de computadora lejos de la puerta. La ropa nueva y su cambio de imagen, todo contribuyó a que Olivia sintiera que por primera vez en su vida, desde que era niña, podía hacer a un lado su lengua pesada y pastosa, el olor ligeramente agrio que su cuerpo parecía exudar, y ser la mujer que imaginaba que podía ser.

No tuvo ni que despojarse de la vieja imagen fea que tenía de sí misma y que la había seguido como la concha a un caracol. Solita se derrumbó. Y aunque por dentro aún se sentía insegura, todo su semblante exterior había cambiado. Ahora que estaba más cómoda con su apariencia, se sentía menos insegura.

Podía ser cualquier cosa que quisiera. Bueno, casi cualquier cosa.

Le escribió una larga carta a la hermana Carina, contándole francamente sobre sus cuatro meses en México. Y a ésta sí le puso su dirección en el remitente.

(1984)

Abraham Zadik tenía su despacho en un edificio de diez pisos que colindaba con Viajes Atlas, a la vuelta de Reforma. Aunque hubiera podido mandar a su secretaria a comprar los boletos de avión, a Abraham le encantaba entrar a la oficina con frente de vidrio sólo para ver los pósters del monte Fuji, el lago de Atitlán, Angkor Wat, la Gran Barrera de Coral y las Torres Gemelas al atardecer que adornaban las paredes blancas de la agencia. Las imágenes de los destinos turísticos de todo el mundo le ayudaban a darse cuenta de lo lejos que había llegado desde sus días de vender engrapadoras de tienda en tienda en Caracas, Venezuela.

Abie, como le decían sus amigos, llevaba reservando sus boletos en Viajes Atlas casi diez años y la muerte de Lorenzo Canales no lo hizo cambiar. Aunque Margarita y él tenían la misma edad, eran perfectos opuestos en su forma de ser y estilo. Por eso, él prefería reservar sus boletos con Isabelle, cuya eficiencia y acento francés resultaban el antídoto perfecto para las tardes lluviosas de la ciudad que empañaban los ánimos de todos desde mediados de mayo hasta fines de octubre. Cuando Olivia empezó a trabajar en la agencia, le simpatizó a Abraham de inmediato, no porque le resultara atractiva ni fuera su tipo, sino porque parecía entender sus chistes colorados. Le encantaba molestarla y ver cómo se sonrojaba su cara morena y redonda. Había algo en Olivia –que no estuviera dispuesta a ser blanco de sus bromas pero que tampoco las descartara mojigatamente como a veces hacía Isabelle– que le agradaba. Y con el tiempo, ella empezó a contestarle los chascarrillos con ocurrencias propias.

Tal vez él reconociera en Olivia un poco de sí mismo: la persona nacida en la pobreza que a base de pura fuerza de voluntad había logrado superarla. Además, cuando estaba con ella no sentía ningún deseo de ocultar sus raíces humildes. ¿Por qué habría de sentirlo?

El padre de Abie, Isaac, era un vendedor judío que embarazó a una joven y humilde vendedora en Santa Tecla, El Salvador, y pronto la abandonó. La madre de Abie lo crió en la pobreza más abyecta, en una casucha de tablas que colgaba peligrosamente sobre una barranca. Siempre tuvo la esperanza de que Isaac regresara a asumir sus responsabilidades, reconociera a su hijo y se los llevara lejos de esa vida menesterosa. Pero Isaac nunca regresó. Cuando Abie tenía doce años, ya en sexto de primaria, su madre empezó a oír voces de otros planetas. La hermana de ella les ofreció un cuarto en su casa, en la ciudad costera de La Libertad. En cuanto Abie sintió que su madre estaba en un lugar seguro, se fue a buscar trabajo al cercano San Salvador y nunca miró para atrás.

Lo contrataron de mandadero en la fábrica de engrapadoras Swingline, cerca del Aeropuerto de Ilopango. A los quince años entró a la línea de producción y finalmente –puesto que aprendía muy rápido y hablaba más rápido aún–, lo ascendieron a vendedor. Trabajaba largas horas, hasta aprendió inglés por su cuenta y, cuando tenía veinte años, aceptó ansioso la oportunidad de irse a Venezuela como distribuidor exclusivo de los productos Swingline.

En Caracas trabajaba duro; de día visitaba sobriamente las papelerías, escuelas y tiendas de máquinas de oficina, pero en las noches acudía a La Guaira con artistas y poetas bohemios a beber y hablar con la misma pasión de política y mujeres.

Era una época emocionante, si bien peligrosa. Pérez Jiménez había tomado el poder en Venezuela en 1950. Como todo buen dictador, pregonaba el autosacrificio mientras robaba millones de dólares producto del petróleo para construirse mansiones en la Isla Santa Margarita, la Toscana y la Riviera francesa.

Aunque trabajaba diligentemente para una corporación internacional, Abie compartía las convicciones de los jóvenes y altaneros bohemios, sus amigos, quienes creían que hacía falta una revolución. Como mucha gente de su generación, Abie había visto de primera mano cómo la pobreza estaba acabando con el campesinado –por ejemplo, la familia de su madre– en El Salvador. Lo cautivaban los triunfos de Fidel Castro en las montañas de la provincia de Oriente en Cuba y su entrada triunfal a La Habana. No veía ninguna contradicción entre dinero, libertinaje y socialismo.

–Todos tienen derecho a una vida decente. En el terreno sexual lo que se necesita es libertad, una libertad total; el capitalismo promueve la monogamia y contratos sociales obsoletos como el matrimonio. Noé hubiera fracasado si hubiera existido el matrimonio. No, lo que necesitamos es una libertad total –le gustaba decir, con un brillo en los ojos, como todo un existencialista.

Abraham era un sibarita a quien le encantaba gastar dinero, beber y reír. Bailador de merengue y guaracha, se sabía la letra de casi todos los boleros populares de la época. No era guapo: demasiado chaparro y con forma de barril, con una nariz grande y prominente y labios demasiado delgados para su cara. Pero sus ojos sensuales tenían el poder de atrapar a una mujer con su mirada y, cuando bailaba con una muchacha, sabía cómo hacer que ella sintiera que era lo único importante. Desde luego, no eran damas de sociedad. Abie bailaba muy pegadito. Y al poco tiempo caían rendidas ante el calor de sus ojos y la presión de sus caderas y entonces las jalaba hacía él para darles un beso.

Abie empezó a cambiar cuando se dio cuenta de que casi siempre era él quien pagaba la cuenta de sus amigos, y era el único que tenía que ir a trabajar al día siguiente, desvelado por la parranda. Sus amigos podían darse el lujo de dormir la cruda, planear excursiones playeras a Cumaná. Se dio cuenta de que todos funcionaban bajo un código moral provisional, que les permitía maldecir la mano capitalista que les daba de comer. Él no podía darse esos lujos.

El dilema de Abie es que le gustaba su trabajo y cada vez le molestaba más ver lo fácil que sus amigos de izquierda se zafaban de sus responsabilidades. También empezó a anhelar trajes ingleses de lino y zapatos italianos hechos a mano y a preguntarse por qué Castro nunca se quitaba el uniforme verde y el quepí. Y cuando Pérez Jiménez fue derrocado y el patricio Rómulo Betancourt subió al poder, a Abraham le horrorizaron las huelgas, disturbios y violencia instigados por sus amigos, todos simpatizantes de Castro.

Estaban descontrolados, ¿acaso no tenían ningún respeto por la ley?

Abraham era un medio judío no practicante, y aun así le pareció que en una o dos ocasiones, en noches de mucho alcohol y discusión, le había pasado rozando algún comentario antisemita. Siempre iba disfrazado de palabras como: *Abraham, claro que tú no eres como el resto de tu tribu...* Él nunca respondía, consciente de lo difícil que era defender a una minoría en un país abrumadoramente católico.

Curó sus heridas y, poco a poco, se empezó a distanciar.

Para principios de los años sesenta, Abraham tenía dos nuevos héroes: Hugh Hefner de *Playboy* y James Bond. Hefner era un liberal con conciencia social que retozaba con bellezas de todos colores y sabores; sabía la diferencia entre los zapatos Gucci, Bally y Bruno Magli, entre el Chivas y el Vat 69, y se hizo millonario mientras pasaba sus noches teniendo encuentros en la Mansión Playboy de Chicago. En cuanto a James Bond, era bien parecido, sofisticado y tenía la habilidad y la inteligencia para triunfar sobre las fuerzas del mal. Se batía con espías, traidores y megalómanos: todos enemigos extranjeros que estaban tratando de derrocar gobiernos legítimos que defendían los derechos de la gente decente. Y, por supuesto, James Bond siempre acababa la noche con la chica más guapa.

Así que Abraham pintó su raya con la revolución, desde entonces y para siempre. *No más cubas libres,* se volvió su lema... y renunció a sus rones con Coca con la misma facilidad que a su apoyo incondicional a Fidel Castro.

Para cuando Abraham dejó Caracas y la Swingline, sus días de radical habían quedado muy atrás. Su devoción a los placeres de la vida y el dinero, y su natural locuacidad, imperaron por encima de cualquier deseo de reformar el sistema económico existente. Trabajó brevemente en Guatemala para la Pitney Bowes, y luego fue contratado como representante regional de Empresa Gráfica Centroamericana, con sede en Tegucigalpa, Honduras. Tras años de trabajar en los diferentes territorios –El Salvador, Panamá, Nicaragua–, lo nombraron Director de Ventas Internacionales de EGC y lo enviaron a la Ciudad de México. Abraham era el candidato natural: felizmente soltero, no mostraba el menor interés en pescarse una esposa de buena familia ni convertirse en un sobrio miembro de la sociedad. Su área de ventas de los servicios gráficos y de impresión incluía México y el mercado de la frontera suroeste de Estados Unidos.

Abraham pasaba la mayor parte de sus días viendo clientes en la Ciudad de México, lugar que le encantó desde el principio. Tras haber vivido en las reducidas capitales centroamericanas, atesoraba las multitudes, el ruido, los maravillosos restaurantes estilo europeo de la Zona Rosa –el Chalet Suizo, el Humbolt's Pub y el Vicenzo's– donde podía reunirse con su clientela y disfrutar de una comida elegante y relativamente económica. El Distrito Federal era una ciudad de verdad, el hábitat perfecto para una persona de naturaleza sociable.

Un día, Abraham invitó a Olivia a una de sus veladas sabatinas, que tenía dos veces al mes en su arbolada casa en las colinas al noreste de la ciudad. Mientras que las mansiones de las Lomas de Chapultepec tenían portones eléctricos y altas bardas con púas, el suyo era un ranchito modesto en una zona boscosa a un lado de la carretera a Ciudad Satélite. En la cima de un valle, habría quizá una docena de casas, cada una rodeada por altos pinos, zarzas que parecían plumas y mucha maleza; toda el área parecía olvidada por las inmobiliarias. La casa de Abraham era la que estaba más alejada del camino de terracería, donde aún vagaban libres guajolotes y cerdos salvajes.

Para llegar a casa de Abraham, Olivia tomó dos peseros y un taxi.

—Bienvenida a Xanadú —fueron las primeras palabras que él le dijo cuando la recibió en la puerta. Colgada de su brazo, batallando por tenerse en pie, estaba su actual compañera de cama. Olivia reconoció a Zimry: era vendedora en una perfumería a la vuelta de Balderas, donde Olivia a menudo iba a pedir muestras gratis. Zimry apenas traía puesto su vestido rojo.

A Abraham le gustaban las mujeres delgadas y ligeras como Zimry, con pechos radiantes, empujados al frente hasta desbordar. Que fueran por lo menos dos décadas menores que él, compactas y retozonas. "Potrancas", les decía. Nunca hubiera podido estar con una mujer de constitución robusta, como Olivia, cuya sola presencia física, su pechugona frontalidad, lo hubiera aterrado.

—¡No sabía que vivías casi en Naucalpan... a la próxima mejor rento un automóvil! —comentó Olivia, besando a Abraham en el cachete, para que supiera que se había tardado horas en llegar a su casa. Las luces estaban bajas y había una docena de velas perfumadas prendidas. *How Deep Is Your Love* sonaba a todo volumen en el estéreo de la sala.

—Mil disculpas —sonrió Abraham. Traía puesta una extraña camisola blanca y un pañuelo de seda granate alrededor del cuello—. La próxima vez te mando a mi chofer. Pero ya en serio, Olivia, llevamos esperándote toda la noche. ¿Conoces a Zimry Ho?

—Claro... de la Perfumería Francesa.

—No sabía que eran amigos —confesó Zimry, extendiendo una mano flácida mientras Olivia colgaba su abrigo en el clóset del recibidor.

Abraham la abrazó fuerte.

—Mi querida Zimry. ¿No sabes que todos los caminos llevan a Abraham Zadik?

Zimry miró con desconfianza a Olivia cuando regresó.

–¿De dónde conoces a Abie?

–Trabajo en Viajes Atlas junto al edificio de Abraham. Le reservo sus boletos de avión.

–¿Nada más? –preguntó Zimry.

–Querida, eso no es muy amable de tu parte... Olivia también se encarga de mis reservaciones de hotel –dijo Abraham, disfrutando el jaleo entre las dos mujeres. Apretó el brazo de Zimry–. Y a esta joven belleza la conocí hace seis meses en mi clase de yoga. Somos los estudiantes más devotos de Yogi Banshi.

Abraham había encontrado la manera de alcanzar la salvación espiritual mezclando a Hefner, James Bond y ahora el yoga.

–Deberías venir a una clase –dijo Zimry, sin hablar con nadie en particular–. El yoga libera tu mente. Después de practicarlo veinte minutos, me siento mucho mejor conmigo misma.

–Ejercicio... y control de la respiración –agregó Abie–. ¡Los caminos a la iluminación!

Olivia levantó una ceja. Isabelle, que era un poquito mojigata a pesar de su aceptación de francesa liberada de valores opuestos a los suyos, le había comentado que el áshram de Yogi Banshi era menos un centro de estudio que un club donde las secretarias iban a ligar con ricos hombres de negocios. Si Isabelle lo sospechaba, era cierto. Le había contado a Olivia que los discípulos de Yogi Banshi practicaban yoga y coqueteaban con los regímenes macrobióticos y un enfoque holístico de la vida, pero lo que más practicaban era sexo sin restricciones. En ninguna parte decía que la meditación limitara la sexualidad; al contrario, el yoga kundalini y tántrico podía llevar a estados más elevados de éxtasis sexual. Yogi Banshi, cuyo diámetro era igual a su altura, predicaba con ojos lascivos el valor del control como un camino a la liberación.

—Olivia, déjame servirte una copa.

—Sí, me vendría bien —respondió ella—, después de mi largo viaje hasta acá.

Abraham sonrió. Enganchó su brazo al de Olivia y atravesó el recibidor con Zimry colgada del otro brazo.

—Te quiero presentar a un amigo.

Humo de mariguana llegaba en oleadas hasta ellos, llenando la habitación.

—Abraham, tu amigo tendría que estar parado justo enfrente de nosotros para verlo —dijo Olivia.

Abraham sonrió.

—Yo no controlo los hábitos de mis invitados. Todos somos individuos libres. Pero sí quiero presentarte a Jesús Muñoz.

—¿Invitaste a Jesús, el de la clase de yoga? —preguntó Zimry.

—A mí me agrada bastante su compañía. No pensé que tuviera que enseñarte la lista de invitados —dijo Abraham, molestándose un poco.

—Pero Jesús es *casado*.

–Era. Era. Era. Está viviendo solo en la Colonia Roma.

Zimry le murmuró al oído a Olivia:

–No te le acerques. Es muy rico pero flaco y pelón como un xoloitzcuintle.

–Gracias por la advertencia –dijo Olivia. Se preguntaba por qué siempre conocía a hombres llamados Jesús.

–Abraham, no sé cómo te puedes imaginar que una mujer querría estar con él… tengo que ir al baño. ¿Me esperas? –dijo Zimry arrastrando las palabras.

Olivia soltó el brazo de Abraham.

–Tú quédate aquí a esperar a tu chica. Yo voy por mi copa –dijo, atravesando la sala. Éste no era su medio; ya se estaba preguntando cuándo podría irse y cómo llegaría a su casa. No le interesaba conocer a nadie.

En la consola de la sala hundida había botellas de Chivas, ginebra Gilbey's y vodka polaco Chopin; había una docena de personas despatarradas en la gruesa alfombra y el sofá blanco, riendo y bromeando. Varias puertas daban a la sala, pero todas estaban cerradas. Poca gente del rumbo hubiera adivinado que semejante escena de absoluto jolgorio tuviera lugar en esa tranquila casa a la orilla del barrio más codiciado de la Ciudad de México.

Olivia dejó su bolsa en una mesa del rincón y se sirvió un Chivas con mucha agua mineral. Tenía poco tiempo de beber alcohol. Luego salió al jardín por las puertas de vidrio del comedor para escapar del humo.

Qué error había sido venir: dos horas para llegar y ahora se sentía fuera de lugar. No tenía nada en común con esa gente, se decía, aunque eso no era del todo cierto. Zimry y ella probablemente tenían muchas cosas en común, y estaba segura que las otras mujeres en la reunión, mujeres hermosas en verdad, también eran de escasos recursos. La diferencia era que Olivia no tenía ninguna experiencia y las otras mujeres habían renunciado a su virginidad hacía años sólo para poder venir a fiestas como ésta.

Meme, con su pasión desenfrenada, hubiera encajado perfectamente; o por lo menos, la escena le hubiera parecido divertida.

Lo que molestaba a Olivia no era que "su galán" pareciera un perro pelón, sino el engaño de Abie: Jesús era casado y fingía que no. Tanta deshonestidad e hipocresía, ¿y todo para qué? ¡Sólo para acostarse con alguien!

¿Pero por qué esperar que algo indignara moralmente a Abraham?

Afuera, Olivia se sintió más tranquila; al menos había aire fresco y sin contaminación. Miró hacia el norte y vio en el cielo el parpadeo de las luces del cercano centro comercial de Satélite, y encima una delgada capa de nubes blancas que parecían congeladas en el cielo oscuro. Olivia trató de disfrutar el momento: *estar sereno, presente y despierto aun cuando la mente implora dormir*, recordó haber leído alguna vez, tal vez en el *Rubaiyat*. Dio otro sorbo a su bebida y cerró los ojos. Podía oír la plática y las risas a su alrededor, el ruido de hielo en la licuadora, pero casi podía imaginar que estaba otra vez en la azotea del Colegio Parroquial o en alguna parte de La Merced, un mundo que le era familiar.

Se entregó a la quietud, ésa que buscaba cuando la vida parecía rebasarla…

—¿Qué hermosa noche, verdad?

Abrió los ojos. Frente a ella había un hombre como de su altura, de pelo corto. Ella le dio un sorbo a su trago.

—Sí, así es —dijo ella, haciendo caras; aún no se acostumbraba al sabor del alcohol.

—¿Me permites presentarme?

Olivia tuvo que sonreír por la formalidad del hombre.

—Horacio Quiroga —declaró, como si Olivia *tuviera que conocerlo*. Era moreno claro, como un chocolate de leche, y tenía ojos vagamente soñadores.

—Mucho gusto. ¿Eres amigo de Abraham o trabajan juntos?

—Es una pregunta complicada. Para no hacerte el cuento largo, iré al grano: yo atiendo la zapate

ría Filogio, que está en Polanco, cerca del Presidente Chapultepec.

—Chilango —reparó Olivia, usando el término
despectivo para los oriundos del Distrito Federal.

Los pómulos de Horacio formaron pequeñas
bolitas debajo de sus ojos cuando sonrió.

—Nada de eso. Yo soy de Zirahuén, que es un
pueblo en un lago, cerca de Pátzcuaro. A lo mejor
has oído hablar del lugar.

—Sí, por supuesto. Y puedo decirte lo que quieras de tu pueblo, aunque nunca he ido.

Horacio sonrió. Las arrugas al lado de sus ojos
siguieron a sus mejillas. Tenía una expresión amable, como un bovino satisfecho. Cuando sonreía su
cara entera parecía absorta en el esfuerzo. Pero no
dijo nada, esperando a que ella continuara, todo el
tiempo mirándola con muda admiración.

—¿Por qué me miras así?

—Las palabras, realmente, no pueden describir
tu belleza. Me cautivas.

Olivia lo miró con extrañeza. Qué cosas tan
raras decía: desde luego que no se consideraba ninguna belleza. Fuera de lo común, a veces intere-
sante, pero no una belleza. Meme sí, o la delgada
Angélica, o hasta la descerebrada de Zimry, con
su mezcla oriental y huasteca; esas mujeres tenían
todo para que los hombres las consideraran atrac-
tivas, cuando no cautivadoras: piernas torneadas,
ojos y labios coquetos, pechos plenos e invitantes.

¿Ella qué podía ofrecer? En el mejor de los casos era una tentativa de lo que podría llamarse una *belleza morena*.

—¿Me quieres impresionar? —preguntó ella, sorprendida por su propia franqueza. Hacía meses que no pensaba en un hombre ni en su propia sexualidad. Tal vez Horacio era el sapo encantado que se la llevaría de ese mundo estúpido.

Él siguió con su sonrisa exasperante.

—¿No ibas a contarme de Pátzcuaro?

Olivia cerró los ojos. Sus fantasías de lo que podría estar pasando —un hombre guapísimo tentando a la joven e inocente belleza—, la hacían sentir tonta. Mejor apegarse al guión, a lo que conocía.

—"El centro del pueblo purépecha de Pátzcuaro está ubicado aproximadamente a cuatro kilómetros del lago del mismo nombre. Habitado originalmente por los tarascos, Pátzcuaro es famoso por sus jorongos de lana, su alfarería y las redes con forma de mariposa de sus pescadores. Hoy en día, sus habitantes viven principalmente de los turistas, que hacen el recorrido de veinte minutos en lancha hasta la isla de Janitzio y visitan los pequeños pueblos costeros, donde se pueden comprar textiles y *souvenirs*".

Horacio abrió ojos de admiración, haciendo que sus cachetes se vieran aún más redondos.

—Asombroso. Pero tú has ido.

—Nunca, mi querido Horacio.

–¿Cómo sabes esas cosas?

Olivia sentía que el whisky empezaba a cuartear sus defensas; el calor del alcohol irradiaba hacia las puntas de sus dedos, doblaba hacia su vientre. Se acercó a Horacio, que era ligeramente más bajo que ella, y murmuró:

–Tengo muchos secretos –las palabras simplemente se le escaparon de la boca y luego eructó.

–Qué encanto –respondió él, inocente.

–Ay, perdón –Olivia sacudió la cabeza al oír su respuesta y por poco se ríe. Parecía ser un muchachito de pueblo perdido en la gran ciudad–. ¿Qué hace una persona como tú en esta fiesta? –el alcohol le había aflojado la lengua.

–Yo también me lo pregunto –dijo él, rascándose la cabeza–. Abraham me dijo que viniera. Pero me he pasado toda la noche aquí en el jardín admirando los árboles, el aire, el cielo. No parece la Ciudad de México, sino que estamos en algún pueblito por ahí… Pero para ser honesto, desde el momento en que saliste al jardín me olvidé por completo de la naturaleza. Y sólo quiero llegar a conocerte mejor.

–Tal vez en otra ocasión, Horacio. Hoy tengo que encontrar cómo regresar a mi casa –dijo Olivia sin mucho tacto.

Era novata para hacer plática hasta en Guatemala, y aquí se sentía completamente sin experiencia. ¡La mayoría de las cosas que sabía provenía de libros o había sido extraída de las experiencias de otros –Margarita, Meme, incluso Jimena–, y de su capacidad para memorizar folletos de viajes!

–Yo traigo carro. Déjame llevarte. No es mi tipo de fiesta –Horacio le ofreció su brazo a Olivia.

–Dejé mi bolsa en la sala, junto a la consola.

Volvieron a entrar a la casa llena de humo, donde los cuerpos se fundían unos con otros en las sillas y sofás y en los rincones de la sala. En la alfombra habían puesto cojines enormes que servían de terraplenes y cornisas protectoras.

–Mi pensión queda en la Guerrero –dijo Olivia.

–Está perfecto. Yo vivo con mi mamá en la Narvarte, en Doctor Vertiz, casi enfrente del Parque de los Venados. Sería un placer para mí llevarte a tu casa.

El hecho de que Horacio viviera con su mamá tranquilizó un poco a Olivia. Asintió y fue por su bolsa. La abrió, sacó su labial y se lo pasó por los labios, usando de espejo el vidrio de un grabado de Tamayo que colgaba sobre la consola. Cuando estuvo lista, recorrió la sala con la mirada buscando a Abraham para despedirse, pero no se veía por ningún lado. Ni tampoco Zimry.

–Vámonos –le dijo a Horacio. Él asintió y se dirigió directo a la salida, con Olivia unos pasos atrás. Ella sentía que la cabeza le daba vueltas, así que corrió a alcanzarlo y lo tomó del brazo, necesitaba apoyarse.

Volvieron a salir, estaba lloviendo y el aire se había puesto frío.

Olivia sintió que la humedad le calaba a través de la blusa y tiritó.

—Olvidé mi paraguas.

—Toma mi saco —le dijo Horacio, dándoselo—. Póntelo en la cabeza. Dame la mano.

El Golf rojo de Horacio estaba estacionado colina abajo, cerca de la casa. Mientras caminaban hacia allá, Olivia preguntó:

—¿Qué tan bien conoces a Abraham? Parecen muy distintos.

Horacio se rió, empalagoso.

—Es un secreto que nomás te cuento a ti. No somos amigos. Abraham viene a la zapatería porque tiene un problema: no le quedan los zapatos normales. Su pie derecho es un centímetro más largo y más ancho que el izquierdo. Yo le tomo la medida y le mando hacer los zapatos a la fábrica en León, Guanajuato. Le quedan perfectos. Pero es muy vanidoso, nunca lo aceptaría. ¡Conozco bien sus pies y a través de esos encuentros he llegado a conocer su alma!

Cuando llegaron al carro, Horacio se apresuró galante a abrirle la puerta a Olivia. Tenía la cara salpicada de lluvia.

Olivia estaba cansada. Había sido una larga semana. Cuando se acomodó en el asiento del pasajero con el saco de Horacio aún sobre los hombros, sintió lo profundo de su agotamiento.

Horacio arrancó el motor y empezó a manejar despacio, cambiando las velocidades casi sin pausa.

Las ruedas se deslizaban suavemente sobre las agujas de pino en el camino de terracería. Olivia cerró los ojos. Oyó las llantas aplastar la grava cuando el carro subió al asfalto. Horacio prendió los limpiaparabrisas; hacían un ruido sordo y oscilante que la arrullaba. La barbilla le cayó al pecho y empezó a roncar sin más.

Horacio entró cuidadosamente al Periférico que rodeaba el norte de la Ciudad de México para dirigirse hacia el centro. Mientras iba manejando, la volteaba a ver de repente: tenía la boca entreabierta y una gota de saliva le escurría del lado izquierdo. Sacó su pañuelo, pero decidió no molestarla. Se echó el pañuelo al regazo y manejó despacio, como si el sueño y comodidad de ella dependieran enteramente de su manejo mesurado.

Cuando llegaron a la Colonia Guerrero, detuvo el automóvil y le secó la boca.

Olivia despertó, sobresaltada, y reclinó la cabeza.

–¿Dónde estoy? ¿Dónde estoy? –repetía, turbada.

–Ya casi estás en tu casa, mi princesa –dijo suavemente Horacio–. Pero para llevarte, necesito tu dirección.

Ella tragó saliva con dificultad, no muy segura de cuánto tiempo había pasado. Se acordaba de haberse subido al auto, de oír la lluvia, y nada más. Su mente era un desorden por los sueños profundos que acababa de tener, uno en el que su padre la perseguía por un bosque tratando de hacerla beber de un vaso. Ella no podía, ni quería, dejar de correr porque estaba segura de que él quería envenenarla. Pero luego se topaba con un hombre que empezaba a besarla en el bosque, a pegar su cuerpo al de ella…

–Tu dirección, Olivia –repitió Horacio. Se había orillado frente al Hotel Cortés en Avenida Hidalgo, al extremo norte de una Alameda mojada y vacía.

Ella lo miró. Estaba encorvado, con una mano sobre el volante y la otra en la palanca de velocidades, sonriendo otra vez. Era una sonrisa a la vez cómplice e insulsa. No se podía decir que Horacio fuera guapo, pero había algo en él que le resultaba sumamente atractivo, la tranquilidad que parecía darle a la gente al mirarla con esos ojos soñadores, si bien ligeramente inertes.

Olivia tenía la boca seca y se estaba acalorando dentro del coche. La consumía lo que hubiera podido definir como un pensamiento pecaminoso: quería pasar la noche con Horacio. Para preservar su propio sentido de la decencia, se decía que en realidad sólo le interesaba dormir con él como hermanos, nada de sexo.

Pero el hecho es que quería hacer el amor.

Aunque hubiera estado dispuesta a arriesgar su reputación invitando a Horacio a quedarse con ella, su casera, Mélida Cotilla, no permitía invitados nocturnos. Y Olivia no iba a sugerirle que fueran al departamento de él, sobre todo en vista de que le había informado que vivía con su madre. Hubiera sido demasiado descarado de su parte. No obstante, se moría por sentir el calor de otro cuerpo junto al suyo.

De esto no dijo nada, sino que le dio su dirección.

Él manejó lentamente las tres cuadras hasta la pensión.

—Servicio a domicilio. Además sana y salva.

Olivia se inclinó hacia él y lo besó. Él parecía desconcertado.

A Olivia le gustaron sus labios lampiños. Tomó el pañuelo del regazo de él y le limpió el labial de la boca. Él dejó que jalara su cabeza hacia ella y lo volviera a besar, metiéndole la lengua entre los labios, como le había enseñado Meme hacía tanto tiempo. Enredó su lengua en la de él y sintió que sus pequeños senos palpitaban. Le sorprendió sentir un dolor en el pecho y una oleada de calor recorriéndole el cuerpo. Se pegó a él, empujándolo hacia la puerta, inmovilizándolo. Sentía que estaba otra vez en La Merced, con Jesús.

Se llevó la mano derecha de Horacio al pecho y murmuró:

—Por favor, tócalo.

Él no estaba acostumbrado a un comportamiento tan atrevido. De todas formas hizo lo que le pedía y acarició tímidamente la copa de su brasier.

—Pellízcalo, pellízcalo —murmuró ella, mientras metía más la lengua en el vórtice de su boca. Se llevó la mano a la blusa y obligó los dedos de él a frotar suavemente su pezón derecho–. No soy de porcelana –agregó.

Olivia dirigió los dedos de Horacio. Sintió su cuerpo cobrar vida como no lo hacía en muchos meses. Empujó las manos de él sobre sus pezones, arqueando la espalda hacia él. De pronto su cuerpo soltó la presión de su pecho como una mano. Iba flotando por el aire y nada podía detenerla. Y luego sintió que burbujeaba y un suave gorgoreo salió de su boca. Suspiró quedo y se dejó caer sobre el pecho de él, rendida.

Un minuto después, cuando levantó la cara para verlo, él sonrió automáticamente, como si acabara de darle a un cliente el calzador para meter un pie recalcitrante en un zapato apretado. Ella trató de descifrar su expresión y entender lo que acababa de pasar, pero el paréntesis de su cara no le revelaba nada. Era un muchacho de provincia y estaba nervioso de estar haciendo esto, en un carro, en una calle en la Ciudad de México.

–Olivia –dijo–, me gustaría volverte a ver –la besó en la frente varias veces. Ella mantuvo los ojos cerrados y en vez de responder levantó la mano y le tapó la boca.

–Shh, shh. Sin palabras, por favor –parecía ir volando por el más pacífico de los sueños–. ¿No es hermoso el ruido de la lluvia? –murmuró.

Se quedaron así unos minutos, en silencio, hasta que él dijo:

—Ya me tengo que ir a mi casa. Mi mamá se preocupa. A lo mejor ni se ha acostado por estarme esperando.

Olivia sacó sus llaves de la bolsa.

—¿Podrías esperar a que entre? —le preguntó.

Horacio asintió. Olivia abrió la portezuela. La acera estaba mojada y negra. Caminó despacio a la entrada del edificio para no resbalarse. Abrió la puerta, volteó y le mandó un beso.

Cuando vio que Olivia había entrado a salvo al edificio, Horacio se fue. Estaba un tanto confundido por lo que acababa de pasar.

Olivia le gustaba. Parecía ser el tipo de muchacha con el que podría compartir su vida. Si le hubieran pedido que definiera lo que sentía, no hubiera podido describirlo aunque hubiera calificado su estado de ánimo en términos de un encandilamiento nervioso. *Olivia era tan misteriosa e impredecible.*

Mientras Olivia se desvestía y se lavaba los dientes, sintió como si le hubieran quitado de encima un mandil de plomo: se había entregado al placer sin tener que hacer reparaciones.

(1984-1985)

Como la fiesta fue el sábado antes de Semana Santa, Abraham no pasó por Viajes Atlas a platicar con Olivia sino hasta más de una semana después. En la puerta de la agencia se topó con Margarita Canales, que iba saliendo a comer con una amiga en el Chalet Suizo.

–¿Qué tal tus vacaciones, Abraham?

–Espléndidas. Absolutamente espléndidas. Casi no salí de la casa.

–De eso estoy segura –sonrió ella, su lengua apenas rozando sus labios finamente trazados.

Abraham arrugó la nariz.

–Ay, ya sé que te merezco una pésima opinión.

Margarita le tocó los hombros.

–Abraham, me pareces muy divertido, eres como un niño. Y lo digo con todo cariño. Casi podrías ser mi hijo aunque somos de la misma edad.

Abraham sonrió; Margarita tenía el pelo salpicado de canas y no veía ninguna necesidad de ocultarlo, él lo seguía teniendo negro.

—Seguro que tomas una poción mágica para mantenerte tan joven.

—Para nada, simplemente me rodeo...

Margarita lo interrumpió poniéndole un dedo en el pecho. Tenía seca la garganta.

—No necesito saber los detalles, Abraham. Mejor ahí la dejamos. Pero me da gusto que últimamente nos visites tan seguido. A lo mejor debería ponerte tu propia mesa y tu silla... junto a Olivia —sugirió sobre el rugido del tráfico de un lunes a mediodía en el Paseo de la Reforma.

Abraham se desconcertó. Esperó a que un automóvil dejara de tocar el claxon.

—Se podría decir que Olivia y yo, pues, nos hemos hecho amigos.

Margarita arqueó una ceja.

—Abraham, siempre y cuando recuerdes que ella es empleada mía. No es una de tus típicas muchachitas...

Abie se rió. Estiró las mangas de su saco de gabardina azul a rayas.

—Por supuesto, mi querida Margarita. Nuestra amistad es de lo más platónica. Olivia es inocente, como las mujeres de Santa Tecla, mi pueblo en El Salvador, y carece por completo de esa falsa sofisticación que permea esta ciudad, por lo demás hermosa. Me resulta muy refrescante. Pero para calmar tus miedos, te diré que no es mi tipo. Nuestra relación es solamente de amistad.

—Tu estilo de vida es algo totalmente desconocido para ella, Abraham. No tiene mucho mundo. No quiero que salga lastimada. Sabes que está aquí sola, sin nadie que la cuide. No puedes tratarla...

Abraham había oído suficiente.

—Margarita, se te hace tarde para tu comida —dijo, sintiéndose acusado, a punto de decirle que no era asunto suyo—. ¿Te paro un taxi?

Margarita se sintió frustrada por este giro de la conversación. Y como siempre había de tener la última palabra, replicó:

—Yo nací aquí, en la Colonia del Valle, y por supuesto que sé cuidarme sola, Abraham. Pero te repito: no juegues con Olivia. Es bastante frágil —salió por la puerta sin mirar atrás—. Buenas tardes.

Abraham estaba a punto de decir algo, pero mejor se encogió de hombros.

Cuando cruzó la oficina, Isabelle levantó la cabeza. Él pasó por su escritorio y bajó una mano para rozarle el hombro. Ella levantó sus ojos tímidos y sonrió. Abraham cerró los suyos, paró los labios y le mandó un beso.

Isabelle resopló y volvió a su teclado.

Olivia estaba hablando por teléfono con un cliente. Con una seña le indicó a Abraham que se sentara y levantó un dedo en el aire para pedirle que esperara.

En cuanto colgó, Abraham dijo:

—Olivia, casi ni te vi en mi fiesta.

–Sí, ya sé. Quería despedirme, pero tú y Zimry habían desaparecido...

–Tonterías. Estaba en la cocina preparando tabule. Luego llegó Jesús y te buscamos por todos lados, pero simplemente habías desaparecido... ¡a menos que te hayas escondido en una de las recámaras!

–Querido Abraham, qué imaginación la tuya. Mientras tú estabas con Zimry, yo estaba afuera, admirando la naturaleza...

–Qué romántica.

–Pues me pareció muy bonito. ¿Alguna vez sales a disfrutar del aire nocturno o te la vives encerrado? –preguntó provocadora Olivia.

A Abraham le fascinaba la bravura de las respuestas de Olivia, era lo que le encantaba de ella: comentarios agudos pero nunca groseros.

–Bueno, pues tienes que venir otra noche. Quiero que conozcas a Jesús.

–No creo, Abraham.

–¿A poco te vas a desanimar porque Zimry dijo que es casado? Jesús se está divorciando, pero ya sabes cómo es de conservador este país que parece un mausoleo católico. Él y su esposa llevan años sin dormir juntos, tienen cuartos separados, es más: ni comen juntos... Me decepcionas, Olivia. No pensé que tuvieras esos prejuicios. Das la impresión de ser una mujer de mente moderna. ¿Bueno, y a todo esto, qué te pasó?

–Horacio Quiroga me hizo el favor de llevarme a mi casa.

—Ah, ya entiendo —dijo Abie, como si lo hubiera sabido desde un principio y sólo quisiera que Olivia lo admitiera—. Te enamoraste de mi pequeño zapatero.

—No sé si lo definiría así.

Abraham alcanzó la mano de Olivia y le acarició los dedos.

—¡Ni se te ocurra! —dijo ella.

—¿Ni se me ocurra qué? —replicó él, lamiéndose los labios.

—¡Sabes perfectamente qué!

Abraham sonrió ampliamente: tenía edad para ser su padre. En realidad la veía como una hija. Inclinó la cabeza y besó a Olivia en la frente.

—Los centroamericanos tenemos que estar unidos y cuidarnos. Quiero que sepas que Horacio me cae muy bien, pero si las cosas no funcionan, pues siempre está Jesús.

Olivia levantó la ceja izquierda.

Horacio Quiroga y Olivia empezaron a salir.

Había una especie de modestia en su relación que de algún modo lograba tenerlos a ambos contentos. En el relumbre de la luz del día y la lucidez de la sobriedad, las extravagancias de la primera noche habían desaparecido: era como si el forcejeo en el carro después de la fiesta de Abraham jamás hubiera ocurrido. Era más el enfoque de Horacio, y Olivia se conformó con seguirle la corriente.

Antes de conocer a Olivia, Horacio era un hombre regido por la costumbre. Despertaba todos los días a las 6:45 a.m. y le preparaba el desayuno a su mamá. Oía el noticiero de las 8 en una estación de radio de AM, y para las 8:20 iba manejando su Golf hacia la zapatería, que estaba en la colonia Polanco, para abrirles puntualmente a los empleados a las 9, de lunes a sábado. Luis Porrúa, su asistente, lo recibía con pan dulce y café, su desayuno, y Horacio leía el *Excélsior* los siguientes cuarenta y cinco minutos antes de abrir la tienda precisamente a las 10 a.m. Trabajaba de corrido sin salir a comer y a las 7 p.m., bajaba la cortina y se iba a su casa. Veía un rato la televisión y luego compartía una cena ligera con su madre antes de irse a acostar a las 10, con una revista de chismes.

Su madre, doña Amalia, no era una mujer exigente. Estaba acostumbrada a la devoción de su único hijo y no sentía la necesidad de expresarlo. No le importaba pasar los días sola en el departamento, si acaso salir a veces al supermercado con una vecina, pero por lo general pasarse las tardes encerrada viendo sus telenovelas y programas de concurso favoritos, siempre y cuando viera a su hijo en la noche y pasaran ese tiempo juntos. Así había sido desde hacía muchos años.

Después de conocer a Olivia, Horacio a veces dejaba a Luis Porrúa a cargo del negocio. Sacaba su automóvil del estacionamiento de la Zapatería Fenoglio y manejaba veloz hasta Reforma, allí recogía a Olivia y se iban a comer un menú ejecutivo a Vips o a Sanborns, aunque nunca se tomaban más de una hora. A veces le daba un beso en el cachete cuando la dejaba, otras no.

Él no quería complicarse la vida con emociones. La costumbre o un decoro cortés –Olivia no sabía cuál– definía su vida. Hubiera preferido que él se mostrara un poco más interesado en ella, pero le parecía atractiva la ausencia de calamidades en su vida, al menos en un principio, porque él no le exigía nada. Pero conforme fueron pasando las semanas, Olivia empezó a querer más de su relación: luz de velas, vino, la seducción del perfume. Sentía que se la pasaba soltándole indirectas a Horacio –*Qué bonito ha de ser ir a cenar a la Torre Latinoamericana o a la Plaza Garibaldi a oír mariachis, ¿no?*–, pero él respondía con una especie de escalofrío nervioso y ella se quedaba esperando, con una humedad persistente en la boca.

Él era agradable y bien parecido, se vestía con estilo –casi se podía decir que era muy elegante–, pero parecía incapaz de proporcionar calor más allá de los límites de la propiedad; nunca pasaba de la tibieza de, por decir algo, un plato de sobras recalentado en la estufa. Parecía saciado con la simple admiración de Olivia que había en sus ojos.

Olivia pensaba que el origen de todo esto seguramente era doña Amalia. Tal vez Horacio fuera incapaz de desafiar su autoridad. ¿Cómo le habría dado permiso de ir a la fiesta de Abraham? ¿Habría sido un desafío monumental? Para saberlo, tendría que conocer a esa mujer.

Pero tras casi dieciocho meses de soledad en la Ciudad de México, Olivia tenía un hombre que la buscaba al menos de día. Y la llamaba al trabajo todas las mañanas religiosamente y se ofrecía a ayudarla con todo lo que pudiera: la llevaba a ver clientes o a entregar boletos. A menudo manejaba hasta Viajes Atlas para poder llevar a Olivia a su pensión cuando se iba a casa. Era raro: de día era tan atento, pero de noche la dejaba abandonada.

Cuando Olivia cumplió veintiún años, sintió que estaba al borde de algo. Llevaba viendo a Horacio casi seis meses y aunque disfrutaba de su compañía, su presencia la hacía sentir totalmente asexuada y asexual. Su cuerpo estaba experimentando sensaciones nuevas, como si la proliferación de hormonas, tan común en una niña de doce años, finalmente la hubiera alcanzado nueve años después. Claro, en el Colegio Parroquial tuvo experiencias en las que su sexualidad desbordada la llevó a perder el control momentáneamente, pero sentía que eran momentos aislados, destellos sorprendentes y picos repentinos, que cuando pasaban le permitían retomar su vida tranquilamente. Es más, podía atribuir esas reacciones a sus intentos de formar parte del grupo de niñas rebeldes de la escuela.

Lo que sentía ahora era diferente. Su cuerpo quería algo más que un roce ocasional con la pasión. En su interior había un impulso cada vez más profundo: un calor repentino en los pechos, los pezones erectos y sensibles, una especie de tirón entre las piernas. Horacio hubiera sido la persona lógica con quien explorar, descartar o saciar esos deseos. Pero cada que estaban juntos y él le tomaba la mano o la besaba castamente, sentía que estaba con su hermano. Quería agarrar las manos de él y ponérselas en los pechos o, mejor aún, llevarlas a tocar la curvatura en medio de sus piernas con leve urgencia. Quería sucumbir a la locura del amor.

Horacio es lindo, muy lindo; un caballero, dulce y atento. Pero Olivia necesitaba algo más. Se sentía incómoda, hasta un poquito culpable, de admitirlo: ¡quería una aventura ardiente! ¡Cómo hubiera querido poder levantar el teléfono y llamar a Meme, una autoridad en el tema del deseo, para que le dijera cómo saciar su sed, así tuviera que ir a un bar y levantarse a cualquier hombre!

Un lunes en la noche, Olivia despertó sobre-saltada. Sin pensarlo, abrió las piernas y empezó a tocarse. Sentía los pechos llenos y calientes, la boca sedienta, seca. Deseó tener tres manos, para explorar la caverna entre sus piernas y al mismo tiempo acariciarse los pechos. Oyó sonar las campanas de una iglesia, eran las dos de la madrugada, y estaba segura de que su cuerpo se había elevado de la cama de tanto placer.

Pero de pronto y sin advertencia, la cara del hermano Pedro de Betancourt se le metió a la mente y dejó de estar sola. Él parecía mirarla con una sonrisita burlona. Se quitó la mano de entre las piernas agobiada por la culpa, por la sensación de que eso que estaba haciendo no sólo estaba mal, sino que era ridículo.

Un miércoles en la noche, al salir de la oficina, Olivia le insistió a Isabelle que fueran a tomar una copa al Carrusel Internacional en Niza y Hamburgo en la Zona Rosa, a pocas cuadras de Viajes Atlas.

—No puedo, Olivia. Tengo que leer tres capítulos de historia de México: desde finales de la presidencia de Benito Juárez hasta la Revolución. Porfirio Díaz. Mañana en la noche tengo examen en la UNAM.

—Nos tomamos una y ya —suplicó Olivia.

—Una —dijo Isabelle, subiendo la vista al cielo.

Era una noche calurosa en la Ciudad de México, llena de polvo y gases, antes de las lluvias refrescantes de mayo. El aire estaba viciado, las calles atiborradas de compradores apurados, niños voceando el periódico, ancianos sentados en las aceras vendiendo cigarros, chicles, nueces de la India. El cielo era denso e inclemente.

Las muchachas decidieron sentarse a la barra. Un cuarteto de mariachis recorría el lugar ofreciendo complacencias a las pocas mesas ocupadas y tocando fuerte para atraer más clientes. El aire acondicionado al principio era refrescante, pero hacía corrientes de aire frío.

—¿Qué van a tomar las señoritas? —preguntó el cantinero.

—Yo quiero una Coca-Cola —dijo Isabelle.

—Tráigale una cuba libre.

—No. Ya te dije que hoy en la noche tengo que estudiar.

—Así estudias mejor.

Isabelle negó con la cabeza.

—¿Y para usted? —preguntó el cantinero, volviéndose con Olivia.

—Una margarita de hielo escarchado y con sal en el vaso, por favor.

—¿Herradura o Cuervo?

—El más barato —respondió Olivia. Le dolía tener que cuidar tanto el dinero, quizá fuera momento de pedirle un aumento a Margarita Canales.

Cuando el cantinero se fue, Isabelle preguntó:

—¿Bueno, y de qué te urge tanto hablar?

—De nada, pensé que sería bonito salir con mi amiga y colega.

—Qué linda —dijo Isabelle—. Pero creo que tienes algo en mente.

—No sé cómo hablar de esto.

El cantinero les trajo sus bebidas y un platito de nueces surtidas. La margarita venía en una copa tan grande que Olivia tenía que agarrarla con las dos manos.

—Salud, amor y pesetas —dijo Isabelle.

—Con amor me conformo —dijo Olivia.

—¿Se trata de Horacio?

—Más o menos.

—Hacen bonita pareja. Siempre es tan atento contigo cuando viene a la oficina.

—Ése es el problema. Quiero que me dé algo más, pero no sé cómo hacerle.

—¿Por qué no se lo pides —respondió la práctica Isabelle—, o simplemente lo tomas?

—No es tan fácil.

—Ay, Olivia, estoy segura de que se casaría contigo.

—Eso no es lo que quiero. ¡No me quiero casar!

—¿Entonces qué pasa?

Olivia se desanimó. ¿Qué había creído? *Isabelle no era Meme*. Se sintió ridícula, absolutamente ridícula, de querer hablar de sexo con Isabelle. Era una mujer de veintiséis años y además era *francesa*.

Imposible que fuera virgen, pero a Olivia le daba la impresión de que el sexo para su amiga debía ser algo automático o racional: el capítulo inicial o final del cortejo, lo que se da en cierto momento, espontáneo pero no ardiente. Despreocupado.

–Sexo –dijo Olivia, con cierta vergüenza.

Isabelle le dio un sorbo diminuto a su vaso aunque sólo era Coca.

–Eres una mujer. Horacio es un hombre. Sería natural que durmieran juntos.

Olivia negó con la cabeza.

–Ése no es el problema.

–¿Es sobre anticonceptivos?

Olivia se rió con ganas. Isabelle no tenía ni idea. ¿Qué había creído Olivia? ¿Que podría hablarle sobre los arrebatos de pasión que la estaban inundando diez años tarde? ¿Sobre el deseo de tocarse en los momentos más extraños, hasta en los baños de los restaurantes? ¿Sobre cómo Horacio no parecía tener ningún interés en su cuerpo? No estaba segura de que no fuera homosexual, o a lo mejor tenía alguna disfunción sexual que le impedía sentir los impulsos naturales que tienen todos los hombres.

Olivia le inventó un cuento de que el problema era la madre de Horacio, doña Amalia, y que él no se atrevía a desafiarla. Isabelle lo pensó bastante, pero ofreció su consejo más directo: Horacio tenía que invitar a Olivia a cenar a su casa. Para romper el hielo, propuso.

Cuando Olivia terminó su margarita, Isabelle y ella se despidieron.

Olivia estaba un poquito tomada. Decidió irse caminando a la pensión. Paseando por las anchas aceras del Paseo de la Reforma, ignoraba el ruido, las luces y el gentío que la rodeaba. Después del aire acondicionado en el bar, el aire de la Ciudad de México se sentía cálido y agradable.

Tú goza cada día porque no sabes qué mierda pueda pasar mañana, le dijo una vez su madre cuando Olivia le preguntó sobre el futuro. Un típico exabrupto de la boca cínica de su madre –no muy elegante, desde luego tampoco muy edificante ni educativo, y menos viniendo de una persona que vivía encadenada a sus hábitos–. No era la clase de comentario que la hermana Carina hubiera aceptado para las alumnas del Colegio Parroquial.

El cuerpo es un caldero de pecado, le gustaba decir a la hermana Bonifacia.

Olivia hubiera querido ser una buena muchacha católica. Pero desde su llegada a México, apenas si había puesto un pie en una iglesia. No podía imaginarse conversando con un cura ni una monja, mucho menos oyendo un sermón. Le parecía demasiada ostentación, oro y filigrana, demasiados cuadros y estatuas con figuras bíblicas y santos sufriendo como para sentirse a gusto en las iglesias mexicanas. Y jamás iría a confesión en una de esas cajas barrocas de madera tallada con un cura que sin duda carecería de la franqueza y sencillez del Hermano Pedro. Necesitaba dirección e instrucción, pero no religión.

Sin darse cuenta, Olivia se había bajado de la acera en la esquina de la calle Roma, a contraluz. Un carro dio la vuelta, le tocó el claxon y el conductor le gritó: *bruta ciega*. Olivia se volvió a subir a la acera y esperó a que pasaran los automóviles y cambiara la luz.

Salud, amor, pesetas y el tiempo para gozarlos. A Olivia le encantaba ese brindis de los españoles.

No tenía nada de malo querer todo eso.

Salud, parecía tener.

Más dinero no le vendría mal, pero al menos le alcanzaba para vivir.

Amor, ahí estaba el problema. Tenía compañía, pero no *amor*.

Ni amor ni mucho menos pasión. A lo mejor Horacio tenía algún problema físico y ella tendría que buscarse otro hombre, un hombre de verdad.

Pensó en Jesús, vio la imagen de un perro pelón babeando y le dieron ganas de vomitar.

Tenía que haber una solución.

(1986)

Unos cuantos días antes de Navidad, Isabelle sugirió que Olivia y ella se fueran juntas a La Habana, aprovechando el puente entre Año Nuevo y la fiesta de los Tres Reyes. Olivia no había salido de México desde su llegada de Guatemala y se moría de ganas de viajar; se preguntaba cómo sería la vida en un país isleño del Caribe.

—Me encantaría, Isabelle, pero sabes que no tengo dinero.

En sus años de trabajar con Margarita Canales, Isabelle se había tomado fines de semana largos para viajar a Querétaro, Pátzcuaro, Valle de Bravo, Puebla y también había logrado visitar Monterrey, Guadalajara y Oaxaca. Y, por supuesto, había regresado cinco veces a Europa. Hubiera podido dar cursos de francés e inglés mientras tomaba sus clases nocturnas en la UNAM para sacar su maestría en Español, pero los descuentos para viajar eran su razón para quedarse en Viajes Atlas.

—Olivia, nos acaban de ofrecer un paquete especial a La Habana. Normalmente el viaje, que incluye pasaje y hospedaje, cuesta ochocientos dólares por persona, pero lo tienen en promoción a seiscientos cincuenta dólares. Y sé que puedo conseguirlo por la mitad —dijo Isabelle.

—Pero ni siquiera tengo eso.

—¿Por qué no se lo pides a Horacio? Estoy segura de que estaría encantado de darle dinero a su novia.

Olivia negó con la cabeza. Sabía que no se lo podía pedir.

—Entonces déjame invitarte —dijo Isabelle—. ¿Por favor? Me daría mucho gusto. ¡Que sea mi regalo de Navidad para ti, y para mí! Yo pago el paquete, y tú sólo tendrías que pagar tu parte de las comidas y los paseos.

No fue difícil convencer a Olivia. Horacio había decidido, como desde hace veinte años, llevar a su mamá a Pátzcuaro a pasar las vacaciones en el pueblo con los dos hermanos de ella y sus familias.

Lo que menos quería Olivia era quedarse en la Ciudad de México, que estaba anormalmente fría y deprimente. Hacía meses que no hablaba con su huraño padre. Cuando lo llamó en septiembre, se había quejado de que la gota casi no lo dejaba caminar. Y la última vez que lo llamó, unas semanas después, para ver si sus rodillas iban mejor, ya le habían cortado el teléfono. Hubiera podido tomar el metro o un pesero para ir a verlo, pero ¿para qué? ¿Para toparse con 18 Conejo?

Estaba harta de sus quejas. Para ella, estaba muerto, y había decidido que ya no podía seguirle llorando.

Olivia también pensó en tomar un avión a Guatemala para visitar a su madre en La Antigua, pero el boleto salía muy caro, aun con el descuento de la agencia. Y aunque le hubiera alcanzado, no podría regresar con el estilo que ella quería.

La invitación de Isabelle significaba poder escapar, no sólo de la Ciudad de México, sino de la monotonía de su vida. Desde hacía meses, sentía que su relación con Horacio se había estancado: se veían a comer dos veces a la semana, a veces ella iba a cenar con él y doña Amalia algún viernes, y una vez al mes los dos iban al cine temprano en la noche. Quizá tras diez días de cuidar a su madre en provincia, él regresara con una pasión renovada, con algo parecido al deseo por Olivia. Cualquier deseo.

Isabelle reservó los boletos y en Año Nuevo abordaron el vuelo de Aeroméxico a Cancún, donde transbordarían al vuelo de Cubana de Aviación a La Habana.

Olivia, desde luego, nunca se había subido a un avión. No estaba preparada para el veloz ascenso desde la pista, la forma en que parecía deslizarse en el aire para luego entrar a una masa de nubes y atravesarla. La hizo darse cuenta de cuán pequeño había sido, y seguía siendo, su mundo, y cómo visto desde arriba todo parecía tan reducido e insignificante. Hasta el nevado Popocatépetl –*Montaña humeante*–, que se elevaba majestuoso sobre el Valle de México hacia el sureste, se veía irreal, como de juguete.

Lo único real era ella, allí, sujetada por un cinturón de seguridad y mirando por la ventana. Ni siquiera Isabelle, que venía a su lado leyendo absorta el número navideño de *Elle*, parecía darse cuenta de la enormidad de ese acontecimiento. Tal vez para Isabelle viajar en avión ya fuera algo rutinario, aburrido o –para usar la palabra francesa– *blasé*.

El vuelo de Cancún a La Habana sencillamente rebasó a Olivia. Por primera vez en su vida, vio arena blanca, agua azul, formaciones de coral cafés y verdes, trasatlánticos y barcos pesqueros, nubes delgadas como de gasa, un mundo que jamás hubiera podido imaginar en sus días en el cafetal. Era un mundo en permanente expansión, más allá de los confines de lo que su mente hubiera podido visualizar a través de sus lecturas.

¡Y si su madre pudiera verla ahora, bebiendo una cuba libre que acababa de servirle una sobrecargo de uniforme azul y blanco!

Los ojos de Olivia se llenaron de lágrimas. No tenía caso escribirle: su madre era analfabeta. Peor aún, ni siquiera le hubiera importado y hubiera acabado por guardarle rencor por haber tenido que ir otra vez a Ciudad Vieja a que un lector desconocido le dijera qué contaba su hija. Mejor haría en escribirle a la hermana Carina quien, aunque estaba segura de que nunca había estado en nada más alto que un tercer piso, sabría apreciar la descripción de lo que ella acababa de ver.

—Estás llorando —le dijo Isabelle—. El viaje te puso triste.

—No —dijo Olivia, secándose las lágrimas con la servilleta de su cuba—. No estoy triste. Es tan hermoso.

Isabelle se inclinó en el descansabrazos y se asomó por la ventana. Vio cielo azul, agua y nubes, nada fuera de lo común. Miró otra vez a Olivia, dejó su revista y le apretó los hombros con sus huesudas manos.

Después del ajetreo y el caos de la terminal aérea de la Ciudad de México, el aeropuerto José Martí de La Habana, casi vacío, se veía curioso con sus viejos sillones de cuero café y su aspecto de olvido, como si el tiempo de algún modo lo hubiera pasado por alto. Camino al Hotel Nacional en el barrio del Vedado de La Habana, su taxi Chevy Bel Air 1952 que avanzaba entre tironeos, pasó varios espectaculares adornados con eslóganes revolucionarios y retratos del Che y Fidel con uniforme, sonriendo.

Olivia sospechaba que esos anuncios no podían significarle gran cosa al cubano promedio: los eslóganes eran para la gente que tenía tiempo de ponerse a inventarlos o que podía aprovecharse de ellos.

La Antigua y Ciudad de Guatemala no eran metrópolis modernas, pero parecían mucho más desarrolladas que La Habana, donde el tiempo se había detenido: los viejos automóviles americanos y los Lada rusos ligeramente más nuevos circulaban en cámara lenta por las calles más bien vacías de la ciudad. Multitudes llenaban las aceras, esperando pacientemente los *camellos*: enormes tractores con una caja que parecía joroba, que hacían las veces de colectivos. Olivia reconoció de inmediato que ése era su único medio de transporte para ir a sus casas o lugares de trabajo, a muchos kilómetros.

Los cubanos sabían esperar, de eso se dio cuenta en su largo trayecto al hotel en el Vedado.

El Nacional parecía salido de un cuento, ubicado en la cima de una loma que da sobre el malecón, con una vista perfecta de la bahía de La Habana. En los días antes de Castro, había sido el pináculo del lujo: Winston Churchill, Meyer Lansky, Marlon Brando, todos se habían hospedado aquí. Isabelle, que había probado el lujo de los hoteles Intercontinental, Meridien y Quinta Real, opinaba que el Nacional, con sus colchones chipotudos y muebles con quemaduras de cigarro, dejaba mucho que desear. ¡Ni siquiera tenían *room service*! Pero Olivia, que nunca había pasado la noche en un hotel, no podía creer que el Nacional tuviera dos albercas y varios bares por toda la propiedad. ¡Y además Isabelle le dijo que todos los días una camarera cambiaría las sábanas, aunque estaban llenas de agujeros, y les pondría un juego fresco de toallas!

Isabelle quería pasar la semana asoleándose en las albercas, pero Olivia insistió en que usaran sus cupones de descuento para las visitas guiadas a La Habana Vieja, la marina donde Hemingway había anclado su barco pesquero *Pilar*, y la fortaleza del Morro en la península, cruzando la bahía. En vez de cenar en el hotel todas las noches, Olivia sugirió que fueran a cenar al mirador del Hotel Ambos Mundos y a la Bodeguita del Medio en La Habana Vieja, donde la elegancia marchita compensaba de sobra lo desabrido de la comida. Una noche fueron al Yara a ver *Desaparecido*, una película sobre un joven norteamericano que desaparece y la complicidad de E.U. en derrocar al presidente chileno Allende. El cine era un horno y no tenía aire acondicionado, así que saliendo fueron a formarse al Parque Coppelia por un helado. Otra noche fueron a oír jazz al Gato Tuerto, un bar glamuroso y lleno de humo cerca de su hotel, repleto de hombres españoles e italianos y sus adolescentes consortes cubanas.

A Olivia le caía bien la gente que habían conocido en el hotel y los lugares turísticos, pero sentía que de algún modo no estaban llegando a los lugares donde iban los cubanos de verdad. Se dio cuenta de que Isabelle se conformaría con una semana de flojear en el hotel, algo que no le exigiera nada –ser turista en un país extranjero era una experiencia que conocía bien aunque su hotel, tan hermoso por fuera, fuera espantoso por dentro–, pero Olivia quería mucho más. En cierto sentido había vivido toda su vida en una isla –una isla prisión–, y quería saber cómo era vivir en *esta* isla, donde la gente usaba tan poca ropa y la música y los aromas eran tan voluptuosos.

El cálido aire del Caribe y el afable desenfado del pueblo cubano, sobre todo de los hombres, hacía que le diera curiosidad conocerlos. Con su risa estruendosa y arrojo apabullante, le parecían infinitamente más atractivos que sus contrapartes mexicanos. Y de algún modo, la abundancia física de Olivia –que en México desde luego era una desventaja– parecía atraer las miradas coquetas de los cubanos. Aquí, su curvilíneo cuerpo era como un imán que atraía limaduras de hierro. Cuando Isabelle y ella caminaban por la calle, los hombres volteaban a ver el vaivén de sus caderas... ¡las de *ella*!

Para la cuarta noche, Olivia insistió en que podían ser más aventureras y convenció a Isabelle de comer en un *paladar* ilegal en Centro Habana que ofrecía doce platillos distintos de cerdo. El mesero, un cubano delgado y platicador de Cienfuegos, de pelo negro y fino, les sugirió que después fueran al bar Herón Azul en la veranda del edificio de la UNEAC en el barrio del Vedado.

—Es donde va la gente joven: artistas, escritores, músicos. Y no está lejos del Nacional, hasta se pueden ir caminando. La música les va a gustar, y podrán entender mejor los componentes del alma cubana.

Olivia se sintió emocionada cuando el taxi las dejó frente a las rejas de una mansión en una calle arbolada del Vedado, un barrio lujoso en los tiempos antes de Castro. Había luces azules en el jardín y el sonido de música en vivo viajaba sobre el edificio a las azoteas vecinas.

Isabelle no quería venir, y cuando caminaron hacia la veranda tenía una expresión de aburrimiento pegada en la cara. En cuanto se sentaron a una mesa, empezó a criticar el bar diciendo que era un antro de ligue. Cuando el trío de músicos veinteañeros tocó una canción, los descartó diciendo que eran simples aficionados y al bar diciendo que era un lugar de reunión para cubanos solitarios y sin un peso que trataban de gorrearle tragos al grupo de muchachas europeas y norteamericanas sentadas a la barra.

—Ay, Olivia, este lugar es tan falso. ¿No sabes por qué nos lo sugirió el mesero?

—Para que viniéramos a divertirnos.

Isabelle negó con la cabeza.

—Cree que somos dos tontas que vinieron a Cuba atraídas por una idea romántica de la revolución y el socialismo. ¿Has estado oyendo la letra?

—Me gusta la música —dijo Olivia desafiante, meciendo los hombros al ritmo del bolero que estaban tocando.

—¿El cantante qué sabe de esas cosas? —preguntó Isabelle.

—Estás de muy mal humor, querida —fue lo único que Olivia pudo decir. Se estaba cansando de las constantes críticas de su amiga. Sí, ella era europea y había visitado docenas de países, pero éstas eran las primeras vacaciones de Olivia y le gustaban las canciones que nostálgicamente recordaban amores lejanos, los sencillos placeres de campesinos y cañeros, y los gloriosos días triunfales de la Revolución cuando todo parecía posible.

Cuando un mesero se acercó a su mesa a tomarles la orden, Isabelle señaló hacia un extremo de la barra.

—Estoy segura de que nuestro amigo el mesero está ahí sentadito las noches que no trabaja en el restaurante.

Olivia ordenó un mojito e Isabelle, al ser informada que no había vino blanco francés, pidió una Coca con limón.

Les sirvieron rápido. A Olivia le encantaba la combinación de menta, limón, azúcar y ron, y se acabó su mojito de tres tragos. Pidió otro de inmediato. El ron se le estaba subiendo directo a la cabeza y podía sentir que se iba relajando con la música.

Cuando el trío empezó a tocar el himno de Silvio Rodríguez al Comandante Che, un mulato musculoso de guayabera azul claro, pantalones blancos y sandalias que había estado parado junto a la barra se acercó a su mesa.

—¡Compañeras! ¿Por qué tan solas?

Isabelle se encogió de hombros con obvia indiferencia.

—¿Son colombianas?

Los ojos de Olivia se dilataron al recorrer sus facciones morenas y seguras de sí.

—No, querido —respondió, sorprendida por su propio arrojo.

—¡Claro! —perseveró él, tronando los dedos—. ¡Lima, Perú! ¡Caracas!

Isabelle bajó la vista y se empezó a mover, incómoda, en su silla. Esa clase de cortejo le parecía venal.

—Olivia, ya vámonos al hotel —murmuró.

—¿Por qué te importa tanto saber de dónde somos? *¡Qué aburrido!* Ni que fuéramos un pinche folleto de viaje —dijo Olivia, usando un término muy mexicano y poniendo las manos firmemente en las caderas. Su guía turística le había advertido que los hombres cubanos eran afectos a tratar de ligarse extranjeras adivinando de qué país eran, pero a Olivia el intercambio le parecía encantador. Jamás iba a adivinar que era de Guatemala.

—Vámonos, Olivia —dijo más enérgicamente Isabelle. Quería volver a la seguridad del Nacional.

—A ver cuánto se tarda en descubrir de dónde somos —murmuró en respuesta.

El mulato repasó una docena de países latinoamericanos hasta que finalmente levantó los brazos, con los índices y pulgares como pistolas.

—México. Mariachis. Tequila. Lo supe en cuanto las vi. ¡Eduardo Estrada, experto guía de turistas y mecánico de automóviles a la orden!

Olivia invitó a Eduardo a sentarse junto a ella y le pidió un mojito.

—¿Qué tal Cuba, no es maravillosa? Ron. Música. Socialismo —tenía la costumbre de mencionar siempre tres cosas.

—Mejor no hablemos de eso —Isabelle seguía inquieta en su banco.

—¿Qué le pasa a tu amiga? —preguntó Eduardo.

Olivia se volvió hacia Isabelle y le dio un beso en la mejilla:

—¿Por qué andas de tan, tan mal humor?

Isabelle levantó sus delgadas cejas y miró su reloj.

—Es tarde, Olivia. Y, francamente, estás tomada y no sabes lo que haces. Este tipo no es Horacio.

—Precisamente.

—...Conozco a esta clase de gente.

—Sólo está siendo amigable.

—Esto va a traer problemas —Isabelle se puso de pie.

—No se vayan, por favor. Díganme cómo se llaman —dijo Eduardo al ver que la oportunidad se le escapaba entre los dedos—. Cuéntenme de México. Benito Juárez. Diego Rivera. Tamales —dijo Eduardo desesperado.

Olivia volvió a sentar a Isabelle.

En ese momento, el cantante quiso tocar una solo. Calló a los músicos y se sentó en un banco que jaló de la barra, acomodándose el micrófono a la altura del pecho.

—Éste es un bolero que compuse la semana pasada —dijo entre fumadas a un cigarrillo que tenía en un cenicero a su lado—. Y quiero dedicarlo a todos los soñadores de este mundo que han ido en pos de la belleza sólo para verla esfumarse ante sus ojos… como el humo de un cigarro —exhaló varios anillos de humo y echó el cigarro al piso, aplastándolo con la punta del zapato izquierdo.

Empezó a rasguear suavemente su guitarra acústica y bajaron las luces. Eduardo, sin preguntar, tomó a Olivia de la mano y la llevó a la pequeña pista de baile en la orilla de la veranda. Era un poco más alto que ella. Sus mejillas se tocaron y él inhaló profundamente, cautivado por la muestra de perfume *Paloma* que Olivia se había puesto antes de salir del hotel.

La canción era lenta y muy sentimental: otra balada de amor no correspondido. Olivia volteó a ver a Isabelle, que con la cabeza le estaba haciendo señas de que ya se iba. Abrió mucho los ojos para preguntar si Olivia venía con ella.

Cuando Olivia negó con la cabeza, Isabelle se encogió de hombros, sonrió y le dijo adiós con la mano. Bajó los escalones hasta el camino que cruzaba el jardín y desapareció en las sombras que llevaban a la calle.

Olivia estaba feliz, se sintió liberada.

El cantante tocó unos compases más, y otras seis o siete parejas acompañaron a Olivia y Eduardo en la pista. Eduardo sentía los pechos de ella palpitando contra su pecho y la fue llevando hacia el centro de la pista, en medio de las otras parejas. Cuando estaba seguro de que nadie podía verlos desde las mesas ni los bancos, deslizó las manos hacia abajo por la espalda baja de Olivia y las posó en sus nalgas.

Olivia apretó los labios y miró a Eduardo a la cara. Había cerrado los ojos. ¿Con quién se imaginaba que estaba bailando? ¿Una hechicera afrocubana? ¿Una voluptuosa mujer de Diego Rivera? Le sonrió al rostro ciego y le puso la mano izquierda debajo de la espalda. Empezó a mover sus manos de ida y vuelta por la superficie musculosa de las nalgas de él.

Eduardo abrió los ojos y se apartó.

Olivia lo miró.

—¿Pasa algo?

–No, es que no estaba seguro...

Olivia se rió.

–Claro que estabas seguro, ¡por lo menos tus manos estaban bien seguras!

–Bueno, sí –dijo él con una sonrisa incómoda.

Olivia se sintió envalentonada, como si estuviera hablando el ron.

–¿Qué, no tengo derecho de explorar yo también? ¡Yo quiero algo de ida y vuelta, no que me arrastren a mí sola!

Eduardo sonrió, jaló a Olivia de nuevo hacia sí y siguieron bailando, incómodos. Él parecía titubeante, como si sus planes hubieran sido adivinados. Para tranquilizarlo, Olivia simplemente relajó su cuerpo y dejó que él la guiara por la pista de baile. Esto le gustó a Eduardo, que la agarró firmemente, como el volante de un automóvil.

Olivia nunca había estado tan feliz como ahora, segura en sus brazos musculosos.

Cuando terminó el bolero, él la llevó de la mano de regreso a la mesa. Eduardo miró por el bar.

–¿Y tu amiga? ¿Fue al baño?

–Se regresó al hotel –dijo Olivia. Sacó un labial fucsia y se retocó los labios.

–¿Sola? La Habana es una ciudad muy segura. Pero de noche está llena (la ciudad) de jineteros.

–No te preocupes por Isabelle. Físicamente es diminuta, pero en realidad es una muchacha muy grande y con mucha experiencia. Ha viajado por todo el mundo. Yo soy la inexperta. No sé si me entiendes.

Eduardo le robó otro sorbo al mojito de ella, extrayendo las últimas gotas del pantano de hojas de menta al fondo del vaso. Olivia le hizo señas al cantinero de que les mandara otros dos. Ella tenía un presupuesto limitado, pero sabía que Eduardo no tenía dinero y era inútil esperar que él ordenara otra ronda. Tuvo la sensación de que venía con frecuencia al Herón Azul y estaba acostumbrado a que mujeres extranjeras le invitaran tragos.

Era un ritual conocido. Las divertía con cuentos, chistes y muchos halagos… y más allá de las copas gratis, tal vez podía sacarles una comida y quién sabe qué más.

Según la guía turística, había muchos hombres en La Habana jugando ese mismo juego.

—Olivia, tú no te pareces a ninguna mujer que yo haya conocido.

Ella levantó una ceja. Verdaderamente le complacía oír que la considerara una mujer y no una muchacha; en Cuba las jóvenes maduraban más rápido, ya eran mujeres a los catorce o quince años, a diferencia de Guatemala, donde te seguían tratando como niña hasta que te casabas.

—Todos somos diferentes… ¿Pero por qué lo dices?

—Pues déjame citarte un son de Arsenio Rodríguez que me gusta mucho:

Me gustas porque eres zalamera.
Me gustas porque eres vanidosa.
Me gustas porque eres paluchera.
Me gustas porque tienes muchas cosas.

–¿Crees que soy zalamera?

–De un modo muy sutil.

–¿Y vanidosa?

–Un poquito –sonrió él, mostrando brillantes dientes blancos.

–Está bien, Eduardo, si tú lo dices –dijo Olivia, sorprendida de que la viera así. Le dio otro trago a su mojito; las luces azules de la veranda parpadeaban.

–¿Pero qué es paluchera? No me gusta cómo suena esa palabra.

–Lo mismo que farolera.

–¡Por favor, no más palabras cubanas! ¿Qué quiere decir en español?

–Una presumida –dijo él, sonriendo y tocando su mano.

Olivia se enderezó, levantando la vista.

–¿Crees que soy así?

–Oh sí –dijo él entre risitas.

–Nunca me habían dicho presumida. Me gusta oír lo que piensas de mí. No sabía que fueras gitano. ¡Dime más cosas!

Él estaba apenado.

–Pues la canción sigue así:

Me gustas por lo suave que caminas.
Me gusta cómo mueves tu cintura.
Me gustas porque andas con dulzura.
Tú tienes muchas cosas que me gustan.

—Hmmm. Primero soy una zalamera, luego una vanidosa y al final una presumida. Y ahora todo se trata de cómo camino y cómo muevo las caderas. Ahora me vas a decir que estás enamorado de mí y que me seguirías adonde fuera. Que te enamoraste en cuanto me viste y hasta te quieres casar conmigo.

—Sí te amo y sí me casaría contigo…

—Ay, Eduardo. Si pudiera hacerte mío, lo haría. ¡Supongo que estaría mejor si pudiera comprarte una casa y un carro nuevo, y también ayudarte a salir de Cuba!

—No es así, Olivia.

Se dio cuenta de que lo había herido.

Terminaron sus mojitos y Olivia no hizo por pedir más. La cabeza ya le daba vueltas como carrusel y los músicos estaban en un descanso.

—¿Ahora qué quieres hacer?

—Lo que sea… contigo —Olivia estaba un poco nerviosa. No sería ella quien propusiera el siguiente paso.

—Tengo una motoneta —dijo él, se inclinó hacia ella y la besó en los labios, abriéndolos con la lengua como si fuera una cuña.

Olivia pensó en Meme y sonrió. Ella hubiera sabido exactamente qué hacer. ¡Vamos, hubiera manejado ella la motoneta con Eduardo colgado atrás, bien pegadito, hasta algún rincón apartado en la playa!

—¿De qué te ríes?

—Llévame a donde sea —se rió, no muy segura de qué había querido decir. Olivia quería pasar la noche en los brazos de Eduardo, pero no tenía idea de cómo se hacía eso en Cuba. No podía llevarlo al Nacional —en primera, estaba Isabelle, y en segunda, los cubanos tenían prohibido pasar del *lobby* de los hoteles—. Eduardo le confesó avergonzado que compartía un cuarto con su tío y dos hermanos en un apartamento de Centro Habana. Además le daba miedo meterla a escondidas a su edificio, pues se arriesgaba a ser denunciado por un Comité de Defensa de la Revolución y que lo encarcelaran por tener relaciones con una turista.

—Pues no me encanta tu socialismo —dijo Olivia por molestarlo, aliviada de oírlo. La idea de hacer el amor con Eduardo mientras su tío y sus hermanos oían todo al otro lado de una cortina de tela, difícilmente sonaba romántica.

La motoneta de Eduardo tenía poca gasolina y jamás llegaría hasta Boca Ciega o alguna de las otras Playas del Este donde podrían encontrar un poco de privacidad. Al final, se conformó con llevarla de paseo por el malecón, con dirección a Miramar.

Olivia disfrutó de ese paseo frente al mar, con el pelo volando, pegada al cuerpo de Eduardo, sintiendo el aire salado que era húmedo y cálido. Eduardo subió su moto a la acera y se sentaron en el malecón de cara al mar, columpiando las piernas, de espaldas a la avenida y las oscuras y arboladas casas. Todo estaba en silencio, excepto el mar que rompía suavemente en las rocas que salían del océano. Había hombres pescando en esas rocas, y en los pocos botes de remos que flotaban a lo largo de la costa. La luna llena, a la izquierda, era la cosa más grande que Olivia hubiera visto en su vida y colgaba como un medallón a punto de sumergirse en las oscuras aguas del poniente.

Pasaba de media noche, pero Olivia y Eduardo no estaban solos. Había docenas de parejas sentadas en los muros, tomando ron de botellas sin marca y explorando abierta y recíprocamente sus cuerpos. A nadie le importaba si alguien los veía: todas las parejas estaban envueltas en una especie de privacidad comunal; todos estaban juntos pero solos.

Olivia había sido toqueteada en los rincones oscuros de La Antigua, y con Horacio había explorado los límites de la conducta sexual apropiada, con la seguridad de saber que no iba a pasar nada que pudiera poner en riesgo su reputación. Pero aquí estaba con un hombre que de veras la deseaba. *A ella. A nadie más. Al menos en ese momento.*

Le había gustado la forma en que la lengua de él había explorado su boca en el Herón Azul: no se había quedado dormida, como la de Horacio, ni había entrado como una lanza, como se imaginaba que sería con un amante impaciente, sino que lentamente la había ido conquistando desde los labios para irse adentrando hasta lo más profundo.

Él la hacía sentir preciosa y adorada, deseosa de ser poseída por un hombre para quien hacer el amor parecía algo más natural que premeditado.

Y si él la estuviera usando, también ella lo estaba usando a él.

—Te quiero, Olivia —dijo él con ternura.

Eduardo se había bajado del malecón y estaba empujando su cadera contra la de ella, que podía sentir su bulto. Había algo maravilloso, casi adolescente de esa posición. A Olivia le recordaba aquellas noches incómodas en el segundo piso de La Merced con Chucho. Pero después de una hora de besos y murmullos contra el malecón, Eduardo llevó a Olivia de regreso al Nacional; lo único que habían sacado tras una noche de coqueteos y tierna pasión era ropa húmeda y salobre, y la ropa interior mojada.

A la noche siguiente, después de que Isabelle y Olivia cenaron con mucho vino en el restaurante del *roof garden* del Hotel Sevilla, Eduardo la recogió en el Hotel Nacional en su motoneta y la llevó al Parque Victor Hugo, cerca del edificio de la UNEAC. Había otras parejas, muy espaciadas. Desenrolló una cobija bajo un baniano y se acurrucó junto a ella.

—Te quiero, Olivia —dijo Eduardo, decidido.

Empezaron a besarse y tocarse. Eduardo se pegaba insistentemente a ella, contra el oscuro tronco bajo el cobijo de la noche. Olivia nunca había sido penetrada, pero lo recibió sin dolor ni incomodidad, respondiendo dócilmente al empuje constante de sus caderas. Ella no llegó al clímax, a diferencia de aquella noche después de la fiesta de Abraham Zadik en el carro con Horacio. Sin embargo, la envolvía una sensación de plenitud después de haber tenido a Eduardo adentro, recibiéndolo como una esponja absorbe el agua.

—Yo también te quiero, Eduardo —dijo Olivia, incapaz de ocultar sus emociones.

—Eres pechona, colona y muy sabrosona —había respondido Eduardo, con una tristeza que casi le apagaba la voz.

La abrazó fuerte, como si nada ni nadie fuera a separarlos jamás. *Pechona, colona y muy sabrosona*: palabras triplicadas de otra canción, supuso Olivia.

—¿Tienes que ir a Pinar del Río mañana? —preguntó Eduardo.

—Sí. Ya está planeado —dijo Olivia con tristeza—. Desde hace dos días. Pero nos vemos cuando regrese.

A la mañana siguiente, Olivia e Isabelle iniciaron un *tour* en autobús de pueblos fuera de La Habana. Temprano visitaron las plantaciones de tabaco cerca de Pinar del Río, antes de volver a rodear hacia la costa para ver el hermoso teatro clásico de Matanzas y pasar la noche en un lujoso hotel de playa en Varadero. A la mañana siguiente, mientras paseaban descalzas por la playa, un policía les pidió sus tarjetas de identidad. Exigió ver el pasaporte de Olivia; sospechaba que era una cubana tratando de ligarse a Isabelle, una extranjera de piel pálida. Isabelle no paraba de gritarle:

—¡Es mi amiga! Ella es de Guatemala. Vinimos juntas de México. ¿Qué no ve? ¡No somos lesbianas!

El policía revisó sus pasaportes y finalmente las dejó ir.

Volvieron a La Habana tarde esa noche. La mañana siguiente, Olivia llamó a Eduardo al departamento del tío, pero ya se había ido al trabajo. Olivia e Isabelle pasaron otro día explorando La Habana: visitaron el pequeño barrio chino y luego tomaron un *tour* de una fábrica de tabaco justo pasando el Capitolio. Pararon en todos los monumentos: el Parque Lenin, la Plaza de la Revolución y el Memorial

Granma, una monumental vitrina con el barco que trajo a Castro y al Che Guevara de regreso a Cuba para empezar la revolución. Caminaron por toda Habana Vieja, pasearon por las angostas callejuelas cerca de la Catedral y los puestos de libros al aire libre en la Plaza de Armas.

Isabelle se percató de que Olivia andaba distraída.

—Todo este tiempo pensé que estabas teniendo una aventura con Eduardo y estaba muy contenta por ti. Pero ahora me doy cuenta de que me equivoqué: tú estás enamorada.

—No digas locuras, Isabelle. Siendo mujer, y francesa, no deberías confundir el sexo con amor. Nos estamos divirtiendo. Eduardo es un hombre. Y yo soy una mujer que le parece atractiva.

—Exacto, ése es mi punto.

Olivia sintió que era necesario explicarle a Isabelle algo sobre su vida.

—En Guatemala, sólo conocí muchachos que se creían hombres y en México sólo he conocido hombres que tienen miedo de serlo. Siempre les pasa algo: están casados o comprometidos o son maricones o nomás raros. Cuando veo a Eduardo, sé quién es. Sí, hay una danza y un cortejo, pero sé lo que él me puede dar.

—No estoy hablando de eso. No me digas que nada más te gusta.

—No me voy a dejar engañar.

—¡Ya te engañó!

Olivia negó con la cabeza.

–¡Es sólo un romance cubano! Eduardo es un campesino de Holguín. Allá tiene a su esposa y dos hijas, que viven con la mamá de él. Y esto ni siquiera se lo tuve que sacar, él me lo contó. Ve a su esposa dos veces al año y no le alcanza el dinero para traerla a vivir a La Habana. Dice que ya no la quiere, y le creo. Y le creo cuando dice que me quiere de verdad. ¿Pero crees que yo podría aceptar que por mi culpa abandonara a su esposa e hijas? Además, ¿dónde y cómo viviríamos?

–No te puedes quedar en Cuba –prosiguió Isabelle.

–¡Claro que no!

–No pueden hacer nada. Él no puede salir de Cuba.

–Isabelle, todo eso ya lo sé. Por favor no destruyas mi sueño. Déjame disfrutarlo. Me voy a regresar contigo a México en el avión –respondió Olivia con lágrimas en los ojos.

Isabelle miró detenidamente a su amiga y no dijo nada. *Olivia estaba enamorada. Cualquiera podía verlo. Tenía ese dolor escrito por toda la cara.*

Esa noche, Olivia llevó a Eduardo a cenar arroz con pollo y frijoles negros al restaurante El Aljibe en Miramar. Había un cuarteto de músicos tocando trovas y boleros cubanos bajo un enorme techo de palma y con bastante ron. Era un lugar ruidoso, lleno de turistas, pero fue el único sitio que Eduardo pudo recomendar. Aunque él no iba a pagar la cuenta, sentía que era el anfitrión.

Eduardo estaba de un humor jovial y no le paraba la lengua. Le contó lo desesperada que era la situación de vida del cubano común. Él tenía sueños, muchos sueños. No quería trabajar de albañil sino ser mecánico o hasta tener su propio taller o vender automóviles nuevos. Deseaba tener más que su dotación obligatoria de ropa de la tienda del estado y que las míseras raciones de azúcar, carne y arroz que le correspondían. Cuba no era un país para un hombre con ambiciones o sueños, por muy realistas que fueran. Algún día se iba a ir.

Olivia se dio cuenta de que Eduardo podía ver telescópicamente su vida futura en Cuba: simples placeres y simples necesidades sin ninguna oportunidad de progreso. El estado ayudaría a cuidarlo cuando estuviera viejo o enfermo, el problema es que eso no era lo que él quería.

Eduardo trabajaba en el suroeste de La Habana. Era parte de una cuadrilla de albañiles que estaba transformando una antigua fábrica de carbón en El Coco, un albergue para pacientes con sida. Era un trabajo difícil, sucio y peligroso, y a Eduardo le pagaban quince dólares al mes. Existía la posibilidad de que lo nombraran capataz de su cuadrilla, pero no era seguro, puesto que de niño en Holguín no había entrado a la Unión de Jóvenes Comunistas, la forma más segura de unirse al Partido. El único camino que le quedaba para avanzar era darle al actual capataz parte de su salario, para que así él promoviera su membresía.

—¿Y todos tus elogios del socialismo?

—¡Eso es para los turistas! Yo amo este país, pero aquí no tengo ningún futuro —dijo, y sus ojos se ensombrecieron.

Desde su llegada, Olivia e Isabelle le habían hecho plática a Carmelita, la mesera del restaurante del hotel que les servía el desayuno todos los días. A pesar del obligado y ridículo vestido blanco almidonado que la hacía parecer una campesina suiza, Carmelita no era ninguna muñeca de plástico. Había venido a La Habana desde Cienfuegos, con sueños de ser enfermera. Sabía sacar sangre y conectar intravenosas, pero como no había terminado el curso para titularse, acabó de mesera ganando más dinero.

Carmelita no sabía nada de Olivia y Eduardo, pero una mañana en que Olivia se despertó tarde y estaba desayunando sola, le dijo:

—Señorita Olivia, la veo muy triste. No sabe qué hacer. Necesita alguien que le aconseje.

Olivia negó con la cabeza.

—Sé lo que me gustaría hacer y también lo que tengo que hacer… y no me hace muy feliz.

—A veces necesitamos ayuda. Yo sé quién puede ayudarla.

—¿Una adivina?

—Usted tiene que consultar a un espíritu poderoso.

—Uy, sí —rió Olivia—. ¡Ir a ver a una gitana muy vieja y negra, rodeada de velas e incienso y que me lea la mano o que aviente un puño de frijoles negros en un vidrio para leer mi futuro en el patrón que forman! No lo creo.

Carmelita tocó los hombros de Olivia.

—Yo tampoco creo en la santería. Pero debería visitar la tumba de Amelia La Milagrosa, en el panteón. Ella es poderosa porque es buena. Es la protectora de los niños, y a mí ya me ha ayudado muchas veces.

Olivia, siempre escéptica, negó con la cabeza.

—Por favor, vaya a verla.

Olivia le prometió a Carmelita que si le daba tiempo visitaría a Amelia.

Esa tarde, Olivia dejó que Isabelle fuera sola al *tour* de la Finca Vigía, donde Hemingway vivió los últimos veinte años de su vida. Ella tomó un taxi al

Cementerio de Colón. Comparado con el panteón a las afueras de La Antigua, con sus caóticas filas de tumbas altas y cruces y montones de flores, esta necrópolis era una verdadera ciudad de los muertos, con calles amplias y bien cuadriculadas y mucha vegetación. Los mausoleos, del tamaño de las chozas de Ciudad Vieja, estaban pintados de brillantes colores y claramente numerados.

¡Había más orden en este cementerio que en toda La Habana!

Un guardia le indicó a Olivia dónde estaba la estatua adornada de flores de La Milagrosa. Amelia, como era conocida antes de su beatificación, murió al dar a luz en 1901. Su hija fue enterrada a sus pies, pero cuando el féretro fue exhumado varios años después, encontraron a la bebé en los brazos de su madre como si nunca se hubieran separado. Desde entonces, se había desarrollado un culto de devoción en torno a ella.

Bajo el despejado cielo azul de La Habana, la estatua tenía una pureza notable. Tallada del mármol más blanco, Amelia estaba de pie con un brazo en alto agarrando una cruz que se elevaba por encima de su cabeza, y en el otro acunaba a un bebé que reposaba la cabeza en su pecho con los ojos cerrados. Amelia miraba amorosamente hacia el cementerio y las calles de La Habana, como un espíritu benévolo y protector. Sus ojos eran bondadosos y en sus labios se insinuaba apenas una sonrisa.

Olivia siguió a los otros devotos hasta la estatua, cuya base estaba cubierta de gladiolas. No podía recordar ninguna de las oraciones del Colegio Parroquial y no era lugar para Aves Marías. Lo único que pudo decir fue: *Soy una corderita que perdió su rebaño. Señora Amelia, por favor ayúdeme a encontrar mi hogar.*

Olivia se quedó parada frente a la estatua un minuto, haciendo un esfuerzo por vaciar su mente de toda confusión y enfocar todas sus energías en su deseo. Cuando acabó de rezar, se alejó de Amelia como lo hacían todos los peregrinos, sin darle la espalda a la estatua.

Todo el ritual parecía un poco exagerado, pero Olivia se sentía extrañamente liberada de su ansiedad. Caminó por las amplias avenidas con filas de palmeras como si flotara por el aire, tras hacer a un lado su naturaleza escéptica y cuestionadora de siempre. Le había complacido la pureza de su petición y la convicción de que Amelia sí podía ayudarla. *Sólo he pedido que me guíe.* Salió por la parte de atrás del cementerio y se detuvo brevemente en el pequeño Cementerio Chino, cruzando la calle, antes de tomar un taxi de regreso al Hotel Nacional.

En su última noche juntos, Olivia y Eduardo volvieron al Parque Victor Hugo. Había entrado un frente frío por los estrechos de Florida y soplaban vientos huracanados. Aunque Eduardo había traído varias cobijas, ambos estaban rebasados por el aire frío, sobre todo después de hacer el amor.

–Olivia –tiritó Eduardo–, yo me iría a donde fuera contigo –envolvió una cobija alrededor de los dos–. ¿Tú lo sabes, verdad?

Olivia lo abrazó más fuerte. Jamás imaginó que un hombre le diría eso.

–Quisiera poder quedarme contigo aquí en Cuba…

Eduardo respiró profundo. Su expresión era tan seria que sus cejas delgadas formaban una línea recta que le cruzaba la frente.

–Cásate conmigo.

–Tú sabes que no puedo.

–Llévame contigo a México.

Olivia sonrió.

–O nos casamos y me quedo contigo aquí en La Habana –si de veras estaban enamorados, sin duda podrían vivir donde fuera juntos.

–Tú sabes que eso no funcionaría. No te podría mantener. En México tendríamos una oportunidad. Ya verás que soy muy trabajador.

Ella lo meció suavemente.

–¿Tanto me quieres?

–Sí.

Olivia se rió.

—Ay, galán, ¿qué crees que no me veo al espejo? Yo sé lo que soy: una mujer morena, pasada de peso, con un corazón lleno de amor.

—Eso no es verdad. Tú eres divina, no sólo para mí sino para el mundo. No digas esas cosas de ti. Tienes una belleza tan especial…

Olivia le puso un dedo frío en los labios.

—Casi te podría creer. Pero, Eduardo, en lo profundo de tus ojos, lo que veo reflejado no es amor. Veo a un hombre desesperado por salir de Cuba. Quisiera creerte. Quisiera poder ayudarte aunque en dos meses te perdiera. Pero no puedo hacer nada.

—Eso no es verdad —dijo Eduardo, besándole los dedos—, yo nunca te dejaría.

Ella lo calló una segunda vez.

—Si pudiera sacarte de tu jaula, en unos meses encontrarías a otra mujer y yo me quedaría sola.

—¿Cómo puedes decir eso? —dijo él, no del todo convencido de su propio escepticismo.

—Porque puedo y porque sé de qué estoy hablando. Eres un hombre muy, muy lindo. Por favor ya llévame a mi hotel.

Eduardo, que también estaba confundido y no podía dejar de temblar, hizo lo que le pidió Olivia. Cuando la dejó frente al hotel, ella lo abrazó fuerte y le dio un beso en la boca, y sus lenguas danzaron juntas.

—¿Volverás a visitarme, verdad Olivia?

—Trataré.

—¿No me vas a olvidar, verdad?

Olivia sonrió, con dolor.

—A ti nunca te voy a olvidar, guapo.

Él sonrió y la besó en las mejillas.

—Nos volveremos a ver. Como descendientes de los yorubas, creemos que besar en los dos cachetes significa que regresarás. Sé que volveré a verte.

Olivia abrazó otra vez a Eduardo, ignorando el dolor de su pecho.

El vuelo de Olivia e Isabelle de vuelta a la Ciudad de México salía de La Habana al día siguiente a las tres de la tarde. Eduardo había prometido escaparse del trabajo para ir a despedirlas al aeropuerto.

La primera hora, de su espera de dos, Olivia no dejaba de voltear sobre los gastados sillones, esperando ver a Eduardo entrar al aeropuerto por las puertas de vidrio.

Pero su espera parecía inútil.

—Seguro se le descompuso la motoneta, Olivia —dijo Isabelle, tocando la mano de su amiga. Cuba no era su tipo de país y daba gracias por volver a México—. No debe tardar.

Aunque sus palabras carecían de convicción, sabía que Olivia estaba sufriendo.

Olivia negó con la cabeza. Ya sospechaba que Eduardo no iba a venir. Tomarse tiempo del trabajo podía costarle demasiado, y su ausencia podía generar desconfianza entre sus compañeros. Sabía que él había creído sus propias palabras al decirlas… y eso era lo único que importaba. O quizá él también tuviera un hoyo tan profundo en el corazón, que verla sería peor.

O tal vez estuviera convencido de que ella regresaría en la primera oportunidad a verlo, y todo gracias a que había recordado el proverbio yoruba y la había besado en ambas mejillas.

Olivia se dio cuenta de que Cuba era un país pobre que, después de todo, producía muchas cosas hermosas y valiosas. Pero sobre todo, fabricaba sueños: los sueños de esos miles que creían que había un mundo mejor más allá de las costas de la isla.

Olivia e Isabelle pagaron su impuesto de salida en el último momento posible y se dirigieron a migración. Ya no había marcha atrás.

Olivia resistió las ganas de llorar cuando pasaron por las puertas de vidrio entintado hacia la sala de espera de su vuelo. Isabelle ya estaba sentada leyendo una novela en francés. Olivia no lograba tranquilizarse, sabía que con Eduardo había experimentado algo completamente nuevo y poderoso, algo que jamás podría repetir: su primer amor.

De pronto, se rió fuerte.

Isabelle bajó su libro y dijo:

—¿De qué te ríes?

–Todo de tres en tres –dijo Olivia. *Guapo, apasionado y atento.*

–No entiendo.

–Eduardo. Siempre decía las cosas de tres en tres –dijo Olivia, sabiendo que su amiga no la iba a entender.

(1986)

Cuando Olivia regresó a la Ciudad de México, no quería ver a Horacio. Andaba de un humor espantoso, sintiendo a veces rabia y otras humillación. Pasó días evitando sus llamadas al trabajo hasta que él insistió que tenía que hablar con ella. Quería pasar a recogerla esa misma tarde a la agencia para ir al Vips a hablar, pero ella le dijo que no se sentía bien y logró aplazarlo hasta el día siguiente. Aceptó verlo saliendo del trabajo en la Fonda del Refugio de la Zona Rosa.

Cuando Olivia llegó al restaurante, vio que Horacio ya estaba ahí, esperando en una mesa del rincón leyendo el periódico. Sin saber por qué, de pronto sintió que la ira bullía en su interior. Fue directo a su lugar y se sentó, casi sin saludar. Cuando él la vio, bajó el periódico y se disponía a levantarse para darle un beso en la mejilla, pero ella ya había volteado la cara. Odiaba ese sentido de mesura que él tenía. *Siempre sabe lo que va a pasar después.*

Un mesero se acercó de inmediato con una jarra y llenó sus vasos de agua purificada. Les preguntó qué deseaban beber.

—Mándenos una botella del tinto de la casa —dijo Horacio, sabiendo que era francés y que sería suficientemente caro.

Sin perder un segundo, Olivia dijo:

—A mí por favor tráigame un vodka tonic. Doble. ¿Y podría traernos unos taquitos al pastor y unos sopes con las bebidas? Estamos listos para ordenar.

Horacio necesitó de todo su valor para decir enfrente del mesero:

—¿Tanta prisa tienes, Olivia?

—Así es —respondió ella cortante.

Horacio se rascó la cabeza y le preguntó si quería el platillo favorito de ambos.

—Lo que tú quieras.

Contento de ver que no había perdido la razón por completo, pidió pollo con mole para los dos.

El tono de voz tranquilo y ligeramente agudo de Horacio le irritaba los oídos a Olivia. Todas las cosas que le habían parecido tan entrañables de él —su serenidad y galantería—, ahora le resultaban patéticas. ¿Por qué salía con esta persona? Su dulzura era empalagosa, su cortesía le daba asco. ¿Quién era él para decidir lo que ella iba a comer o a beber? Todo esto de portarse como si fuera "el hombre, el que se encarga de todo".

Cuando el mesero se fue, Horacio empezó a hablar de su viaje a Pátzcuaro con su mamá, los paseos en lancha que tomaron, la visita a un santuario de mariposas cerca de Morelia. Ella ni siquiera lo estaba oyendo, sólo le repugnaba el sonsonete de su voz. Cuando mencionó que su madre le había dicho que estaba feliz de estar con él, Olivia de pronto gritó:

—¡Por favor, cállate!

Él se inclinó hacia ella para tomarla de la mano.

—¡No me toques con tus manos blandas!

—¿Olivia, qué te pasa? No entiendo.

La cara de ella estaba roja, le temblaban los labios.

—A ti te controla tu madre…

—Pensé que te caía bien.

—Eres como un perrito faldero. ¿Por qué no puedes ser más hombre?

¡Al fin lo había dicho!

Horacio la miró con ojos duros, heridos.

—¿Qué te pasó en Cuba?

—Conocí a un hombre en La Habana, a un hombre de verdad…

—Te perdono.

—¿De qué? Todavía no sabes ni lo que pasó y ya me quieres perdonar. Eduardo sí sabe cómo tratar a una mujer —la voz de Olivia estaba alcanzando un tono histérico. Parecía borracha, totalmente inconsciente del numerazo que estaba haciendo.

—Pero por favor baja la voz. Estamos en un lugar público.

Lo acusó de no ser un hombre, de vivir totalmente dominado por su madre. Empezó a contarle de su aventura con Eduardo, soltando detalles que a Horacio le parecían casi sórdidos.

—Él sí sabe cómo hacerle el amor a una mujer. ¡Podría enseñarte un par de cosas!

—Olivia, por pura decencia, no me cuentes los detalles —dijo, inclinándose hacia su cara.

Olivia se enfureció aún más con sus palabras. Se apartó de él y le gritó con voz temblorosa:

—Tengo la impresión de que te faltan cojones —fue el golpe final.

Horacio, que no atinaba a decir palabra, se quedó sentado parpadeando y agarrándose las manos.

Claro que en medio de su diatriba, Olivia olvidó que a Eduardo también le habían faltado cojones para haberse ido a despedir de ella al Aeropuerto José Martí —después de todas sus palabras de amor, murmuradas dulcemente, de decirle cuánto la amaba y todos los sacrificios que estaba dispuesto a hacer por estar con ella.

Los músicos que normalmente tocaban melodías románticas habían pasado a las rancheras más ruidosas, esperando distraer la atención que caía sobre la infeliz pareja. Aun así, la conmoción había molestado a varios comensales, que volteaban a ver a Horacio y Olivia. El mesero llegó con sus bebidas, las puso en la mesa y esperó a que su ayudante trajera los taquitos con las distintas salsas.

—No quiero estar contigo cuando estás así —dijo Horacio, poniéndose de pie. La mano le temblaba cuando sacó su billetera y dejó un buen puñado de pesos en la mesa.

—¿Me vas a dejar así?

Horacio miró al mesero y se encogió de hombros, como para disculparse por la locura de esa mujer.

Esto encolerizó a Olivia. Le dio un trago grande a su coctel y siseó:

—¡Regrésate con tu mamá!

Él la miró unos segundos con los ojos lagrimando.

—¿Quién eres? —le dijo, como si su corazón se hubiera saltado un latido—. ¿Quién eres? —repitió y luego salió del restaurante.

El asistente trajo la botana pero el mesero lo despachó con un ademán.

Olivia bajó la cabeza unos segundos, tomó su bolsa y se fue. No podía entender por qué sentía tanto veneno y odio.

Horacio se alteró tanto por esta confrontación que de hecho no fue a trabajar varios días y se quedó en su casa, diciendo que estaba enfermo. Finalmente llamó a Abraham Zadik y le contó lo que había pasado.

Abie se horrorizó de oír a Horacio: sin duda, Olivia se había vuelto loca. Esperó otro día y luego se dio una vuelta por la oficina de Viajes Atlas justo antes de la hora de la comida, esperando encontrar a Olivia sola para que le contara qué había pasado. También esperaba poder enmendar las cosas entre sus dos amigos.

—Horacio me habló y me contó todo —declaró Abraham cuando estaba seguro de que nadie podía oírlos.

—Por favor, Abie. No sabes nada de esto —dijo Olivia, sorprendida de su creciente franqueza con él. La preocupación de Abraham la sorprendió en cierta medida: ¿acaso a los cincuenta y cinco se estaba cansando de su vida de soltero y desarrollando lo que podría llamarse una conciencia?

—Horacio no tiene mucha experiencia con las mujeres, pero no es mala persona. Además, creo que ustedes dos podrían ser muy felices.

—Horacio no es lo que quiero. No estoy buscando compañía. Soy demasiado joven para vivir con él y su mamá en un asilo de ancianos.

—Yo sé que a Horacio le importas mucho.

—Pero no es el único que cuenta, ¿verdad? Prácticamente, Horacio *no es el punto*. Tal vez pienses que alguien como yo debería estar agradecida de tener el cariño de *cualquier* hombre. Sé que no soy *sexy* ni hermosa…

—Olivia, por favor, nadie está hablando de…

–No, Abie. No estoy ciega, puedo ver quién y qué soy –pensó en Lucía y Melchor: Olivia había tenido el valor de dejarlos a ambos o más bien de no aceptar las pocas migajas que estaban dispuestos a darle. De pronto se dio cuenta de qué era lo que más le molestaba–. ¿Qué, acaso me odio tanto que estoy dispuesta a aceptar lo que sea con tal de no estar sola?

–Mira, Zimry y yo...

–Por favor, tú puedes amar a Zimry, pero te suplico que no me compares con ella.

Abraham levantó un dedo.

–Olivia, si me dejas hablar. Sí, ya sé que tuviste un *affaire* en La Habana. ¡Felicidades! Ojalá tengas muchos más. Pero lo único que quería decirte es que a lo mejor pueden resolverlo. ¡Por lo menos tienes que darle a Horacio la oportunidad de hablar!

Olivia se puso de pie para acompañar a Abie a la puerta. Le sonrió y le dijo *gracias, pero no gracias*. Sabía que ella necesitaba muchas, muchas cosas, pero en ese momento las palabras no eran una de ellas.

–Sé lo que estás tratando de hacer, pero... –se detuvo, pues no sabía exactamente qué quería decir. Recordó que de niña la habían sostenido sus sueños: la rubia en la portada de *Vanidades*, que seguramente ya sería una mujer de mediana edad, la princesa maya, la fantasía de que la abrazara su padre... y no pudo más que sonreír.

En la puerta de la agencia, Abie la besó en la frente.

—Tú sabes que estoy de tu lado, igual que Isabelle y Margarita.

Olivia exhaló profundo y le dio a Abie un fuerte abrazo.

—Sí, lo sé. Pero necesito tiempo para pensar: para pensar en lo que tengo que hacer.

Ella le palmeó la espalda y él salió, un poco confundido. Abraham había visto algo en su cara —una determinación más profunda— que lo hizo comprender que, al menos por ahora, era inútil tratar de unir otra vez a Horacio y Olivia.

Después del fiasco de su cena en la Fonda, Olivia no volvió a ver a Horacio en muchos meses. Por Abie, supo que su madre había muerto de cáncer de páncreas y que él se había mudado a un departamento más pequeño para estar más cerca de la zapatería. Tras la muerte de doña Amalia, Horacio empezó a ocupar sus noches y fines de semana tomando clases de fotografía y haciendo viajes frecuentes a Pátzcuaro para visitar a sus familiares. En el pueblo, tomaba fotos de las construcciones, enfocándose en el ángulo de los techos y la textura de los muros picados y amarillentos. Abie le contó a Olivia que Horacio había desarrollado un ojo de artista. Ella había querido mandarle una tarjeta de condolencias, pero temía de algún modo provocar su furia: casi como si lo estuviera felicitando por su nueva vida tras la muerte de su madre.

Siento mucho que tu mamá haya enfermado y se haya muerto. Nunca mostró mucho interés en mí, las pocas noches que me invitaste a tu casa. Sé que la querías mucho. Espero que su muerte te haya liberado. Tal vez algún día dejes de calzarle zapatos a la gente para convertirte en fotógrafo de tiempo completo. Extraño verte, pero nunca entendiste que yo no era un simple adorno...

Olivia sabía que no le iba a escribir; no podría evitar que cierta amargura se colara en sus palabras. Así que mejor se dedicó más a fondo a su trabajo en la agencia de viajes.

(1987)

Desde los primeros días que trabajó en Viajes Atlas, Olivia soñaba con ir a Italia. Margarita Canales había puesto pósters nuevos recién enmarcados del Duomo de Milán y la plaza *ll Campo* de Siena, llena de esplendores y de caballos, al redecorar las paredes de la agencia en marzo. Italia parecía un país tan romántico, con museos antiguos, edificios derruidos, un paisaje sorprendente y una cocina deliciosa. Y tantas mujeres que venían a la agencia reservaban excursiones de primera a Roma, Florencia y Milán, quizá con un viaje corto a la costa de Amalfi o a visitar Sicilia, Capri o Sardinia antes de volar a París.

En abril, una bomba fue hallada en una estación de tren de Bolonia; se temía que estuvieran resurgiendo las Brigadas Rojas y que fueran a aterrorizar Italia con secuestros y asesinatos como en 1980. Los estudiantes de muchas universidades italianas protestaban contra Estados Unidos por apoyar a la

Contra en Nicaragua y por armar al ejército salvadoreño para que pudiera seguir masacrando a la población campesina.

El gobierno de E.U. advirtió a los turistas estadounidenses que evitaran Italia, y el gobierno mexicano siguió el ejemplo. Otra vez, las señoras de Polanco viajarían a París.

Pero lo que es malo para el turismo suele ser bueno para los agentes de viajes y los vacacionistas intrépidos. A mediados de junio, a los empleados de las agencias les ofrecieron una tarifa especial en viaje redondo de la Ciudad de México a Milán, y además los hoteles salían casi gratis.

Olivia no había salido de la ciudad desde su regreso de Cuba. Había dejado que su trabajo en la agencia la consumiera, rechazando la oferta de Isabelle de acompañarla a Acapulco y Puerto Vallarta a pasar fines de semana largos en la playa. También dejó de arreglarse, justo cuando tendría que haber estado haciendo todo lo posible por atraer al sexo opuesto. Era como si se hubiera dado por vencida consigo misma o se estuviera preparando para entrar a un convento.

–Tu nuevo *look* no me gusta ni tantito –le comentó Margarita Canales.

Isabelle apuntó tímidamente, en su defensa:

–El *look* natural está *in*.

Margarita agregó rápidamente:

—Eso está muy bien si eres agraciada por naturaleza, pero la mayoría no tenemos esa suerte. Olivia, estás en franca regresión; ¿desarrollaste una alergia al labial y al *rouge*?

Olivia sentía que no podía decir nada en su defensa. Había perdido todo el empuje. Si hubiera encontrado consuelo en la comida, también habría subido de peso, pero hasta comer le parecía demasiado esfuerzo.

Lo único bueno del retraimiento de Olivia, fue que por primera vez en su vida logró ahorrar algo de dinero. Le alcanzaba para irse a Italia por su cuenta; hospedarse en económicos *albergos* o *pensioni*, comer pan, queso y manzanas, cenar con vino de la casa en algunos restaurantes. Le alcanzaba para oír música religiosa en las iglesias, para experimentar la luz amarilla cayendo en ángulo sobre los álamos y los infinitos campos de girasoles, como si nada le preocupara en el mundo.

Le mencionó la tarifa especial a Margarita, que parecía cada vez más interesada en sus propios viajes y menos en los asuntos de la agencia.

—¡A lo mejor te acompaño! —dijo, y sus ojos verdes se iluminaron.

Sin poder contenerse, Olivia bajó la cabeza.

Margarita captó el gesto.

—¡Eres una ingrata! ¡Por poner esa cara, te vas a perder un viaje de lujo a Italia con una compañera ideal, mi querida Olivia!

—No es por ingrata, pero creo que a lo mejor es momento de que viaje a Europa por mi cuenta.

Margarita chasqueó la lengua.

—En realidad, yo debería ir a Texas a visitar a mi hija o irme con mis amigas a París.

—A lo mejor nos podemos ver en Roma —dijo suavemente Olivia.

—Tonterías, mi niña. Has dejado muy claros tus deseos. No te entrené aquí para que hagas todo lo que yo sugiera; en realidad no tiene nada de malo que experimentes Italia por tu cuenta, pero insisto en contribuir a tu viaje. Los hoteles son caros y los museos también; no quiero que vayas a Florencia y te pierdas las obras maravillosas de Tiziano y Rafael en la Galería Uffizi y el David en la Accademia porque no querías gastar. Sería una tontería. ¡Tienes que prometerme algo!

Olivia asintió.

—Te voy a dar quinientos dólares. Y quiero que me traigas los boletos de todos los museos e iglesias que visites, ¡quiero estar segura de que viste la verdadera Italia!

La agencia estaba casi vacía. Isabelle, que oyó la conversación, se acercó al escritorio de Olivia y la abrazó.

—Ojalá pudiera acompañarte.

–Este primer viaje a Europa, debería hacerlo yo sola –respondió valiente Olivia. De algún modo, sobreviviría a la soledad del viajero solitario. Y desde luego que no quería tener que ir arrastrando a Isabelle: la experiencia de La Habana seguía muy fresca en su mente. ¿Y, por qué no? Tal vez habría oportunidades de conocer a un nuevo amigo, de actuar irresponsablemente, como en La Habana.

–Por supuesto –respondió Isabelle.

–Te la vas a pasar de maravilla –dijo Margarita–. Apunta esto.

Olivia abrió su libreta y esperó a que volviera a hablar.

¡Y vaya que habló! Margarita se dejó llevar a tal grado por sus recuerdos de Italia que, aunque lo negara, empezó a planear prácticamente cada paso de Olivia. Restaurantes, museos, conciertos, ópera, y sí: la mayoría de sus sugerencias tenían que ver con moda, artículos de piel y cosméticos en la Via Veneto de Roma o cerca de las Escaleras Españolas (*¡Todo el mundo va! Tienes que pedir un deseo y echar una moneda en la Fuente de Trevi y comerte un helado de chocolate oscuro –no me acuerdo cómo se llama, algo así como tartufo con panna– en la Piazza Navona, que es la que tiene las tres fuentes de Bernini. ¡Las Terme di Caracalla y la Piazza di Spagna! Ay, y la Villa Borghese: ve a ver los Canovas y cómo vivían los romanos ricos. Pero* *no vayas al Coliseo ni al Foro Romano: son lugares sucios, llenos de mendigos malolientes y de excrementos de gato. ¡Y el Vaticano: la Pietà y la Capilla Sixtina! ¡Entenderás la verdadera gloria del Papa y la Iglesia Católica! Y la capillita –no me acuerdo cómo se llama– donde está el Moisés de Miguel Ángel; ¡créeme, a esa no van turistas! ¿Por qué?, yo no lo sé…), Via* del Corso, las tiendas elegantes de Florencia cerca de Santa Croce y del Palacio Pitti, las calles empedradas de Siena.

Isabelle se la pasó recordándole a Margarita que Olivia iba sólo diez días y con un presupuesto limitado; y que debería tener la libertad de descubrir las maravillas de Italia por su cuenta y no tener todo ya planeado.

–No está bien, Margarita.

–Ya sé, ya sé. Pero Italia es especial. Hay que hacerlo y conocerlo todo, aunque no duermas.

Olivia tomó notas, pero después de treinta minutos de anotar todos los consejos sin pausa, no pudo reprimir un bostezo.

–Ya basta por hoy, querida.

–Con lo que te ha dicho la señora Canales, ya sólo necesitas una buena guía de viaje para todo lo demás –dijo tímidamente Isabelle.

Margarita asintió.

–Eres tan práctica, mi niña. Yo creo que así naciste –y la abrazó–. Práctica y siempre tienes la razón. ¡Mi Isabelle!

Isabelle se encogió de hombros. No sólo estaba acostumbrada al sarcasmo de Margarita sino que, para ser precisos, le era indiferente.

✳

Esa tarde, Margarita Canales se fue a comer con unas amigas inglesas al Anderson's.

—Hagas lo que hagas —le dijo Isabelle a Olivia cuando Margarita salió por la puerta—, tienes que visitar la Riviera italiana. La costa de Liguria es muy especial. Mis padres me llevaron una vez que nos estábamos quedando en Niza. Toma el tren a Vernazza, es uno de los cinco pueblos de la región de Cinque Terre al sur de Génova. No te arrepentirás.

—No lo conozco ni de oídas —respondió Olivia. Sabía poco sobre Italia, lo que recordaba de la escuela: Colón era originario de Génova, Miguel Ángel y Leonardo da Vinci habían vivido y trabajado en Florencia y Siena. Recordaba las imágenes en blanco y negro de los apuestos galanes de cine y hermosas estrellas de las revistas para adolescentes que leía en el Colegio Parroquial, y aquí tenía los folletos turísticos y los pósters en las paredes de la agencia—. ¿Qué tiene de especial la costa?

Isabelle sonrió.

—¡Vernazza es como una esmeralda perfecta rodeada de acantilados de roca dorada! Imagina salir a caminar sobre las colinas de pueblo en pueblo, entre terrazas de olivares y viñedos que dan al mar. Y en cierta parte del camino, ves que la tierra sale como la proa de un barco inmenso de piedra entrando al azul del Mediterráneo: es Vernazza.

—Un paraíso terrenal —respondió Olivia, cada vez más animada.

—Un paraíso, sin duda —dijo Isabelle con un toque de nostalgia—. Por lo menos hasta donde me acuerdo.

✳

Olivia voló a Milán y se hospedó en el Palazzo delle Stelline, un pequeño hotel en Via del Corso que Margarita Canales le reservó y le pagó. El Palazzo había sido un orfanatorio hasta los años setenta, cuando fue restaurado como hotel, a una cuadra de Santa Maria delle Grazie y *La última cena* de Leonardo. Pero Milán no era la Italia que Olivia había imaginado: en junio, encontró una ciudad calurosa, húmeda y formal, sin esa especie de desahogada intimidad que había imaginado debían exudar las ciudades italianas. Fue al Duomo con cientos de visitantes europeos y subió los cientos de escalones hasta el campanario. Más tarde, tomó un helado de frambuesa en la Piazza. Miró boquiabierta las carísimas tiendas de la Galería con su bóveda de vidrio y deambuló por los muros amarillos de La Scala, imaginando lo que sería estar vestida de seda y sentarse a escuchar *Madame Butterfly* en una lujosa butaca de terciopelo. Ese día llevaba un vestido ligero y comió pan, queso y tomates recargada en los muros del Castello Sforzesco al lado del Parco Sempione. Para cuando regresó a ver *La última cena*, el museo ya había cerrado: ¡la obra iba a ser restaurada durante todo el año siguiente! Se llevó una tarjeta que decía que la iglesia estaba *chiusa*, para que Margarita supiera que no se le había olvidado ir.

A Olivia también le parecía que Milán era terriblemente caro —tenía la sensación de que le iban a cobrar hasta por ver los zapatos o las blusas en los aparadores—, así que después de dos días de pasear sola por la ciudad, tomó el tren a Venecia.

¿Cómo se puede ir a Italia sin visitar Venecia?, había dicho Margarita.

El tren salió de Milán a las ocho de la mañana y con marcha lenta dejó la estación y los interminables patios de maniobras. Al principio, Olivia tenía el compartimento para ella sola, pero para cuando el tren salió del centro de Milán, la acompañaban tres mochileros estadounidenses. Le sonrieron somnolientos y luego se acurrucaron unos con otros como ratones, y comieron embutidos y queso que traían en bolsas de estraza. Bebieron agua compartiendo enormes botellas de plástico, que obviamente habían llenado y rellenado incontables veces. A menos de una hora después de haber salido de Milán, se quedaron dormidos apoyados unos en otros, mientras el tren recorría disparado el paisaje del norte de Italia.

Para ellos, ella era invisible, había dejado de existir.

Olivia se acurrucó junto a la ventana. Nunca había visto un paisaje tan hermoso, prístino y ordenado, y sin embargo lleno de vida. En realidad no había viajado mucho por Guatemala, pero le imponían las altas montañas, los campos de diseño tupido y la presión de las nubes que parecían asentarse en los valles. En Guatemala le costaba trabajo respirar con tanto paisaje elevándose a su alrededor. Para ella, la excursión al volcán Pacaya representaba sus sentimientos sobre el paisaje guatemalteco: era un terreno opresivo que podía volverse peligroso. Sus compañeras le habían hablado de la belleza y serenidad del lago de Atitlán, y de cómo el paisaje del desierto alrededor de Zacapa hacía que uno se diera cuenta de cuán grande podía ser el cielo. Pero esto sólo lo sabía de oídas, no tenía la experiencia de esos lugares.

El paisaje italiano se iba abriendo y siempre parecía a punto de desplegarse como un tapiz ante sus ojos. Por todos lados había pequeños tesoros que ver: el campanario de una iglesia, un molino de viento; un hermoso campo de amarillos girasoles torcidos hacia el sol; el trigo majestuoso meciéndose en el viento; las hermosas granjas a lo lejos, con sus techos de teja roja; el carros de bueyes y la carreta de paja junto a un granero café; un puente de piedra elevado en el punto más estrecho para cruzar un río verde. Los campos estaban cultivados y su diseño seguía un zigzag, pero te dejaban respirar. Podía imaginarse caminando por una pradera llena de flores, aspirando el aire de lavanda que sopla entre las briznas de hierba, viendo los enormes abejorros y libélulas pasar veloces. El aire sería cálido y ondulante, casi como una almohada, y Olivia sentiría la ingravidez de sus piernas.

El tren siguió su marcha y ella cerró los párpados. Los sentía pesados y en poco tiempo estaba dormida.

Cuando despertó, el tren iba a la mitad del puente de armazón que va de Mestre a Venecia. Los mochileros estaban ocupados reacomodando sus cosas. Olivia, que viajaba con una sola maleta de tela, sólo les sonrió.

Afuera de la estación de trenes, Olivia se quedó parada a la orilla del Gran Canal y miró a su alrededor. El sol brillaba entre la bruma, y había una delgada capa de humo en el aire. Aunque las aguas del canal olían ligeramente putrefactas, Olivia aspiró toda esa majestad.

¡Más que en Milán, ahora sí sentía que estaba en Italia! La hija de una jornalera del café (jamás olvidaría lo que había hecho a los ocho años) estaba en Venecia, la más romántica y encantadora de todas las ciudades europeas. Había llegado a Italia, y eso nunca se lo podrían quitar. Le pidió a un policía que le tomara una foto —la prueba de que había estado allí—, y al sonreírle a la cámara se deleitó en ese momento de placer puro: las góndolas en el agua, las construcciones con cúpulas a sus espaldas y la musicalidad del italiano en el aire. Cuando el policía le indicó a Olivia que bajara su maleta y luego ajustó la lente, ella pensó en su madre metiendo pedazos de leña al fogón y una sombra le cruzó la cara.

El policía disparó y Olivia parpadeó: la instantánea sería de una Olivia entristecida momentáneamente por un recuerdo hostil.

¿Por qué había permitido que su madre le negara, una vez más, la felicidad?

Olivia tomó un bote a la Piazza San Marco. Paseó por la plaza, evitando a las palomas, asombrada del esplendor de los edificios con cúpulas doradas que la rodeaban. Se abrió paso por una estrecha calle y pasó dos cafés escandalosamente caros —¡seis dólares por un café *latte*!—, y buscó un hotel de precio razonable. Entró a dos o tres *albergos*, antes de encontrar una *locanda* cerca del puente *dell'Accademia*, que pudo pagar gracias a la contribución de Margarita Canales: tenía el baño al fondo del pasillo, pero era un cuarto limpio por sesenta mil liras —lo que costaba una buena suite en la Ciudad de México–. Pero estaba en *Venezia*, tenía que recordarlo: lugar soñado del mundo entero, centro de la Europa navegante del siglo XIV.

Olivia caminó por las calles de Venecia casi como si fueran un espejismo en el desierto. Visitó museos, los talleres de vidrio soplado en la isla de Murano, los hermosos y coloridos edificios de la isla de Burano donde podían encontrarse los más delicados bordados en seda. Fue al gueto judío de Dorsoduro, y por primera vez entró en una sinagoga. Era de madera, diminuta, del tamaño de una capilla pequeña. Pensó que la gente que trabajaba adentro podía ser judía. Quería contarles que tenía un amigo judío, Abraham Zadik… ¿pero a ellos qué les importaba?

Para Olivia, Abraham era simplemente un hombre, con nada muy notable ni distintivo más allá del brillo en sus ojos y que parecía vivir sin restricciones. Era un amigo que la molestaba todo el tiempo, pero en realidad era un hombre bastante bueno. Zimry, que estaba segura no era judía, era su novia. Horacio le hacía los zapatos, o más bien, le tomaba la medida y se los ordenaba, con tacón y suela elevados para que Abraham pudiera verse más alto de lo que era. Olivia no tenía idea de qué hacía que una persona fuera judía, pero según el folleto, en ese lugar los habían reunido y encarcelado a todos en el siglo XIV por el simple hecho de ser judíos.

Pasó tres noches en Venecia, comiendo fusili y espagueti batido, ternera dura y verduras aguadas en cafeterías baratas. Una noche entró a Harry's, un ruidoso bar lleno de turistas estadounidenses e ingleses, con sombreros chistosos y camisas de colores brillantes. Bebió cerveza amarga y se sentó en un banco al fondo de la barra. Nadie le habló: ¿de veras era tan poco atractiva? Trató de relajarse con la multitud, de parecer alegre, pero no tenía la confianza ni el ingenio en inglés para unirse a las rápidas conversaciones a su alrededor. Se acabó su cerveza y volvió a su cuarto, sintiéndose un tanto derrotada.

A la mañana siguiente, Olivia salió de Venecia en un tren con destino a Florencia. Tuvo la suerte de encontrar un cuarto barato en la Piazza Santo Spirito, no lejos del Jardín de Bóboli. Olivia trataba de visitar todos los sitios de rigor con una devoción religiosa, como quien va a la iglesia, a la iglesia de la alta cultura, pero el Arno y el Ponte Vecchio la decepcionaron, y las enormes multitudes por todo Florencia la desorientaban. Las filas, las interminables filas para todos los atractivos turísticos eran tan abrumadoras, que Olivia ni siquiera intentó entrar a la Ufizzi, al Palazzo Bargello, al Palacio Pitti ni a la Capilla de los Médici. Pensó decirle a Margarita que todo estaba cerrado por amenaza de bomba; ¿ella qué iba a saber de esas cosas allá en la Ciudad de México?

Menos concurrida, una pequeña iglesia cerca de su hotel se volvió su favorita: la Chiesa di Santa Maria del Carmine. En la capilla de Brancacci, los frescos de Masaccio presentaban a Adán y Eva cuando son expulsados del Jardín del Edén y toman conciencia de su propia desnudez como resultado del pecado original de Eva al comer la manzana que le ofreció la serpiente. Sus rostros capturaban el terror de su situación. La Iglesia podía decir lo que quisiera –que había comido del Árbol del conocimiento, por ejemplo–, pero para Olivia, Eva sólo había comido una manzana y la había compartido con su marido.

¿Qué tenía de malo?

Había momentos durante el viaje en que Olivia se sentía muy sola. Hubiera sido mucho mejor venir con Margarita y que ella pagara la cuenta de restaurantes verdaderamente extraordinarios o tener con quién platicar en la cena o en su cuarto de hotel. Olivia encontró consuelo en pequeños parques donde le escribió postales a Isabelle, Margarita, Abraham y hasta a Eduardo, trabajando de albañil en el calor de La Habana. Se preguntaba si alguno de ellos pensaría en ella: si acaso la extrañaban. A la hermana Carina le mandó una postal con una foto del Duomo de Florencia y le contó que había rezado en una de sus bancas, pensando en todas las monjas maravillosas de la escuela. Y aunque pasó días debatiéndose, le acabó mandando una postal a Horacio, disculpándose por primera vez por su desplante en público en la Fonda del Refugio, y enviando sus condolencias por la muerte de su madre tantos meses atrás. Se preguntaba qué sentiría él al leerla.

Olivia pensaba que debería estar feliz en Italia, pero no lograba sacudirse la depresión: ese desánimo que sentía no sólo por estar tan sola, sino también por estar tan desligada, tan desubicada. Le sonreía a los otros huéspedes de su *albergo* en el desayuno, practicaba su italiano con meseros y porteros, pero cuando las palabras obligadas terminaban, no podía seguir hablando. *Sentía que no tenía nada más que decir.*

Por mucho que Olivia tratara de estar animada, le pesaba sentir que el viaje había sido un error: *no estaba lista para viajar sola. Como Eva, había sido expulsada del Paraíso, sin estar preparada para los obstáculos que le esperaban.*

A Olivia no le importaba que su comparación con Eva fuera defectuosa: ella nunca había hecho nada por transgredir, nada para merecer el sentimiento de ser valiosa para alguien. Después de todo, Eva tenía a Adán, y de algún modo habrían de arreglárselas juntos porque ninguno de los dos estaba solo. Pero ella estaba sola en el mundo.

Venir sola a Europa había sido un error garrafal. ¿Qué rayos estaba pensando?

*

Su viaje apenas iba a la mitad, y lo único que quería era regresar a Milán para salir de Malpensa en el vuelo a la Ciudad de México. Estaba cansada de Italia, por lo menos de la Italia que estaba conociendo. Decidió saltarse los viajes secundarios a Siena, Perugia y Asís –Margarita no la perdonaría–, ¿pero qué hacer con Roma? ¿Qué pretexto daría? ¿Una ola de calor insoportable? ¿Una huelga de trenes? ¿Más amenazas de bomba?

Deseaba estar de regreso en su cuarto rentado en la pensión de la Colonia Guerrero, ir a ver a los chimpancés al zoológico de Chapultepec, pasar una comida aburrida con Isabelle, si ella quería, o quedarse hojeando una revista de viajes en Viajes Atlas. Quería llamar a Horacio y pedirle perdón por su arrebato irracional.

Algo la jalaba, diciéndole que tenía que regresar a la Ciudad de México; ahora que la hermana Carina tenía su dirección, tal vez había escrito con alguna noticia mala y urgente: que su madre o Meme habían fallecido. Estaba muy indecisa, pero sabía que si regresaba a México antes de tiempo, se moriría, literalmente se moriría, de vergüenza.

Así que de Florencia fue a Pisa. No podía perderse la torre inclinada. Pero qué ciudad tan estúpida, pensó Olivia, y cuánta gente estúpida. Decenas de miles mirando boquiabiertos un campanario inclinado que, francamente, no era tan bonito como el de Milán ni el de Florencia y salía del pasto como un pulgar roto.

Cuando estaba a punto de comprar su boleto a Roma y Nápoles, recordó la sugerencia de Isabelle de visitar Vernazza. ¿Podía estar tan cerca? En la estación de Pisa, revisó su guía de viaje y el itinerario de los trenes: descubrió encantada que estaba a menos de media hora en tren de La Spezia, la terminal sur del tren costero a Génova que pasaba por Cinque Terre y paraba en Vernazza.

Pero desviarse a Vernazza significaba que ya no tendría tiempo de pasar a Roma. ¿De veras tenía que ir? ¿Por qué tenía que ir a sentarse a algo llamado las Escaleras Españolas?

Abordó el tren a La Spezia, decidió que estaba harta de los turistas y que ya lidiaría con los reproches de Margarita cuando regresara a México.

En La Spezia, Olivia tenía que esperar dos horas a que saliera el siguiente tren local que subía por la costa hacia Génova. Salió a caminar; era día de mercado en el parque frente a la estación y los granjeros vendían alcachofas, berenjenas y flores de calabaza en sus puestos. Olivia compró dos jitomates gordos, un trozo de asagio y un bollo duro; en el parque encontró una banca en la sombra y comió mirando los numerosos barcos anclados en la bahía. Podía oler el agua salada de mar, mezclada con el olor a aceite quemado de las fábricas cercanas que ocupaban un extremo de la bahía en forma de media luna.

La Spezia no era La Habana, ni lo que parecía Cancún cuando había sobrevolado la península de Yucatán, pero por lo menos aquí Olivia estaba a gusto, algo que no había sentido en Milán, Venecia ni Florencia.

Tal vez era la cercanía del agua, ¿Vernazza sería así?

Después de comer, Olivia escribió a la carrera un segundo juego de postales y las mandó desde cercana oficina de correos. Sentía una ligereza, casi vértigo, del cálido aire de mar.

El tren a Vernazza salía a las tres. Las bancas estaban repletas de turistas italianos vestidos de shorts cortos y ridículos sombreros de palma, con sus cámaras, bolsas de playa hechas de plástico y toallas al hombro. Olivia decidió quedarse de pie al fondo de uno de los vagones, con la maleta detrás de las piernas. El tren atravesó túneles, borde on-tañas de roca, cruzó puentes de armazó extendían sobre pequeñas ensenadas. A l minutos, paró en Riomaggiore, el prim pueblos de las Cinque Terre, y descer menos la mitad de los pasajeros. Diez m pués llegó al centro de Manarola y lu ción de Corniglia, que estaba en una el pueblo, arriba de los acantilados. Ocho minutos después, estaban en Vernazza.

Olivia siguió a la multitud que salía de la estación y bajó por la única calle grande del pueblo hacia la bahía. La calle no tenía más de seis brazadas de ancho y en el pueblo no se permitían automóviles, excepto pequeñas camionetas de reparto. Las construcciones eran de colores brillantes –gastada pintura verde, amarilla, ocre, salmón y naranja–, como los edificios que había visto en la isla de Burano cerca de Venecia. Pasó por panaderías, puestos de verduras y varias tiendas de ropa que sólo abrían esa tarde. Vio a una pareja y una familia pequeña sentados bajo las sombrillas de un restaurante, el Grotta Blu. Un mesero con shorts cafés muy cortos y camiseta roja de algodón estaba apoyado en una de las mesas, con los brazos cruzados: era moreno, con bigote negro y barba de dos días. Parecía que estaba posando, tremendamente pagado de sí mismo. Olivia no pudo evitar mirarlo, le parecía tan ridículo. Y luego ella sonrió. Él vio la sonrisa y le guiñó un ojo, mirándola con lujuria.

Tanto descaro la intimidó y volteó la cara. Al pasarlo con su maleta, le pareció oír una risita, pero siguió por el camino de piedra hacia la bahía sin mirar atrás. Eduardo era orgulloso pero en el fondo era tímido –¿cómo explicarlo?–, pero este hombre parecía burlarse de ella con su arrogancia.

Olivia sabía que no había hoteles en Vernazza. Su guía de viaje decía que habría letreros anunciando cuartos a la renta en la docena de sinuosos caminos que salían de la calle principal y subían en ángulo por los escarpados acantilados a ambos lados del pueblo. Vernazza era tal como Isabelle lo había descrito: un barco de piedra con una enorme proa en el agua. Una esmeralda verde en una montura de rocas doradas.

Olivia siguió la calle principal hasta llegar a una plaza en forma de media luna al pie del puerto. Había una pequeña playa gris con varias docenas de personas tendidas en toallas o que jugaban pelota o chapoteaban con sus niños, con el agua a las rodillas. Después de la ensenada, protegiéndola, había un embarcadero de piedra, curvo como cimitarra, con barcos amarrados y bañistas asoleándose en las enormes formaciones de roca azulgrisácea. Más allá, había media docena de barcos más grandes de madera anclados en la bahía, quieta como una manta azul con el más leve rizo de olas en la superficie formadas por la brisa cuando volaba hacia tierra. Alrededor de la plaza hab' staurantes, algunos con manteles, otros no, de metal plegadizas y sombrillas de c llantes. Era hermoso, hermoso como

Olivia ya sudaba por cargar su m ría cambiarse el vestido café de algod algo más ligero, más corto, pero prin encontrar dónde quedarse. Entró a Gianni Franzi, un restaurante del lado izquierdo de la plaza que tenía un letrero escrito a mano ofreciendo cuartos. Una señora de huesos grandes lavaba platos de pie, en la barra de café. En su pésimo italiano, Olivia le pidió un cuarto. La mujer se secó el sudor de la frente con el dorso de la mano, le pidió a Olivia su pasaporte y le dio una tarjeta para que la llenara. Cuando le preguntó cuánto tiempo se iba a quedar, Olivia respondió que un par de noches. Decidió que aquí se quedaría las noches que le quedaban en Italia sin siquiera pedir que le mostrara el cuarto. Ya encontraría la manera de ir directo a Malpensa a tomar su vuelo a casa. Este pueblo sería el final de su viaje a Italia.

La mujer le dio un triángulo de madera con dos llaves; le dijo a Olivia que tomara el camino que subía por un lado del restaurante hasta el final. La llave chica era del edificio cuatro; la más grande era de su unidad, la cuantea y tres.

Su cuarto estaba hasta arriba de una escalera muy angosta. Era un espacio pequeño y apreta-do con cama, silla, lavabo y una ventana que daba a un callejón lleno de tendederos. Desde su dimi-nuto baño —semejante lujo— tenía una vista lateral de las enormes lajas de roca pasando el pequeño cuerto, que se abría a una bahía del Mediterráneo. Desde esa ventana, podía ver cómo la costa corría hacia el norte, con algunos promontorios y montículos. Olivares verdegrises bajaban en terrazas por las colinas en forma de casco, hasta llegar a la azul orilla del agua.

Olivia se cambió rápidamente, se puso un traje de baño lavanda oscuro de una pieza. Estaba muy consciente de cuánto había subido de peso en Italia. Se miró al espejo sujeto a la puerta de su cuarto: su cuerpo se hinchaba por aquí y por allá en el traje de baño, estirado para dar cabida a la plenitud de sus caderas. En México, la piel se le había aclarado, pero aquí ya estaba otra vez morena como una semilla de algarrobo. Podía cambiar cómo se veía, pero no podía deshacer lo que era, pese a la insistencia de Margarita Canales de que una podía modificar su apariencia. Olivia se recogió el pelo hacia atrás y se lo amarró con un listón. Tomó la toalla raída del baño y salió.

Caminó por el muelle de piedra hasta que encontró una roca grande y plana donde el agua del mar entraba a la bahía. Olivia se sentó en la toalla y sintió que el sol le entraba en la piel. Que la viera su madre, asoleándose en la riviera italiana: se daría cuenta de cuán lejos de sus raíces pudo viajar su única hija. El mundo era un lugar grande y complicado, y Olivia podía decir con toda certeza que ella era parte de él porque había gente que la extrañaría si llegara a desaparecer, cosa que nunca sintió en Guate_____ _____ su llegada a México había rehecho su vi___ ___ dad *había hecho* su vida–, sin ningun__ ___ madre ni de su padre, que más bien pusieron un obstáculo tras otro en su camino. No quería minimizar la ayuda que le habían dado Margarita, Isabelle o hasta Abraham, pero prácticamente, su transformación había sido obra suya.

Olivia se acostó y cerró los ojos. En su mente vio a su pobre madre trabajando en los cafetales, con su canasta de granos a la cintura o cuidando plantas pequeñas en el vivero. Olivia cerró las manos y casi sintió los granos y las tersas hojas de los cafetos; respiró profundo y, bajo el aroma penetrante y salado del mar, pudo oler la tierra rica y húmeda de La Antigua.

¡Ay, mamá!

¿Seguiría soñando Lucía con llegar a ser la encargada del beneficio, con poner a secar los granos de café en una plancha de cemento? ¿Y dónde andaría Guayito? En México, cuando Olivia veía un encabezado que mencionaba Guatemala, cambiaba rápido la página: sabía que en su tierra había una masacre. ¿Qué caso tenía leer los detalles espeluznantes de asesinatos y mutilaciones, ejecuciones y fusilamientos, entierros masivos; si su hermano llegaba a morir, nunca nadie lo sabría? Otro indio muerto en una tumba sin nombre. Leer los artículos, ¿en qué iba a cambiar lo que estaba ocurriendo allá?

Olivia empezó a respirar más profundo, dejando que la arrullaran las risas de los niños que jugaban en la arena.

*

Esa noche, después de darse un baño, Olivia se puso un vestido de rayón lavanda que revelaba la parte superior de su corpiño, y volvió caminando al pueblo hacia el Grotta Blu. No estaba segura de quedarse a cenar, pero quería demostrarle al mesero de poca ropa que no le tenía miedo, que su risita burlona, quizá comentando su amplio trasero, podía ser contestada. Olivia pasó de ida y vuelta por la calle dos veces, antes de darse cuenta de que no veía el restaurante porque ya estaba cerrado. Se sintió decepcionada, casi como si le hubieran hecho trampa, y hasta se entretuvo un rato en una de las mesas de metal que habían quedado afuera, in situ. Finalmente, después de algunos minutos, Olivia volvió al puerto y tomó una mesa en Al Gambero Rossi, en el extremo lejano de la plaza. La comida era cara y mala: pidió *frutti di mare*, un guisado de pulpo, camarón y calamares que parecían de hule bañados en una salsa dulce de tomate sobre una cama de espaguetis resbalosos. Pero disfrutó el medio litro de vino, que le permitió congratularse de haber tenido el arrojo para tratar de confrontar al engreído mesero hacía un rato, aun cuando el encuentro no se había dado.

Al día siguiente, Olivia se puso una playera de manga corta, shorts y chanclas para caminar al vecino pueblo de Monterosso. El ascenso para salir de Vernazza hacia el norte era muy pronunciado, y para cuando llegó a la orilla del pueblo, estaba bañada en sudor y jadeando como loca. Era una caminata de un kilómetro entre olivares y bosques de pino –hasta niños de ocho años hacían el recorrido–, pero no logró pasar de los muros de la ciudad que colgaban a más de ciento veinte metros sobre el puerto. Esos zapatos habían sido un error y se resbalaba todo el tiempo con las rocas húmedas del camino. Ya le dolían las pantorrillas. Se detuvo a descansar, pero sentía la piel ardiendo y las moscas se le paraban en la cara. ¿Qué caso tenía torturarse?

Volvió a bajar a Vernazza, se cambió en su cuarto y fue a instalarse a su conocida roca pasando el puerto. Pasó el resto de la mañana asoleándose; cuando le daba calor se zambullía en la fresca agua azul. Había cometido la torpeza de no traer bronceador, y para medio día, ya le picaba la piel.

A la hora de la comida, Olivia regresó al pueblo; si el Grotta Blu seguía cerrado, compraría un embutido y pan en la pequeña tienda de abarrotes de al lado. Pero el restaurante estaba abierto. Olivia se sentó en una mesa de afuera a esperar a que el mesero le tomara la orden, pero no venía nadie. Un desaforado solo de saxofón llegaba de adentro. Olivia fue a la barra de café y esperó, aunque su corazón latía a mil por hora. Finalmente, tomó un vaso y empezó a golpetearlo suavemente con una cuchara sucia que encontró en el mostrador. Al no obtener respuesta, empezó a pegar más y más y más fuerte.

–*Basta, basta* –se oyó una voz detrás de la cortina.

Segundos después, apareció el mesero, empapado en sudor y cargando un guacal de pepinos. Cuando vio a Olivia murmuró algo para sí –obviamente algo chistoso porque se rió– y metió el guacal detrás de la barra. Tomó una toalla del mostrador y dejó que sus ojos subieran y bajaran por el cuerpo de Olivia como si la estuviera valuando.

A ella, esa mirada le hizo cosquillas hasta en la punta de los pies.

–¿De qué te ríes? –le preguntó en español.

–Ah, una bonita española… igual que mi esposa. ¡Pregunta tras pregunta tras pregunta y luego un aluvión de maldiciones y acusaciones! –se acercó a Olivia y la besó en el cachete–. ¿Por qué tardaste tanto en regresar a verme, *cara bella*? –sacó un vaso de debajo del mostrador, lo llenó de agua con gas y se lo vació en el cuello para refrescarse.

Ella estaba a punto de decirle, tontamente, que *sí* había regresado pero que su restaurante estaba cerrado.

–Lo siento, pero creo que me estás confundiendo con alguien más –dijo Olivia. Se mojó los labios con la lengua.

Él le bajó a la música, un solo de Dexter Gordon.

–No, no, no. No lo creo. ¿No viniste hace dos años con dos muchachas muy bonitas de Andalucía? –preguntó, ceceando como los españoles–. Estaban recorriendo Italia con sus mochilas. Les preparé una *insalata caprese* especial. Tus amigas me ignoraron, pero a ti te gustó mi comida y mi música. ¡Y coqueteaste conmigo!

–No era yo, lo siento –murmuró ella. Él era tan seguro de sí mismo, parecía importarle muy poco apestar a sudor. Algo de su insolencia le recordó cómo debió haber sido Abraham Zadik de joven, en Caracas, y sonrió.

–Ah, sí eras tú –dijo él feliz y la tomó de la muñeca.

Ella zafó su mano.

–¡Nunca había venido a Italia! Debes estarme confundiendo con alguna de tus otras amantes –dijo Olivia, dándose la vuelta para irse.

–Por favor, por favor, no quería ofender. Mucha, mucha gente pasa por Vernazza. Por favor, toma asiento. Deja que Máximo te atienda –dijo, señalando hacia una mesa dentro del restaurante.

–¿Máximo? ¿De veras así te llamas?

–Claro que sí –dijo él, un poco ofendido. Luego sonrió–. Podría contarte que mi mamá me puso así por el famoso gladiador romano, pero la verdad es que me puso Máximo cuando nací, ¡por la razón más obvia!

Olivia arqueó las cejas. Hombres: ¿por qué siempre conozco hombres que están fascinados consigo mismos? No todos; Horacio, desde luego, no.

¡Pero hasta Eduardo pecaba de sentirse el don más preciado que una mujer pudiera desear!

–Ay, ya, ya. No es lo que piensas –los ojos de él brillaban y dejó que su lengua asomara a su boca como parte de su sonrisa.

–¿Cómo sabes lo que pienso?

–*Touché* –dijo él, agarrando la toalla y secándose el rostro. Abrió un pequeño refrigerador debajo de la barra y sacó otra botella fría de *acqua frizzante* y se la echó en el cuello, dejándola escurrir al fregadero–. Por favor toma asiento –nuevamente hizo un gesto invitando a Olivia a sentarse.

En cuanto se sentó, él encendió el ventilador y se sentó junto a ella.

–Un mes no tuve nombre hasta que mi madre decidió ponerme Máximo, porque sentía que yo hacía todo al extremo: llorar, gritar, temblar. Y es verdad. Me apasiona todo: el vino, la literatura, la música, la política, navegar, montar a caballo... y también otras cosas.

–¿Otras cosas? –repitió Olivia. La desfachatez de Máximo le parecía intrigante y más que un poco retadora.

–Pues, ya sabes –dijo él, seguro de sí–, también las mujeres. Hasta mi esposa dice que soy una serpiente. No una de esas viboritas verdes chiquitas que son amigables, sino una de esas cobras que se retuerce y sale danzando de una canasta en la India –ilustró esto levantando y retorciendo un brazo en el aire–. Y creo que no tiene caso discutirlo: ella sabe de lo que está hablando. Tiene un sexto sentido para esas cosas.

–¿En serio? –se le salió a Olivia. La enfurecía que se la pasara hablando de su esposa. ¿Por qué ser tan abierto con el tema? ¿Por qué mencionarla a cada momento si no venía al caso? ¿Era para alejarla o simplemente para que supiera a qué atenerse? ¡Este hombre! Parecía decir en voz alta cualquier cosa que le venía a la mente.

Si ella hubiera podido decir en voz alta lo que estaba pensando, hubiera sido: *Si juegas con este fuego, te puedes quemar. Por otro lado, si no haces nada, todo seguirá como antes. Y no te llevas nada, más que recuerdos y cenizas.*

Así que Olivia se quedó a comer. Él le dijo que sería la última clienta de la tarde, aunque apenas era la una, cerró la puerta de afuera, corrió una cortina blanca y prendió el aire acondicionado.

Máximo se metió detrás de la barra y le preparó una enorme ensalada de espinaca con espárragos y berenjenas a la parrilla, rebanadas de pepino y húmedas hojuelas de atún. Abrió una botella de Prosecco, aunque ella dijo que no quería, y lo sirvió en dos vasos fríos.

Después de haberla besado en el cachete en cuanto la vio, él mantuvo su distancia, aunque se aseguraba de rozarla al servirle más vino o traerle más pan. Para evitar una larga y complicada explicación de su pasado, ella le dijo que era mexicana. Eso lo sorprendió porque las únicas mexicanas que había conocido eran rubias oxigenadas que bajaban de yates gigantescos anclados lejos en la bahía de Vernazza.

—Reales o pintadas, no pude ver —dijo, encogiendo sus anchos hombros.

—¿Y por qué no?

Se rió como un niño.

—Porque venían con sus maridos. Ya sabes, esos señores morenos con las cadenas de oro y grandes anillos y el pelo ondulado. Mucho dinero. Actuaban como si fueran dueños no sólo de sus mujeres, hasta que lograban escaparse de ellas para pasar una noche de parranda y seducción, ¡sino también de este pequeño pueblo!

—Y supongo que tú no eres así.

—Mi querida Olivia, con tu preciosa piel de oliva. Tan hermosa y cautivadora. Déjame contarte sobre mí: yo soy hijo de un pobre pescador genovés que un día fue arrojado a las costas de Monterosso y se casó con mi madre. Hace unos doce años, me vine aquí a Vernazza y abrí mi pequeña gruta. Soy un hombre sencillo, pero he aprendido sobre el mundo leyendo libros, viendo películas, oyendo música. No tengo educación formal, por lo tanto, no tengo ambición. Todo lo que quiero está aquí. Soy como el pescador flojo: tiro mi red y atrapo lo que la corriente me arroja a la orilla. Y resulta que todo sabe bien: como las aceitunas en invierno y las peras y los duraznos frescos en otoño.

—Además eres poeta —dijo Olivia, cautivada por su manera de hablar.

Él se reclinó y se retorció el bigote.

—Disfruto los placeres de la vida. Hasta donde sé, son lo único que tengo. Aquí en Italia tenemos un dicho: *la dolce far niente*. Significa: la dulzura de no hacer nada. Yo he convertido la flojera en virtud. Dejo que los placeres de la vida me rebasen, como las olas: no discutir, no luchar, no poseer. Todo eso se lo dejo al señor Ferrari o al señor Ferramino que quieren construir imperios y pasar su vejez encerrados en sus castillos contando su dinero. Todos acabamos en el mismo lugar: una cajita de madera, bajo tierra, un suculento manjar para los gusanos que, por cierto, no se fijan mucho en lo que comen y desde luego que no necesitan ropa elegante ni joyas.

Tres vasos de Prosecco y a Olivia le daba vueltas la cabeza. Le agradaba Máximo, de veras que sí. Pero eran las tres de la tarde y la combinación de sol, comida y alcohol hizo que se sintiera llena y acalorada, como un tomate al sol a punto de reventar.

—¿Máximo, cuánto te debo?

–¿Te tienes que ir? –preguntó él como no queriendo la cosa.

–Sí… por ahora.

A él le brillaron los ojos.

–Te dije que esta comida la invitaba yo.

–Por favor, Máximo, quiero pagar.

Él echó las manos al aire.

–En ese caso, dame dos mil liras… de la ensalada.

Olivia señaló la botella vacía.

–¿Nada más?

–Lo demás, invito yo. Ha sido un placer atenderte y sentir la caricia de tus bellos ojos y de tu boquita parada.

Olivia sonrió. Le pagó y se puso de pie. Él la agarró de la muñeca.

–Soy un hombre solitario –su mirada era hambrienta–. ¿Regresarás a verme?

–¿Y qué hay de tu esposa?

–¿Marcela? –preguntó en voz alta, a nadie en particular. Apretó los párpados, haciendo una mueca–. Está conmigo en el restaurante hasta las diez de la noche y luego se va a casa con su madre enferma. Yo cierro solo. ¿Regresarás a verme, Olivia? Será un placer para mí volver a atenderte –se acercó a ella y besó sus labios, dejando que su lengua los humedeciera. Fue un beso corto, como si sólo la estuviera probando–. Me gustaría mucho.

Olivia se lamió los labios.

—Ya veremos, señor Máximo —dijo con coqueta timidez. Pero ella sabía, igual que lo sabía él, que iba a regresar. Olivia había sentido ese beso muy profundo en su interior, y otra vez hizo que se le secara la garganta.

Olivia tomó una larga siesta, se bañó por segunda vez y se sentó un rato, dudaba si volver al Grotta Blu. Su mente decía que no, su cuerpo que sí, y podía sentir el forcejeo de su ser entero, mientras el corazón aceleraba su pulso. Salió al pequeño patio sobre su cuarto y miró el agua, y el sol que se ponía tras una capa de nubes. La fresca brisa vespertina la refrescó.

Cuando oscureció, regresó a su cuarto y pasó casi una hora maquillándose la cara. Era completamente feliz.

Se presentó en el Grotta Blu a las diez y media, cuando sólo quedaba un puñado de clientes sentados afuera bajo las sombrillas azules del restaurante. Cuando Máximo la vio, le hizo señas de que entrara y se sentara a la mesa que habían ocupado esa tarde.

Máximo se veía aseado y hasta elegante: había ido a casa, se había bañado y rasurado. Una camisa verde de seda había sustituido su playera transparente de red y traía un par de pantalones cafés planchados y sus eternas sandalias. Y se había puesto colonia, algo con limón.

Era una noche calurosa, sin nada de viento. Ella aspiró su colonia –¿era Vetiver?– mientras él se movía eficiente a su alrededor. En media hora había vaciado las mesas diciendo a los clientes que tenía que cerrar temprano, y que además encontrarían restaurantes más frescos junto al puerto.

Después de cerrar, Máximo llevó a Olivia al sótano, donde había improvisado una cama echando dos manteles sobre un colchón de hule espuma extendido sobre guacales de verduras frescas. Un ventilador de techo chirriaba sobre sus cabezas, sacando el calor del restaurante por una ventana abierta que daba a un callejón.

–Tienes todo planeado –dijo Olivia.

–Trato de estar preparado, aunque sé que lo que suceda siempre lo determina la suerte.

–Ya veo. ¿Y qué hay de mi cena? –preguntó ella.

–¿Tienes hambre? –preguntó él, apenado.

–En realidad no.

Nunca había conocido a nadie como él. A pesar de su arrogancia, Máximo era un epicúreo, atento a los detalles –de eso se había dado cuenta al verlo cortar las verduras para la ensalada–, y no hacía las cosas a la carrera.

La desvistió suavemente, y tras colgar su vestido en un gancho y dejar sus zapatos en la silla, se desvistió con igual cuidado. Y cuando ambos estaban desnudos, la acostó en su cama hechiza y empezó a explorar su cuerpo con las manos. Era como si estuviera acariciando una pintura rupestre nunca antes explorada, con gran cuidado, admiración y asombro. Deslizó su delicado toque sobre las crestas y hendiduras de su cuerpo como si estuviera explorando algo completamente nuevo, pero con la seguridad de alguien que ya había estado allí.

Entró en Olivia cuando estaba lista para recibirlo, para no lastimarla. Y aunque ella sentía que el filo de los guacales le pellizcaba las piernas, la espalda y las nalgas a través del colchón, se perdió en el empuje constante de las caderas de él, en el suave roce de sus manos. Le gustó cómo la había penetrado y cómo ahora la hacía sentir que el placer, el placer de ella, era lo que él más quería. Él la animaba, le sacaba pequeños gritos al incrementar la intensidad, construyendo hacia dentro de ella, y luego se detuvo. Permaneció erguido, casi inmóvil, hasta que ella le preguntó si le pasaba algo. Y nuevamente, empezó a arremeter en su interior, meciéndose de un lado a otro, y cuando percibió que ella no podía aguantar más, entró una y otra vez lo más profundo que pudo hasta que ella apretó los brazos alrededor de él y se estremeció. Y cuando Olivia sintió que se expandían las olas en su propio cuerpo, él empujó entrando más aún hasta soltar un extraño grito como de cabra que estremeció la quietud de la noche.

Permanecieron un rato entrelazados, en un mar de sudor. Luego, lentamente, él se quitó de encima de Olivia. Se acurrucó al lado de ella, acostada de espaldas, y le puso el brazo derecho sobre la panza. Suavemente la volteó de lado y se pegó a su cuerpo por atrás. Ella podía sentir su pene moverse, ligeramente excitado, contra sus nalgas. Oyó que le murmuraba al oído palabras en italiano y luego Máximo exhaló y se quedó dormido.

Esa noche hicieron el amor dos veces más, y siempre, al terminar, Máximo se dormía mientras que Olivia se quedaba bien despierta, en un estado de dicha serena. Antes de que saliera el sol, mientras Máximo dormía bajo un mantel sobre una caja de lechuga, Olivia se levantó y recogió sus cosas. Subió sigilosamente la escalera del sótano y entró al baño detrás del mostrador a lavarse la cara y maquillarse. Allí, se puso el vestido por encima de la cabeza. Cuando estaba a punto de abrir la puerta de vidrio con llave para salir, se dio la vuelta y volvió a entrar al restaurante. Tomó una tarjeta color crema de la Grotta Blu del altero que había en la repisa junto a la caja registradora, con la dirección y el teléfono del restaurante y las palabras *Massimo Colibri, Proprietario* abajo en cursivas.

Afuera, el pueblo seguía a oscuras. Podía oír a los pájaros en sus nidos, el ruido de las plumas, los trinos de madrugada. Olivia no pudo evitarlo. Estaba llorando quedito, como el hielo que a veces borbotea cuando se derrite con el aire caliente.

Todo le quedaba perfecto. Un nombre de pila fuerte, y no había nada irónico de su apellido: no era un zopilote ni un carroñero, sino el más ligero de los pájaros, un colibrí. Un colibrí sacando dulzura de donde podía, a medio vuelo, sin quedarse en ninguna flor más que un brevísimo momento, colorido y bien formado en su esbelta desnudez, un aleteo enloquecido que apenas causaba conmoción, y un glorioso pico curvo.

¡Un apetito insaciable!

Olivia caminó rápidamente por la calle principal hacia el camino que subía a su cuarto. Había hecho bien en irse cuando se fue. Sabía que Máximo despertaría pronto y se preguntaría por qué se habría ido sin despedirse. Tal vez se sentiría aliviado de no tener que decir las palabras obligadas que de algún modo volverían lo que había pasado entre ellos algo más y algo menos de lo que en realidad había sido: dos almas solitarias explorándose mutuamente en la profundidad de la noche.

Tal vez ya estuviera anticipando cómo explicarle su ausencia a Marcela, quien, Olivia estaba segura, ya estaría acostumbrada a sus infidelidades. Se iría a casa a desayunar con ella y su madre enferma, y les contaría que un grupo se había quedado bebiendo hasta tarde, así que él se durmió en el sótano. Marcela ya no haría una escena, como las primeras veces que Máximo había vuelto a su lado oliendo al perfume de otras mujeres.

Si Marcela lo seguía viendo como una serpiente, tal vez había desarrollado la prudencia como para no molestarlo.

A lo mejor él pasaría el día pensando que Olivia iba a regresar después de haber descansado: sin duda regresaría a verlo, a compartir otra comida, más bromas y risas, y luego otra noche de intimidad. Las reglas del juego estaban claras y el hecho es que ambos lo habían disfrutado.

O quizá Olivia, la muchacha morena, se iría, y nunca la volvería a ver. Estaba acostumbrado: a tomar todo lo que podía, a disfrutar de los momentos, sabiendo que si no había obligaciones, era más fácil soltar.

O tal vez, pensaba Olivia, la escena entre Máximo y Marcela sería más compleja:

Querida, me quedé trabajando hasta tarde. Los clientes no se querían ir. Francesco pasó a verme. Empezamos a tomar ouzo. Bebí demasiado. Decidí dormir en el colchón del sótano. Ya sabes cuál. ¿Por qué te molestas, Marcela? No sólo tienes a tu madre: me tienes a mí.

Olivia se secó los ojos mientras subía por el camino hacia su cuarto. Pero en vez de entrar a su habitación, se desvió hacia la pequeña terraza tallada en la roca del acantilado, con vista al Mediterráneo, donde había estado la tarde anterior.

De día, la vista era muy distinta, menos sombría. La luz del sol danzaba anaranjada en la punta de las olas que avanzaban constantes hacia la orilla. Dos o tres botes ya estaban pescando. Mirando directo al poniente, Olivia alcanzó a ver la lejana isla de Sardinia en la luz matinal, como una ballena jorobada azul. No había movimiento, pero todo parecía tranquilo, lleno de promesa.

Se sintió eufórica, enormemente satisfecha, por primera vez en años. Dejó que la vista aquietara su respiración.

¿Podía quedarse aquí con él? ¿Cuánto tiempo duraría? A diferencia de Eduardo, Máximo nunca le había dicho que la amaba, ni siquiera en sus palabras revueltas en italiano. Sabía que no valía la pena estropear el momento diciendo cosas que al siguiente instante serían falsas.

Había compartido su filosofía con ella: creía completamente en *la dolce far niente*. *La dulzura de no hacer nada*. Nunca iba a obtener nada más de él, de este colibrí.

Olivia supo que tenía que irse de inmediato. Volvió a su cuarto. No le tomaría mucho hacer la maleta; y qué más daba si no le devolvían el depósito de la habitación. Tenía mucho dinero, Margarita Canales se había asegurado de que así fuera. Su vuelo salía de Malpensa y en París transbordaba hacia la Ciudad de México.

Olivia se esponjó el pelo y se deshizo los nudos con un peine. Podía oler la colonia de Máximo mezclada con su perfume. No sólo estaba en su pelo y en su piel, sino en lo profundo de su cuerpo.

Olivia bajó las escaleras, con la maleta colgada al pecho. Tomaría el tren local de las 8 a.m. que iba al norte por la costa ligur, y en Génova tomaría el tren a Milán. Allá pasaría sus últimas dos noches, en el Palazzo delle Stelline, y tal vez le pagaría a un guardia para que la dejara asomarse a ver *La última cena*. No trataría de ir a museos ni tiendas, simplemente caminaría por los tranquilos callejones donde no había turistas o iría al parque a leer.

El viaje a Vernazza le había hecho todo el bien del mundo. Se sentía saciada.

Máximo era un colibrí.

Y era perfecto para él.

Lo único que la preocupaba era saber qué era ella...

(1987)

Mucho antes de que Olivia empezara a ir al Colegio Parroquial, tenía una fantasía en la que visualizaba su infancia ideal. Nunca pensó en lo imposible que era, dados sus orígenes humildes, pero imaginaba que vivía con su mamá en La Antigua, en una modesta casa colonial con barrotes de hierro colado en las ventanas, en una de las muchas calles empedradas; con una chimenea de ladrillo en una sala acogedora y un patio abierto repleto de orquídeas, siemprevivas y malamadres en macetas y buganvilias de media docena de colores. Ahí pasaba las mañanas vistiendo y desvistiendo a sus muñecas en su propia recámara, y en las tardes jugaba con Guayito canicas o capiruchos en el patio; si hacía mucho calor, se quitaban la ropa y Lucía los rociaba con agua fría. Y más tarde, tras la puesta de sol, su madre, su hermanito y ella cenaban en casa, desde luego atendidos por la Nena, una sirvienta que llevaba veinticinco años con ellos y en realidad ya era un miembro más de la familia.

Su infancia transcurriría como debe ser: su escuela, sus amigas y montones de aventuras y placer. Habría risas y muchas lágrimas –¿acaso no era eso la vida?–, pero el resultado sería, en general, bueno.

Olivia imaginaba sus nupcias a los veinte años. Sería después de muchos meses de cortejo, con un muchacho guapo, educado y atento con buenas perspectivas económicas... hasta se le ocurrió un nombre: David Figueroa. Era un poco llenito como ella y moreno, con pelo grueso color carbón y ojos negros que eran buenos y sin malicia: un hombre en quien podía confiar. Vendría de visita todas las noches después de la cena, se sentaría en el amplio sofá de la sala y platicaría de su futuro trabajo al lado de su padre en su tienda de electrodomésticos. Su primera aportación al negocio familiar iba a ser modernizar el sistema de rastreo de inventarios y ventas para eliminar la necesidad de rentar una bodega para las mercancías excedentes. La cara de luna de David reflejaría el amor que Olivia le tenía, y ya estaba decidido que un día él le pediría su mano a Lucía.

David se iría de casa de Lucía puntualmente a las nueve, y Olivia lo acompañaría a la puerta y le permitiría darle un beso en el cachete. Más noche, al irse a su cama, entre las sábanas y cobijas que la arropaban, Olivia estaría llena de amor y tendría más dulces sueños. Se vería sentada en un acantilado contemplando el más exquisito de los atardeceres, la puesta del sol, la explosión de rayas anaranjadas y amarillas en el cielo, la llegada de las primeras estrellas de la noche, casi como faros para disipar cualquier voluta de oscura confusión.

No había pasado ni iba a pasar nada por el estilo. La vida que tenía, la vida que fuera a tener, no tenía nada que ver con esa clase de sueños fantasiosos. Sabía que en realidad era una farsa, pero era suya y la podía acariciar.

Olivia recordó esa ensoñación al mirar por la ventanilla en el vuelo de regreso a la Ciudad de México desde París. El sentimiento de satisfacción que había tenido con Máximo, prácticamente se había disipado; ahora estaba intranquila, no muy segura de cuál era el siguiente paso.

¡Si tan sólo pudiera dejar de pensar en el futuro! Deseaba poder elevarse sobre sus emociones de la misma manera en que el *jet* en que venía se elevaba sobre las nubes; sobre la masa de pensamientos confusos que volvían a arrastrarla hacia abajo. Su única noche con Máximo había sido tan intensa que ahora que estaba lejos de él, lo único que sentía era la herida abierta de su ausencia. Su pasión había sido mágica precisamente porque había sido tan natural; Olivia temía nunca volver a encontrar esa clase de felicidad, y menos con un hombre.

Empezó a repasar todos los hombres que le habían importado.

Jesús. Mejor ni hablar. Un breve romance adolescente que apenas recordaba. Muchos jadeos y arrimones, sobre todo de ella, contra los muros de la iglesia de La Merced. *Horacio* había ofrecido posibilidades reales. Guapo, con ojos sensibles, atento, con negocio propio. Pero tras aquella emoción inicial, era más un hijito de mami que un hombre. Aun así, Olivia tenía que reconocer que había algo en él que le parecía atractivo, pero lo había tratado de la peor manera. Ah, *Eduardo*. Había sido chocolatoso y maravilloso, pero la situación era totalmente imposible: demasiada distancia, más que un océano, entre su vida y la de él. Y jamás podría confiar en sus motivos. Y el último: *Máximo*. Al igual que Eduardo, irrefutable e incuestionablemente un hombre. A pesar del dolor que sentía en el pecho sólo de pensar en él, ¿acaso no era también un niño sometido? Todo era tan conveniente: la esposa española ausente, la misteriosa Marcela. Sí, hacer el amor con él había sido maravilloso, pero todo había sucedido en una sola noche breve y era absurdo imaginarse viviendo en Vernazza. Esperar más, pensar que había pasado algo más, era negar una realidad que estaba golpeando a Olivia como una tonelada de ladrillos. ¿Cómo podía siquiera imaginar que entre los dos había algo duradero?

Se dio cuenta de que en cada uno de ellos había una falla profunda: todos eran niños. Grandes, pero niños al fin.

La sobrecargo pasó ofreciendo bebidas. Olivia pidió dos whiskys, que vació en un vaso sin hielo y se tomó como agua. Si tan sólo Melchor hubiera sido un verdadero padre, tal vez hubiera podido darle algún consejo para lidiar con los hombres… pero no sólo no la había reconocido, sino que él también pertenecía a esa fraternidad de criaturas errantes, irresponsables.

Olivia no sabía qué cosa había esperado del whisky –¿semillas de sabiduría?–, pero lo único que sacó fue un dolor de cabeza que le golpeaba las sienes como un tambor. Lo más que pudo hacer fue estirarse sobre el asiento de al lado que venía vacío y hundir la cabeza en un mar de almohadas para tapar la luz.

Eran las nueve cuando el avión de Olivia aterrizó en la Ciudad de México. En el aeropuerto había mucha confusión –demasiados vuelos llegando simultáneamente, faltaban puertas de desembarque, maleteros, bandas transportadoras–, así que para cuando su taxi llegó al departamento en la Colonia

Guerrero, ya pasaba de medianoche. Su llave apenas había girado en la cerradura, cuando la propia Mélida le abrió la puerta y empezó a bombardearla.

–¿Dónde andabas? Me tenías muy preocupada. ¿No se suponía que llegabas hoy en la tarde? ¡Hasta llamé a Viajes Atlas y hablé con la muchacha francesa que trabaja ahí!

–¿Pasó algo malo? –fue todo lo que Olivia pudo decir. Aún le dolía la cabeza. Entró al departamento y cerró la puerta.

–Esta carta llegó el día que te fuiste –continuó Mélida; sacó un sobre de su delantal y se lo entregó a Olivia. El rostro moreno de la casera estaba preocupado. ¿Llevaría diez noches desvelada, esperando el regreso de Olivia?

Olivia dejó su maleta en el piso y al mismo tiempo echó un vistazo, con ojos entornados, al sobre. No tenía remitente, pero vio un quetzal en el timbre cancelado y supo que era una carta de Guatemala. ¿De su madre? Qué buen chiste. Olivia le había escrito al cafetal en sus primeros meses en México, para explicarle por qué se había ido y contarle lo que estaba haciendo. Sin duda alguno de los otros peones le habría leído las cartas y se habría ofrecido a escribir algunas palabras. Pero las cartas de Olivia no recibieron respuesta y finalmente dejó de escribir.

–Pensé que a lo mejor ya no regresabas de Italia... que a lo mejor habías conocido a alguien, te nos habías enamorado y habías decidido quedarte por allá –la voz de Mélida le llegaba como a través de un vidrio–. Oye, te estoy hablando.

Olivia se sonrojó. La casera no andaba muy errada; Olivia le dio un beso y le dijo que en la mañana le contaba todo.

Cuando estuvo sola en su cuarto, y segura de que Mélida estaba en el suyo, Olivia prendió la luz junto a su cama y abrió el sobre. Era de la hermana Carina, como había imaginado.

La hermana Carina nunca era muy rápida con su correspondencia, pero cuando por fin escribía, sus cartas solían ser cartas bastante largas, con muchas noticias y chismes de la escuela y las maestras, y siempre con muchas preguntas, sobre su padre, su trabajo, la Ciudad de México, sus hábitos religiosos, y cualquier cosa que calificara como noticia. En su primera carta a Olivia, había estado muy molesta con ella por haberse ido del Colegio Parroquial antes de graduarse: le había comunicado con toda claridad lo enojada que estaba, sobre todo porque Olivia era *su* becaria especial. Con el tiempo llegó a aceptar la explicación de Olivia, aunque fuera por el simple hecho de que no tenía caso seguir haciendo leña del árbol caído.

Olivia se había ido hacía casi cinco años. Cuando un poderoso terremoto sacudió la Ciudad de

México en 1986, arrasando cientos de edificios incluyendo hoteles y monumentos históricos, la hermana Carina le había enviado un telegrama, preocupada porque su alumna estrella pudiera haber salido herida, pidiéndole que se comunicara.

Así que cuando se restableció el servicio telefónico, Olivia llamó a la hermana Carina a la escuela, aunque la llamada le costó casi un día de sueldo. La conversación había sido corta, menos de cinco minutos, y cada vez que una hablaba, la otra interrumpía; luego había un silencio en la línea hasta que alguna volvía a empezar, y se repetía el mismo patrón. Pero por lo menos se habían oído las voces.

Parece ser que Lucía había ido a ver a la hermana Carina hacía unos días para averiguar si ella sabía cómo contactar a Olivia. También le había escrito a Melchor en México, en un escritorio público, pero él se había vuelto a mudar y la carta regresó cerrada. Entonces lo llamó desde uno de los teléfonos públicos de la oficina de correos de La Antigua, pero la mujer que contestó empezó a dar de gritos en cuanto oyó el nombre de Melchor.

La carta, en el estilo típicamente elíptico de la hermana Carina, decía así:

Mi hermosa y muy especial Olivia:

Espero que me disculpes por no haber respondido tu carta reciente (bueno, ya ni tan reciente, pues me escribiste hace un año para contarme cómo sobreviviste al terremoto. Tengo que volverte a decir, antes de continuar, qué maravilloso fue escuchar tu voz, tan fuerte y tan segura de sí, aquel día que hablamos por teléfono).

No tengo ninguna excusa válida para no haber escrito, más allá de contarte que los problemas en Guatemala me han deprimido más y más, y no sólo me han impedido escribirte a ti y a todo mundo, sino que también me han mantenido alejada de mis horas de plegaria y meditación. Guatemala se ha convertido en un lugar muy peligroso: miles más han salido del país, algunos a la frontera con México y más allá, otros a los campamentos temporales, y otros más han desaparecido y me temo que estén en fosas comunes. ¿Cómo ha podido suceder esto en el país de la eterna primavera? Creo que Dios nos está castigando por no habernos preocupado lo suficiente por todos sus corderitos y no haber alzado la voz cuando los estaban masacrando.

Se ha ido Ríos Montt, el presidente evangelista que invocaba el nombre de nuestro Salvador cada vez que hablaba y luego atacaba a nuestra Madre Iglesia. Desestimó nuestras protestas contra el ejército por matar indígenas simplemente porque no querían ser reclutados a su servicio. Dijo que el gobierno, el ejército y la Iglesia tenían que trabajar juntos como si fueran ramas del mismo árbol. Nuestro gran obispo Gerardi le respondió enérgicamente que en Guatemala no vivimos en el siglo XII ni necesitamos otra Santa Cruzada. Gracias a Dios, finalmente ese monstruo se ha ido.

Así que las cosas deberían mejorar con nuestro nuevo presidente Cerezo. Tiene una esposa muy bella, pero ya corren rumores de infidelidad y ya ha habido reportes de que su ejército es responsable de nuevas matanzas en Santiago de Atitlán y El Aguacate.

¿Qué homilía puedo darte para contextualizar toda esta violencia y ayudarte a entender lo horripilante que es todo esto? Para serte honesta, mi pequeñita, yo soy una simple monja, demasiado vieja para encontrarle sentido a todo lo que ha ocurrido.

Ay, Olivia, deberías estar agradecida de vivir en un país civilizado tan lejos de esto. Se te partiría el alma, como a mí se me parte a diario, de ver a los soldados matando indígenas a bayonetazos por no apurarse o por no entender sus preguntas. El abuso de los demás se ha vuelto cotidiano: hasta tomar una vida humana ha dejado de ser del ámbito de nuestro Creador... Sé que lo que estoy a punto de decir es pecado, pero desearía ya no estar aquí en la Tierra para no tener que atestiguar todo este horror. No quiero quitarme la vida, pero si algo llegara a suceder, me sentiría aliviada de irme con mi Señor.

No voy a tratar de suavizarlo, te tengo muy malas noticias. Tu madre me ha pedido que te escriba para contarte que tu hermano Guayo murió. Aún no sé cómo ocurrió ni por qué. Tu mamá me contó atropelladamente tres versiones contradictorias de cómo lo mataron. Sospecho que esto se debe a que en realidad no sabe qué pasó, y está consumida por la pena. Dice que el certificado de defunción afirma que le dispararon cuatro veces: dos en el pecho, una en el estómago y otra más en el cuello. No sabemos si lo mataron los propios kaibiles o si fue la guerrilla. Sólo se encontraron fragmentos de su cuerpo: al parecer, sus asesinos lo descuartizaron para tratar de ocultar su identidad. Pero no se puede engañar a una madre, ni siquiera a una tan callada y endurecida como la tuya.

El entierro fue el mes pasado. De esto puedes estar segura: todas nuestras plegarias han encomendado su alma santa a nuestro Creador.

Sé que es mucho pedir, pero creo que le darías un gusto enorme a tu madre si vinieras de visita. Está muy débil y su mente no funciona muy bien. Dejó de trabajar en los cafetales y quiere regresar a San Pedro La Laguna a tratar de hacer las paces con su familia. No es buena idea, porque también allá el ejército está peleando contra los indígenas. Y además tu madre no tiene dinero.

Me gustaría poder ayudarla. Cada vez que la veo está más confundida. Ha empezado a hablarles a las paredes y los espejos. Yo tengo setenta y seis años y tampoco tengo dinero. Me duelen las articulaciones y ahora camino con bastón.

Sé que ella fue dura contigo y yo cargo parte de la responsabilidad pues yo te aparté de ella. Eras una niña tan dulce. Todavía puedo oír tu voz, leyendo en voz alta junto al arroyo…

No puedo decirte lo que tienes que hacer: debes rezar y permitir que tu corazón te aconseje.

También debería contarte cosas amenas. Sé que te gusta recibir noticias de tus amigas, o a lo mejor es que a mí me gusta platicar cosas más alegres. Veo a Jimena casi cada semana cuando voy a la tienda de su padre. ¿Te acuerdas que se casó con su primo José Chang Liu?, pues acaban de tener gemelas. José trabaja con el papá de ella (que es su tío) en la tienda La Fe. Jimena siempre está ahí con las niñas. Ha cambiado tanto, Olivia. Es una mujer tranquila y atenta.

Sé que te gustaría saber qué ha sido de Meme. Hace teatro callejero en Ciudad de Guatemala, tiene una hija pero no se casó con el padre. Ella me preocupa, porque no es buen momento para burlarse del gobierno.

Olivia, tú harás lo que puedas hacer. Pero al llorar la pérdida de tu hermano, recuerda las palabras de nuestro Salvador a Marta:

El que cree en mí, aunque esté muerto, vivirá y todo aquel que vive y cree en mí, no morirá jamás.

Que el Señor te guarde y te cuide siempre. Antes teníamos tanto de qué dar gracias. Siempre fuiste una niña muy dulce.

Aunque la vida me está costando mucho trabajo, tu recuerdo me mantiene viva.

Un abrazo,
Hermana Carina

Después de leer la carta, Olivia empezó a llorar, pero las lágrimas se le atoraban en la garganta. No sabía qué hacer. Una parte de ella quería darse la media vuelta, regresar al aeropuerto y tomar el próximo vuelo a Ciudad de Guatemala. Pero ya era bien pasada la media noche y la cabeza le dolía tanto que apenas si podía tener los ojos abiertos.

Pasó una noche intranquila y agitada. El paso de las horas sólo traía más agotamiento. No lograba calmarse y al mismo tiempo tampoco podía desahogar su pena. Guayito había muerto. ¿No debía estar triste? Trató de obligarse a llorar –a sentir algo– pero había dejado de quererlo hacía mucho. Por lo menos debería sentir pesar, desilusión o dolor.

La hermana Carina estaba equivocada. Olivia no era dulce. Era una muchacha egoísta preocupada de sus propios asuntos. No sentía nada, absolutamente nada por la muerte de su hermano. Aun así, tenía un dolor detrás de los ojos que había empeorado con los whiskys del avión.

A la mañana siguiente, Olivia no pudo comerse el desayuno que le dejó Mélida. Sólo la jarra de café caliente, esperando que la cafeína le ayudara. Pero cuando se fue caminando al trabajo, sintió náuseas. No había usado protección con Máximo; ¡tal vez estaba –maldiciones– embarazada! Esperaba que Margarita Canales la arropara en sus brazos y nomás la abrazara para que por fin pudiera llorar.

Las primeras palabras que pronunció Isabelle en cuanto la vio, fueron:

—Olivia, te ves fatal.

Concha, la recepcionista, negó con la cabeza y le dio un beso a Olivia.

—No le hagas caso. Toda la semana ha estado de un mal humor...

—Llevamos ocho días de frío y lluvia –se quejó Isabelle, sin quitar los ojos de su computadora–. ¿Qué tal Italia?

Olivia parecía aturdida.

—¿Dónde está Margarita?

—Estás de suerte, decidió ir a visitar a su hija en Texas.

—¡No me digas que no está!

—Así es. Y me sorprende que no te dé gusto.

La única persona que quería ver y no estaba. Olivia miró alrededor de la agencia de viajes y sintió que mil ojos la veían.

—Anoche cuando llegué, Mélida me dio una carta de la hermana Carina, la monja que siempre me cuidó –dijo entre dientes–. Me escribió para decirme que Guayito, mi hermano, está muerto.

Isabelle levantó la vista de su pantalla de computadora.

–¿Qué le pasó?

Cuando Olivia la miró, fue a través de una capa delgadísima de lágrimas.

–...Es un poco confuso. Murió, Dios sabrá dónde y cuándo, pero encontraron su cuerpo hace unas cuantas semanas –su voz era plana.

–¡Pobre de ti! –Concha la abrazó.

–Ay, Olivia. Lo siento –dijo Isabelle, acercándose por fin a consolar a su amiga–. ¿Podemos hacer algo por ti? ¿Qué vas a hacer?

–No sé. Me siento tan perdida, absolutamente perdida. Quiero llorar, pero no puedo. Quisiera que alguien me dijera qué hacer.

El teléfono empezó a sonar e Isabelle contestó. En menos de diez segundos, sonó otra línea y Concha la atendió. El día había arrancado, a toda marcha. No había tiempo para lamentos ni consuelos: con Margarita de viaje, estaban cortas de personal.

A Olivia no le quedó más remedio que trabajar en su escritorio al fondo de la agencia de viajes.

Quiso la suerte que Abraham llegara unos minutos después. Venía de su típico humor parlanchín y quería comprarle a Olivia un boleto para ir a Monterrey y Guadalajara, pero cuando entró, Isabelle lo miró y negó con la cabeza.

Olivia estaba al teléfono con una cliente de mucho tiempo, tratando de ser amena y cordial, agarrándose la cabeza, con los ojos cerrados. Estaba usando su voz de trabajo, un par de registros más aguda de lo normal: alegría ante todo, aunque tuviera los ojos rojos y llorosos, y el corazón metido en el clóset más oscuro.

Abraham atravesó la oficina y se sentó junto a su escritorio. Al ver que estaba ocupada, empezó a hojear un folleto promoviendo los placeres de Bali y el Pacífico Sur. Cuando terminó su llamada, Olivia se puso de pie y le pidió que la abrazara.

Abraham se sorprendió. Se puso de pie y le tendió las manos. Cuando la abrazó, Olivia empezó a llorar y hablar a la vez. Le contó todo: de Venecia, Florencia y Milán; de Máximo; y finalmente de la muerte de su hermano –todo en una voz sin aliento, como si tuviera miedo de hundirse en un remolino antes de poder acabar.

Abraham simplemente la escuchó, sin sus acostumbradas bromas para aligerar el ambiente. Cuando ella paró, le dijo:

–Sabes, Olivia, tienes edad como para ser mi hija…

–Por favor, Abraham.

Él se apartó un poco de ella, tomándola de las manos.

–No, lo digo en serio. Me temo que he sido un mal amigo contigo. Tú estás aquí sola. Yo podría haberte ayudado mucho más. Te hubiera podido cuidar mejor: ofrecerte consejos paternales.

Olivia pensó en Melchor y empezó a llorar otra vez, incrustando la cabeza en el hombro de Abraham.

Él la siguió abrazando, palmeándole el hombro de vez en cuando para consolarla. Nunca había estado cerca de una mujer de esa manera, y se sentía torpe.

Olivia sintió que él la mecía suavemente. Nunca se hubiera imaginado que Abraham fuera el tipo de hombre que supiera consolar a alguien.

–No serías tan mal papá –le dijo.

–Qué tontería –dijo él, avergonzado por sus palabras.

–No, en serio. Tienes brazos fuertes y eso es muy lindo –dijo Olivia, riendo.

Le habían quedado a deber su infancia. Qué lindo hubiera sido tener un padre que la amara incondicionalmente, que le comprara un algodón de azúcar o un rehilete en la Alameda o que la hubiera llevado a tomar un té al Hotel Regis. Alguien que no fuera sentencioso ni cortante con ella, sino cariñoso, que la apoyara.

Abraham no era más alto que Olivia. Aunque donde estaban no los oía nadie, le murmuró al oído para que sólo ella oyera:

–Venimos del mismo mundo, Olivia. Ambos crecimos raspándonos los pies contra pisos de tierra.

Es algo que probablemente nunca olvidaremos. Pero nos hace sentir indignos, como si alguien fuera a descubrir que somos impostores.

—Me siento fatal por dentro. Quiero que algo me quite este sentimiento de vacío.

—No creo que haya nada.

—¡Tiene que haber algo!

Olivia sintió que Abraham negaba con la cabeza y se apartaba de ella.

—Me gustaría saber qué. Yo he encontrado muchos sustitutos, pero nada parece funcionar. Tal vez en este momento de mi vida, debo darle una oportunidad al amor —dijo él.

Algo en su forma de decirlo, hizo que Olivia soltara una risita. Todo era un poquito absurdo. Sólo a ella le pasaba: finalmente encontraba una figura paterna en alguien como Abraham —un *playboy* mujeriego—, ¡y de la nada se le ponía sentimental!

Era demasiado chistoso para explicarlo.

—¿Tú que sabes del amor, Abraham? Con tus fiestas, tus copas...

—¿Y todas mis mujeres? —preguntó él.

—Sí... y todas tus *tetonas*.

—Mi querida Olivia, estoy empezando a entender que mis escarceos han sido distracciones momentáneas, una diversión y nada más. Los tragos, el sexo y las posesiones pueden hacer mucho por llenar un vacío. Eso fue lo que pasó en mi vida. No me enorgullece, pero así he vivido. Siempre día a día, buscando lo que pueda sacar fácil y rápido. Así que tienes razón: ¿yo qué sé del amor? Absolutamente nada. Pero ésa puede ser una buena razón para intentarlo. ¿No crees?

Olivia miró a Abraham. Sintió que tal vez se había excedido burlándose de él. Sus ojos de gruesos párpados estaban rojos y venosos.

—Yo no soy nadie para juzgarte —fue lo único que pudo decir.

—Nunca he sentido que tú me juzgues —Abraham se encogió de hombros y se volvió a sentar—. A veces creo que oculto mis debilidades demasiado bien.

—¿A qué te refieres? —preguntó Olivia.

Él le tocó la mejilla.

—En realidad no importa... Sé que te vas a reír de esto, pero leí en alguna parte, tal vez en la columna del *Consejero* de lo que tú llamarías mis "asquerosas *Playboys*", que una vez Platón dijo que en el vientre de nuestra madre estamos completos, pero que al nacer esta plenitud, como una pelota, se parte en dos. Pasamos el resto de nuestra vida tratando de volver a unir las dos mitades. Nunca es tan fácil. Hagamos lo que hagamos, una de las mitades siempre va mucho más adelante o la otra está siempre un paso atrás, y las dos partes nunca se pueden acabar de juntar. A lo mejor no sucede hasta que morimos. Y desde luego, ya muertos, no tenemos que preocuparnos de que se junten las dos estúpidas mitades, ¿verdad?

Olivia se volvió a sentar, pensando qué hacer para que volviera la altivez de siempre a los ojos de Abraham; para que todo volviera a la normalidad. De algún modo, las noticias sobre Guayito habían despertado en él deseos de decirle algo importante.

—¿Y Zimry cómo encaja en todo esto?

Abraham acercó su silla a la de ella.

—Bueno, ya sé que ella te parece medio boba. Vende perfumes, se la pasa diciendo tonterías y bebe mucho... —mientras hablaba, Olivia volteó a ver las manos de Abie: eran morenas como las suyas, pero venosas y manchadas por la edad. Aunque se veían viejas y cansadas, de pronto se animaron bastante. Volvió a mirar su cabeza: su pelo salpicado de canas, más arrugas en las sienes, y en el vórtice de su frente, un pico de viuda.

Abraham había envejecido rápido. Sabía que sus días de supuesto donjuán estaban contados. No era extraordinariamente rico ni culto. Nunca había sido demasiado guapo, pero tenía ojos vivos, seductores. Eran su principal atractivo... y nunca habían envejecido, hasta ahora.

—En realidad, Zimry no es tan tonta ni tan frívola como a veces actúa. Tal vez no lo creas, Olivia, pero creo que ella podría hacer muchas cosas. Sabe bastante de joyería y ropa. Y es una diseñadora nata —esto lo dijo con un encanto casi juvenil. Y luego echó un vistazo a la agencia para asegurarse que ni Concha ni Isabelle pudieran oírlo—. Serás la primera en saberlo, Olivia, Zimry no tiene ni idea, pero voy a pedirle que se case conmigo.

—¡Cómo crees! —respondió Olivia, feliz que de que hubiera confiado en ella, pero estupefacta por la confesión: era demasiado para su cabeza adolorida.

—Sí, ya sé, ya sé. Le doblo la edad, o quizá bastante más. Pero mira: resulta que la pasamos bien juntos. Disfrutamos nuestra mutua compañía. Por lo menos yo disfruto la suya, y creo que es un sentimiento recíproco.

Olivia levantó una ceja.

—¿Y así nomás decidiste casarte con ella?

—Sí —dijo él, entendiéndola—, ¡así nomás! Pero al mismo tiempo, no fue así nomás: compartimos la cosa esta del yoga, la dieta macrobiótica, y le da tanta emoción cuando le compro cosas. Conmigo, si quiere puede dejar de vender perfumes, puede abrir una *boutique* o una galería de arte... a lo mejor hasta podría vender las fotografías de Horacio. Zimry es bastante versátil. No sé si te conté que está muy dedicada aprendiendo el Tarot. Ya lleva bastante tiempo estudiando...

Olivia sintió que su pesadumbre se disipaba y no le molestó para nada que Abraham hubiera olvidado por completo las noticias de ella. Era dulce, su forma de hablar, con una voz valiente, enérgica.

Ahora que había "crecido", quizá Abraham acabara siendo un marido generoso, amoroso y atento. De pronto Olivia entendió cómo era que Zimry podía amarlo a él también y sintió envidia, pero no de manera hiriente ni resentida. Simples celos.

—¿Y estás seguro de que Zimry te ama?

Ella esperaba que su interrogante lo sacudiera, que lo hiciera dudar —como le habría pasado a ella—, pero él seguía tan contento y emocionado como antes.

—Mi querida Olivia, para serte franco, en realidad no tengo la menor idea de cuáles puedan ser sus sentimientos ni sus motivos. A lo mejor Zimry ha estado tramando casarse conmigo desde el principio para sacarme todo lo que tengo, que no es mucho. Supongo que podríamos casarnos por bienes separados, y así si nos divorciamos, cada quien se va del matrimonio con lo que llegó. Pero yo no sé vivir así. Nunca lo he hecho. La vida es un juego de dados. Y tengo la costumbre de tirar y esperar a ver qué salió. El siete y el once. Mientras tanto, la vida es para divertirse...

—¡Pues felicidades! —dijo Olivia, abrazándolo.

—Gracias —respondió él, con un brillo en los ojos—. Pero, por favor, guárdame el secreto.

—Mis labios están sellados —respondió ella.

Olivia no voló a Guatemala. Sentía que su momento de regresar había pasado: lo único que vería de su hermano sería una cruz en un montículo de tierra, un manojo de flores, algunas palabras garabateadas con pintura barata y grumosa en un pedazo de triplay. Y aunque la hermana Carina le había dicho que su madre no estaba bien, Olivia no la quería ver. Aún no. No se imaginaba abrazando a una mujer que cuando estaba cuerda apenas la "recordaba".

Tal vez fuera cruel de su parte no regresar. Pero su madre había tomado sus propias decisiones de vida, y Olivia sentía que no existía para ser la hija ideal de una madre que había sido mucho menos que ideal. Y sí, estaba enferma: tal vez la muerte de Guayito hubiera acelerado de algún modo su demencia. ¿Pero para qué regresar ahora, justo cuando empezaba a poner en orden su vida?

Sólo acabaría por hundirse más en un pantano deprimente.

Acabó por sospechar que su madre no estaba tan enferma como actuaba. Era sólo un truco para hacer que Olivia regresara, y una vez allá, volvería a cubrirla de insultos. Lucía había sido tan hábil para ridiculizar sus logros a lo largo de tantos años. ¿No era ésa la danza entre ellas dos? Las palabras más amables que su madre le había dicho en la vida fueron aquella vez que Olivia le pidió, en realidad le suplicó, palabras de apoyo: las palabras que sólo una madre podía decirle a una hija fea que necesitaba consuelo. Lucía había respondido de manera bastante cínica y mecánica: Para *mí*, eres divina.

¿Y eso cuánto valía? ¿Era suficiente? ¿Algún día sería suficiente?

✳

La confesión de Abraham sacudió a Olivia y la llevó a reexaminar su propia situación. En menos de una semana, decidió llamar a Horacio a la zapatería. Él se sorprendió al oírla. A las preguntas de ella, sólo pudo farfullar respuestas monosilábicas, y dos veces se equivocó y la llamó Alma, el nombre de su madre.

—Abraham me contó de la muerte de tu mamá. Lo siento mucho. ¿Recibiste mi postal de Italia?

—Sí. Llegó al departamento viejo, de la Narvarte. Cuando ella murió, decidí mudarme a la Condesa, que está más cerca de la zapatería. Me gustó mucho la foto de la Capilla Sixtina.

Olivia se rió.

—Sabes, Horacio… nunca llegué a verla. Un día en Florencia, me metí a una tabaquería y compré un montón de postales muy lindas de todos los lugares que debía haber visitado en Italia, pero a los que no llegué…

—La misma Olivia —dijo él, y ella se lo imaginó negando con la cabeza y sonriendo.

—La misma Olivia, pero cambiada —respondió ella.

—El mismo Horacio, pero cambiado —le dijo él, sin detenerse.

–Touché.

Horacio guardó silencio al otro lado de la línea. Si Olivia estaba cambiada, él también: más reservado, menos solícito. No iba a tropezar dos veces con la misma piedra, y por el momento estaba herido, menos dispuesto a dejarse llevar. Después de todo, había muerto su madre, la única persona con la que había vivido en toda su vida.

–Sé que la última vez que nos vimos dije cosas horribles. No sé qué me picó. Sólo puedo pedirte perdón. No te merecías eso.

Él esperó a que siguiera hablando.

–¿Horacio, te puedo hacer una pregunta?

–Claro, lo que quieras –dijo él, batallando por sacar las palabras–, pero no puedo hablar mucho tiempo. Tengo que atender a un cliente.

–¿Crees que si te llamo la semana que entra, quizás podamos vernos y hablar?

Todas las cosas feas que Olivia le dijo lo habían herido profundamente, pero Horacio no era un hombre vengativo ni rencoroso. Podía olvidar los insultos en un instante, si quería. Sin duda, las palabras no eran golpes, y no había sillas destrozadas ni porcelana quebrada que lamentar. Sólo un corazón roto, sombrío.

Y se sentía bastante solo, viviendo por su cuenta.

–Las cosas que me dijiste no sólo fueron innecesarias, sino bastante crueles.

Su franqueza sorprendió a Olivia.

–Tienes razón –le respondió.

–No me gusta que me traten así –dijo con dureza al teléfono–. Y no voy a permitirte que me hables así. Merezco que me trates con respeto: el mismo respeto que le darías a alguien o algo que te importa.

Horacio estaba cambiado, y no tenía nada que ver con ser más reservado. Al contrario, parecía más seguro de sí, casi confiado, sin llegar a ser pedante. Era algo nuevo: como si por fin hubiera reconocido su propio valor, en vez de estar tan dispuesto a aceptar cualquier amabilidad con absoluta gratitud.

A Olivia le gustó el cambio. Era algo que esperaba que durara.

–Lo siento mucho, Horacio. De veras que sí.

–Espero que sea en serio.

–Quiero ver tu cara –le dijo Olivia.

Y él la sorprendió diciendo:

–Pues ya veremos, Oli… háblame la semana que entra.

La había llamado Oli. Cuando colgaron se sintió contenta, como si los oscuros nubarrones que se habían despejado sólo un poco con la confesión de Abraham, se hubieran disipado por completo con las palabras de Horacio.

Se quedó sentada en su escritorio en silencio, sonriéndole a los pósters de Italia en la pared.

Horacio no era ningún Máximo, pero era agradable a la vista y le gustaba besar sus labios, que eran suaves como los de Meme.

Su modo de hablar siempre había sido medido, pero ahora pronunciaba las palabras con distinto énfasis, como si hubiera entendido que no todo en la vida es igual. Y tenía una voz agradable. La escena en el restaurante, la muerte de su madre, la soledad que vino después lo habían cambiado.

A Olivia le emocionaba la idea de verlo. No se veían desde hacía bastante más de un año.

Es atractivo, se repetía Olivia. Y aunque sus ojos no eran vivos como los de Máximo o los de Abraham, por ejemplo, tenían esa clase de calidez que podía complacerla, darle una sensación de tranquilidad.

Era raro que Olivia estuviera teniendo estos pensamientos, porque de hecho Horacio se había pasado la mayor parte de su conversación telefónica regañándola por la manera en que lo había maltratado.

Horacio, antes me amabas. ¿Me das otra oportunidad?

Amar y ser amada, recordó esa frase de una canción.

Pasaba de las seis de la tarde. Otra vez estaba lloviendo. Concha e Isabelle se habían ido juntas, compartiendo paraguas, cerrando la puerta con llave para que ya no entrara nadie.

Las luces del alumbrado público danzaban y las ramas de los árboles, agitadas por el viento, se mecían.

No le molestaba la lluvia lacerante, horizontal. La forma en que había recortado su nombre –Oli– le había parecido una especie de esperanza, en ese momento, de oro puro.

(1990)

Olivia no lo podía creer: ¡el vuelo de Aviateca de México a Guatemala iba a durar menos de dos horas mientras que el largo trayecto por tierra hacía ocho años le había tomado más de dos días! Al viajar por tierra, había sido muy consciente de lo lento que iban cambiando las cosas: ¡de montañas a jungla, de atuendos coloridos a ropa sobria, de casas de adobe y techo de palma a edificios de concreto, de gruesos y ondulantes nubarrones a delgados hilos blancos de algodón! Casi se esperaba que el avión aterrizara en una pista en la frontera y obligaran a los pasajeros a desembarcar para mostrar sus documentos a oficiales de aduanas blandiendo rifles y ametralladoras.

"Qué mundo de diferencia", pensó, cuando su avión descendió sobre las verdes montañas y volcanes que rodeaban la Ciudad de Guatemala; sintió que ese sentimiento de esperanza que identificaba con la Ciudad de México, se disipaba y era reemplazado por todas las dudas y recuerdos de Guatemala, tejidos para formar un tapiz lúgubre e indescifrable, en cuanto el avión bajó las ruedas para aterrizar en la pista. Y después de que el avión se enfilara en la puerta de desembarque, cuando Olivia ya había salido por el puente movible a la explanada del Aeropuerto La Aurora, se le ocurrió que más que regresar a casa, estaba volviendo a la escena de un crimen horrible. No era una testigo ni alguien acusada injustamente: era la víctima, y el pánico, la forma en que se le cerró la garganta, el ritmo sincopado con que le temblaba el ojo eran la más simple prueba de ello. Sí, el aroma invitante del pollo campero y los puestos de textiles indígenas podían distraer a los otros pasajeros que llegaban –¡incautos!–, pero a ella los grupos de soldados armados, con sus uniformes verdes y ametralladoras, junto al área de equipaje y en el balcón del segundo piso o los policías uniformados de azul que revoloteaban nerviosos en grupos de dos junto a los taxis, le provocaron un terror absoluto.

Por un breve instante, consideró volver a subir a la oficina de boletos de Aviateca y simplemente comprar su regreso a México, pero su misión pudo más que sus miedos. Tenía cosas que hacer.

Olivia se subió a un taxi para hacer el recorrido de cuarenta minutos del aeropuerto a La Antigua y Ciudad Vieja.

–¿Primera vez en Guatemala? –preguntó el chofer diminuto y canoso después de meter su maleta a la enorme cajuela de su Packard negro de los 1950. Traía pantalones negros y un suéter de Momostenango sobre la camisa blanca y corbata. Desde el asiento trasero, Olivia podía ver que la camisa traía el cuello arrugado, muy raído. Podía oler su sudor y la colonia barata que intentaba disimularlo.

–No, yo nací en San Pedro La Laguna –respondió Olivia, sorprendida de que el chofer no hubiera reconocido a otra chapina–. Bueno, de ahí es mi madre. En realidad yo nací en Sololá.

–Ajá. Claro –respondió, taciturno, al darse cuenta de su error. Era tan típicamente guatemalteco: lo suficientemente curioso para ser cortés, pero suficientemente reservado como para no hacer más preguntas. Y desde luego incapaz de reconocer que se había equivocado.

Manejó cuidadosamente con las dos manos en el volante como si al agarrarlo evitara que el automóvil saliera disparado de la carretera.

Ya eran casi las cinco cuando el Packard dejó atrás la meseta de la ciudad. Olivia vio a la izquierda, cuando el taxi batallaba para cruzar las montañas que rodean la capital, un sol lejano y rojo que intentaba valerosamente echar algo de luz sobre la manta amarilla de esmog que colgaba sobre los edificios enormes que descollaban en las planicies. Muchas casas de un piso del centro de Ciudad de Guatemala habían sido demolidas y reemplazadas con rascacielos modernos desde su partida ocho años atrás y el resultado era un horizonte accidentado y confuso. Los barrios pobres habían crecido como un cáncer en todas direcciones alrededor del centro de la ciudad, agotando la meseta, subiendo por las colinas escarpadas, bajando hasta las barrancas más profundas.

Las décadas de guerra civil y asesinatos en masa habían tenido un efecto en los alrededores de la capital, convirtiendo el bosque y el canto de las aves en barriadas miserables. Los tiraderos de basura, que alguna vez estuvieron ocultos al sudeste del aeropuerto, brotaban por todos lados: ahora eran hogar de cientos de indígenas obligados a abandonar sus tierras por las Patrullas de Autodefensa del gobierno, para irse a vivir a arrabales putrefactos. Y pasando el Hospital Roosevelt, por el camino que va a las montañas hacia Sacatepéquez que hacía pocos años era un bosque fragante de pino y eucalipto, ahora ardían fuegos y aves de ceniza volaban al cielo.

Olivia cerró los ojos. Veinte minutos de forcejeo entre recuerdo y realidad la habían dejado exhausta. ¿Y cómo sería volver a ver a su madre, con quien había compartido los años más dolorosos de su juventud? ¿Qué cambios físicos habría sufrido? ¿Estaría canosa y delgada, o panzona y con el pelo negro?

Olivia había dejado pasar dos años desde la muerte de Guayito, y sólo se había decidido a venir porque la hermana Carina la había llamado insistiendo que era momento de que regresara. De algún modo, la bondadosa monja había logrado colocar a doña Lucía en un asilo de ancianos en la carretera a Los Aposentos; la hermana Carina se lo describió a Olivia como un asilo patrocinado por la Iglesia para sus feligreses fervientes pero casi indigentes.

La propia hermana Carina se iba al día siguiente, con un hermano menor que vivía en Toronto hacía diez años. Allá se había casado con una canadiense y tenían dos hijos. Conforme incrementó la violencia y la iglesia se fue volviendo más vulnerable –¿acaso el padre Gerardi no se vio obligado a cerrar la diócesis de Santa Cruz del Quiché bajo amenaza de muerte?–, el hermano le rogó que se fuera con ellos. La hermana Carina ya estaba muy grande y muy frágil para seguir en el convento con las otras monjas.

–No es que me falle la fe, Olivia, sino que los gritos de mi familia al fin han sido escuchados. Y antes de irme quería que supieras dónde puedes encontrar a tu madre. ¿Te acuerdas cuando la hermana Bonifacia les repetía una y otra vez a todas ustedes: *No seas vencido de lo malo...*?

—¡...*más vence con el bien el mal!* —la acompañó Olivia, casi gritando al teléfono, feliz de haberse acordado.

—Pues sí, mi queridísima Olivia, eso decía siempre. Pero ya no hay ninguna razón para quedarme aquí. No veo qué papel jugar. Satanás ha sido coronado rey. Los muertos y descuartizados están a la orden del día. Y en muy pocos lugares se puede encontrar ese bien.

—Me está asustando, hermana Carina —había murmurado Olivia.

—Todos tenemos miedo. La tristeza de cada día está a punto de pararme el corazón.

✳

Olivia se registró en el Hotel Aurora, a pocas y cortas cuadras de donde la Catedral de San José, desmoronándose, velaba silenciosa sobre el arbolado Parque Central. El Aurora era un hotel encantador ubicado en un antiguo edificio colonial; la puerta doble era de filigrana de hierro, junto a una panadería (que ya estaba cerrada), y un amplio patio con pasto, rodeado de habitaciones. En medio del patio había una celestial fuente azul, iluminada, cuyo suave borboteo se fundía con los últimos grillos de la noche.

El recepcionista nocturno le dio a Olivia una habitación con cama *queen size* y baño privado.

Olivia se había quedado en hoteles mucho más lujosos, pero nunca en Guatemala. Cuando cosechaba café a menos de tres kilómetros del Hotel Aurora –o después, cuando había pasado por el hotel camino a ver al Hermano Pedro de Betancourt en la Iglesia de San Francisco–, nunca jamás hubiera imaginado que algún día ella se hospedaría ahí, que sería una huésped en un cuarto con una cama con dosel, vestidores de caoba, un espejo antiguo tallado, un baño con tina de porcelana y una jarra de agua de cerámica para lavarse la cara antes de irse a dormir.

Después de tanto viaje, Olivia tenía hambre. Subió a comer al Doña Luisa, un restaurante en la planta alta del hotel. Se sentó en una mesa con vista a la 4ª Calle. Su ventana daba a un balcón, más allá del cual podía ver la oscura silueta del Volcán de Agua sobre las casas de techos rojos. Algunas luces parpadeaban en las laderas del volcán, excepto cerca de la cima, que estaba envuelta en una barba negra de oscuridad; recordó la vez que lo escaló con sus compañeras de escuela y durmieron cómodas y abrigadas en el cono, después del aterrador baño de ceniza del volcán Pacaya.

Ahora todo se veía tan sereno a la luz de la luna.

Una joven mesera con falda indígena cruzada y blusa bordada roja le trajo la carta. Sonaban versiones instrumentales de Antonio Carlos Jobim. El restaurante estaba vacío salvo por una pareja de norteamericanos que platicaban quedito. El hombre tomaba las manos de la mujer y la miraba a los ojos cuando ella le hablaba; parecían muy enamorados. Olivia pensó en Horacio y se quedó tranquila. Pidió una hamburguesa, que se comió con un vaso grande de horchata.

Olivia estaba muerta cuando se metió a rastras a la cama. Quería dormir profundamente, pero en vez de eso despertaba casi cada hora con una sed insaciable. Bebía un vaso de agua y se volvía a acostar. Luego como a las cuatro de la mañana, le dio un dolor de cabeza tremendo. Trató de descansar tranquilamente, acostada de espaldas, pero la despertaban los autobuses de la madrugada. Se quedó con los ojos abiertos, oyendo una campanita que anunciaba el camión de la basura avanzando por la cuadra. Vio su reloj, eran las seis. Alguien puso música: empezó una marimba rasposa, *El rancho grande*.

La cabeza de Olivia pulsaba con cada salto de la aguja. Era hora de levantarse.

Después de bañarse y vestirse, pidió un desayuno continental en una de las mesitas del patio. El sol iba subiendo por los techos y rociaba luz sobre la fuente, que le daba en los ojos. Tomó el café negro, esperando que calmara la pulsación en sus sienes.

El café le falló; Olivia se resignó a tener un dolor de cabeza importunándola el resto del día.

✳

Hubiera querido ver a Meme, pero la hermana Carina había perdido contacto con ella. Escuadrones de la muerte derechistas la habían amenazado cuando dejó la compañía de teatro en la Ciudad de Guatemala para actuar por su cuenta. No les gustó su primer performance, en el que caminaba descalza por la ciudad, vestida de negro como una monja, con su cara pintada saliendo de una capucha y con un dogal alrededor del cuello. No era una chica estúpida: cuando los reporteros le preguntaron quién era, dijo que era la Malinche y que su madre era la Llorona.

Todas las mañanas se podía ver a Meme junto a Catedral o a la entrada de Palacio Nacional o en el parque de enfrente, sentada con rostro de piedra en una banca, con la soga colgando del cuello. Era una plaga, ahuyentaba el comercio y el turismo, y fue responsable de que cayeran las ventas en todas las tienditas del Portal. Y cuando la Prensa Libre reportó que había dado en adopción a su única hija (la hermana Carina le mandó el artículo a Olivia), declaró que Guatemala era un país de huérfanos y bastardos, una fosa común. Criar a un niño en ese medio ambiente sin reconocer la verdad era un pecado, un pecado mortal, como violar y asesinar. De hecho, anunció que había cedido a su hija a uno de los orfanatorios acusados de traficar niños: de robarlos a padres pobres en Mixco o Zunil y venderlos a estadounidenses ricos que no podían tener hijos.

—Un bastardo menos en el país: no está mal —había dicho. Y los quinientos quetzales que recibió por su hija, los donó a la Cruz Roja Guatemalteca...

Un día, Meme simplemente desapareció; el gobierno de Cerezo dijo que estaba a salvo en Houston, pero las organizaciones de derechos humanos afirmaron que había sido secuestrada y descuartizada, sus miembros y tronco arrojados como piezas de un rompecabezas a cualquiera de las fosas comunes que acababan de ser descubiertas.

Olivia decidió caminar hasta el asilo de su madre, cruzando la plaza donde acababa el mercado. Una mesera del hotel se rió cuando Olivia mencionó el Asilo Aposentos, diciendo que era más un manicomio que un asilo de ancianos.

—Que la Iglesia diga lo que quiera —había agregado la mesera—, ahí toda la gente está loca.

Olivia pasó por el Almacén La Fe. Vio a una mujer, con pelo negro lacio y gruesos anteojos, que hubiera podido ser Jimena apoyada en una vitrina. ¿Debía entrar? ¿Y decir qué? Olivia siguió caminando; ¿qué caso hubiera tenido un reencuentro, admitir que su madre siempre trabajó en los cafetales, y finalmente intercambiar historias de cómo habían cambiado sus vidas?

A la entrada del asilo, la recibió una mujer vestida de enfermera. Le advirtió a Olivia que ahora su madre se negaba a salir de la cama.

—Señorita Olivia —dijo la diminuta mujer de uniforme azul claro almidonado y gorra blanca—, las piernas de su madre están bien. Ya la examinaron los doctores. Podría arreglárselas con un bastón. Pero sencillamente ya no quiere caminar.

—¿Y su estado mental?

La enfermera titubeó al responder.

—Ése es otro asunto. Su mente va a lugares donde pocos han entrado.

Camino al cuarto de su madre, Olivia pasó junto a una mujer sentada en una silla de hierro colado en el patio, rodeada de enormes macetones de cerámica llenos de geranios. Estaba hablando con una persona imaginaria sentada en la silla de enfrente:

—Tráigame mis zapatos negros. Tráigame mis zapatos negros. Los quiero ya. Por el amor de Dios, tráigame mis zapatos negros brillantes.

Esperaba unos segundos y luego volvía a comenzar con la letanía.

Cuando la mujer se percató de Olivia, alzó la vista y le dijo:

—Usted parece un alma honesta, ¿no me quiere traer mis zapatos negros?

Olivia le devolvió una sonrisa nerviosa.

La mujer le tendió una mano.

—Dicen que todos mis zapatos son cafés. Pero yo sé que no. Si ve mis zapatos negros, por favor me los trae.

El cuarto de su madre estaba en la planta alta. Cuando Olivia llegó a la escalera, se topó con una muchacha embarazada de unos dieciséis años que la detuvo y le dijo que se llamaba Ruth Ortiz. Le dijo a Olivia que no quería molestarla, pero que se veía que ella no vivía en el asilo y a lo mejor podía ayudarla. Ella era de Mazatenango y toda su vida había querido ser payaso, por loco que pareciera, o más bien payasa. Sabía que en Guatemala no había escuelas para payasos, pero tal vez Olivia sabía dónde podía conseguir un libro sobre maquillaje y disfraces de payaso, y trucos y piruetas. Dijo que estaba allí porque era huérfana y las monjas se habían apiadado de ella, pero sabía que había mucho futuro en el trabajo circense, sobre todo en un país como Guatemala que estaba tan triste y donde tanta falta hacía reírse…

Antes de que Olivia pudiera responderle, una enfermera llegó y dijo:

—Aquí estás, Zoila.

—Me llamo Ruth. Ya te lo he dicho muchas veces. Y tengo una hermana que se llama Marcela.

La enfermera la tomó suavemente del codo.

—Sí, Ruth, te andaba buscando en la biblioteca para darte tu medicina. Vamos para arriba.

La enfermera le guiñó un ojo a Olivia, indicándole que subiera ella primero.

Olivia encontró el cuarto de su madre a la mitad del corredor poniente. Lucía estaba sentada en su cama, apoyada en dos almohadas de paja, inmóvil bajo la sábana blanca. Había envejecido tremendamente en ocho años, estaba más arrugada que nunca. Una enfermera la había sentado en la cama, como para que estuviera más presentable. Tenía los ojos muy abiertos, como si estuvieran sujetos con alambritos. Parecía mirar hacia afuera, la fachada de la iglesia y el convento de La Merced, por la única ventana del cuarto. Lucía volteó hacia Olivia cuando la oyó entrar.

–Mami.

Su madre le sonrió y dijo:

–Rastrillo. Rastrillo.

–Soy yo. Olivia.

Su madre siguió sonriendo y luego cerró los ojos.

–Olivia –murmuró–. ¿Te conté que ya soy secadora y que pronto voy a trabajar en el beneficio?

La enfermera que llevó a Ruth a su cuarto le dijo desde la puerta:

–Aunque tenga los ojos abiertos, no creo que Lucía pueda verla. Su cerebro no registra lo que ven sus ojos. Es como una cámara de cine que proyecta la imagen equivocada… De hecho, parece más alerta cuando cierra los ojos.

—Rastrillo. Rastrillo —repitió.

Olivia se acercó y acarició la arrugada frente de su madre. Lucía le tomó la mano y la empezó a frotar contra su mejilla. Se puso a cantar una canción de niños:

> *Allá en la fuente había un chorrito*
> *se hacía grandote, se hacía chiquito*
> *estaba de mal humor*
> *pobre chorrito, tenía calor.*

Repitió esa estrofa varias veces y luego dijo:

—Rastrillo. Rastrillo.

—Las dejo solas —dijo la enfermera—, para que puedan hablar en privado.

Olivia la fulminó con la mirada. ¿Cómo que en privado, cómo que hablar? Podía sentir la ira creciendo en su interior.

—Mami, te quiero mucho. Perdóname, por favor perdóname. ¿Qué te hicieron?

Olivia abrazó a su madre, que al sentirla se puso tiesa.

—Rastrillo, rastrillo —repitió—. Todo mundo me quiere y más cuando me pongo con mi rastrillo a secar el café.

Olivia besó su rostro arrugado.

—Mami, yo no quería dejarte, pero me tuve que ir. ¿Puedes entenderlo? No podía quedarme aquí. No podía. Hubiera acabado embarazada, infeliz…

—Rastrillo. Rastrillo.

—…Mami, qué bueno que ya no tienes que cosechar el café. Y pronto vas a poder dejar el rastrillo. Y relajarte. Descansar. Olivia va a estar contigo. Yo me encargo del rastrillo. Yo te voy a cuidar. Tú puedes quedarte en casa y descansar.

Olivia pasó toda la mañana con su madre. Por breves momentos, parecía que su presencia calmaba a Lucía, y cerraba los ojos, pero luego volvía a sus repeticiones con los ojos abiertos, cada vez más ansiosas. A media mañana, la enfermera regresó a cambiarle el pañal sucio y darle una friega de alcohol a su huesudo cuerpo. Olivia vio los moretones que se habían formado en sus piernas y cómo los huesos casi atravesaban la piel.

Era más de lo que podía soportar. Le dijo a la enfermera que volvería en la tarde, aunque no estaba segura de hacerlo.

Olivia salió caminando del asilo, frente a la plaza de la iglesia de La Merced. Tenía hambre. Tomó por Calle de la Recolección, que rodeaba las ruinas más viejas de La Antigua. Recordó que un día en su primer año en el Colegio Parroquial, se había ido de pinta para corretear lagartijas entre las enormes piedras caídas. Había muchos grillos y un brillante cardenal que parecía dormido en una rama de eucalipto.

En la Alameda de Santa Lucía, Olivia dobló a la izquierda y caminó otras dos cuadras hasta llegar al mercado frente a la nueva terminal de autobuses. Tenía hambre y sed. Se detuvo en un puesto junto a una tienda de especias y pidió un batido de plátano con papaya y dos tacos de puerco con salsa roja y queso rallado. Mientras comía, escuchó un viejo casete de Agustín Lara que cantaba *Solamente una vez*. Se sintió melancólica, al oír esa canción sobre cómo hace mucho los amantes entregaron el alma y las campanas cantaron en su corazón.

¿Si fueron tan felices, por qué eran tan tristes esas estrofas cuando las cantaba Lara?

Olivia estaba aturdida. Había pasado su infancia en una finca a menos de dos kilómetros; su adolescencia a cinco cuadras; y a menos de tres minutos de allí, su madre se estaba muriendo, entrando y saliendo de la demencia, proyectando una película que no tenía sentido.

Las lágrimas empezaron a correr por el rostro de Olivia.

La mujer que le trajo la comida le preguntó:

—¿Qué tienes, ángel mío?

Olivia alzó la cara para verla y negó con la cabeza. Agustín Lara ya cantaba *María bonita* desde la tienda de discos justo atrás de ella. Olivia quería bajarse de su banco e ir a pedirle al dueño de la tienda que si por favor, por el amor de Dios, no podía poner algo más alegre. Esta canción de amor y traición le estaba atravesando el corazón.

–¿Te engañó tu novio, verdad? –preguntó la mujer, sonriéndole con dientes amarillos grandes y brillantes–. Usan las palabras como cuando una desgrana una mazorca.

–No es nada de eso –dijo Olivia, secándose las lágrimas. Si algo podía decir de Horacio, es que con él había encontrado la paz. En el año de no verse, se había hecho hombre; y llevaban dos años viviendo juntos, su callada fuerza –reflejada también en su forma de hacer el amor–, había logrado tranquilizarla. Habían hallado la manera de amarse: de hacer que el acto amoroso fuera su forma de encontrar la paz.

–La Locha sabe todo sobre traiciones y mal de amores.

Olivia se rió fuerte, abrió su bolso y sacó cinco quetzales.

–Gracias, pero tengo que regresar con mi madre.

–Te viene un cambio –dijo la mujer–. El viento se está llevando las serpientes voladoras…

Pero para entonces Olivia ya estaba otra vez en las calles.

Afuera, la gente corría a los autobuses. El cielo se había cerrado y empezaban a caer enormes gotas frías de lluvia. Al sur, el volcán del Agua estaba envuelto en nubes amenazantes que parecían nudosas y retorcidas.

Olivia se apresuró a regresar al asilo, pegada a los muros de las casas y bajo los aleros para no mojarse.

Su madre estaba acurrucada contra el muro de su cuarto cuando Olivia entró. Lucía se volvió hacia la puerta y sonrió, abriendo los ojos.

—Rastrillo, rastrillo.

Olivia trató de hacerle plática alegre, pese a darse cuenta de que la mente de Lucía estaba totalmente ida. ¿Por qué había regresado? Mejor hubiera sido vivir con el recuerdo de nunca haber vuelto a ver a su madre, y simplemente enterarse por teléfono de su muerte y haber regresado a Guatemala para enterrarla en un ataúd sencillo. Cualquier cosa menos ver a su mamá deshecha, totalmente una víctima, tan lastimosa que Olivia podía olvidar el desamor que había recibido de ella.

Olivia sintió otra vez que era una niña, solitaria, perdida, impotente, desterrada y buscando por doquier un par de brazos amorosos que la abrazaran.

Fue al lado de su madre y la sentó en su cama.

—Mami, soy yo, tu hija, Olivia. Tu única hija, ¿te acuerdas? Quiero que cierres los ojos y me escuches —Olivia tomó un *kleenex* y limpió los hilos de baba que le escurrían a Lucía de las comisuras de la boca.

Su madre repitió "rastrillo" dos veces antes de cerrar los ojos.

Mientras acariciaba el pelo de Lucía, Olivia le contó a su madre sobre Horacio. Le dijo que llevaban un año viviendo juntos en un departamento de la Colonia del Valle, cerca de Insurgentes, en la Ciudad de México. Al paso de los meses, Horacio dedicaba cada vez menos tiempo a su zapatería y más energías a ser fotógrafo: de hecho, en una de las habitaciones había montado un cuarto oscuro. Era un hombre bueno, sensato y amoroso, con valores tradicionales: perfecto para la muchacha de pueblo que era ella. Su callada fuerza significaba mucho para Olivia; el año que entra se casarían, no en una iglesia sino en el Club France.

Margarita y Abraham habían ofrecido pagarles la boda; Margarita iba a entregar a la novia, y Abraham haría las veces de padrino y también de padre del novio. Isabelle sería la dama de honor. Concha llevaría el ramo.

Y, poco después, tendrían un bebé y empezarían su propia familia.

—No sé si te gustaría la Ciudad de México, pero estoy segura de que Horacio te encantaría.

Olivia, desde hacía mucho tiempo, había creído que su vida no era real: que algún día, por intervención de San Antonio del Monte o por un milagro del Hermano Pedro, terminarían sus sufrimientos y su verdadero destino le sería revelado. Era su sueño de elevarse en una carreta de bueyes de energía solar como un carruaje volando hacia la bóveda celeste.

Pero desde entonces habían pasado tantas cosas.

Lo que había aprendido en el último año es que ésta era su vida, y que si aprendía a disfrutarla, podía ser dulce. A lo mejor eso era una especie de variante del dicho de Máximo: *la dolce far niente*. Lo que había llegado a descubrir es que cada mañana la vida, como el sol, vuelve a nacer. Pase lo que pase, por mucho que la tragedia pueda asolar a un individuo o una familia o incluso una nación, la vida sigue, tan seguro como que sale el sol. No importa si las nubes impiden que brille por la ventana. Siempre está allí. La vida no es un sueño, sino algo real y palpable: es un océano profundo atestado de mero, pez tigre, eperlano, carpa, agujones, lubina, mojarra y no más que unas cuantas barracudas, morenas y tiburones. Y sigue y sigue, en constante cambio, difícil de agarrar... pero es algo de lo cual maravillarse, hasta que llega a su fin.

Olivia sabía que su madre estaba cerca de ese fin. No podía hacer ni decir nada que retrasara o previniera su muerte, ni que la hiciera más llevadera. La vida de Lucía se le iba de entre las manos. Olivia la abrazó, acariciándola, y le estuvo platicando un buen rato más esa tarde. Y cuando estaba a punto de irse, le dio un beso en la frente y le cantó los versos que solía cantarle la hermana Carina:

Ay, si tuviera las alas de una paloma
me iría volando a donde está mi amor.

Para mí, eres divina, de David Unger
se terminó de imprimir en octubre de 2011 en los
talleres de Litográfica Ingramex, S.A. de C.V.
Centeno 162-1, Col. Granjas Esmeralda,
C.P. 09810 México, D.F.